ŒUVRES

MÉLÉES DE

Mᴿ DE VOLTAIRE

NOUVELLE ÉDITION

*Revûe
sur toutes les précedentes
et Considerablement
Augmenteé*

TOME IIII.

A GENEVE
chez Bousquet
1742.

PREFACE DE L'EDITEUR.

IL est aſſez étrange que l'on n'ait pas ſongé plûtôt à imprimer cette Comédie, qui fut jouée il y a près de deux ans, & qui eut environ trente Repréſentations. L'Auteur ne s'étant point déclaré, on l'a miſe juſqu'ici ſur le compte de diverſes perſonnes très-eſtimées ; mais elle eſt véritablement de Mr. de Voltaire, quoique le ſtile de la Henriade & d'Alzire ſoit ſi différent de celui-ci, qu'il ne permet guere d'y reconnoître la même main.

C'eſt ce qui fait que nous donnons ſous ſon nom cette Pièce au Public comme la premiere Comédie qui ſoit écrite en Vers de cinq pieds ; peut-être cette nouveauté engagera-t'elle quelqu'un à ſe ſervir de cette meſure. Elle produira ſur le Théâtre Français de la variété ; & qui donne des plaiſirs nouveaux, doit toujours être bien reçû.

Si la Comédie doit être la repréſentation des mœurs, cette Pièce ſemble être aſſez de ce caractère. On y voit un mélange de ſérieux & de plaiſanterie, de comique & de touchant. C'eſt ainſi que la vie des hommes eſt bigarée ; ſouvent même une ſeule avanture produit tous ces contraſtes. Rien n'eſt ſi commun qu'une maiſon dans laquelle un pe-

re gronde, une fille occupée de sa passion
pleure ; le fils se moque des deux , &
quelques parens prennent différemment
part à la scène. On raille très-souvent
dans une chambre , de ce qui attendrit
dans la chambre voisine ; & la même
personne a quelquefois ri & pleuré de
la même chose dans le même quart-
d'heure.

Une Dame très-respectable étant un
jour au chevet d'une de ses filles qui
étoit en danger de mort , entourée de
toute sa famille , s'écrioit en fondant en
larmes : *Mon Dieu , rendez-la moi , & pre-*
nez tous mes autres enfans ! Un homme
qui avoit épousé une de ses filles , s'a-
procha d'elle , & la tirant par la man-
che , *Madame* , dit-il , *les gendres en sont-*
ils ? Le sens froid & le comique avec
lequel il prononça ces paroles , fit un tel
effet sur cette Dame affligée, qu'elle sor-
tit en éclatant de rire ; tout le monde la
suivit en riant, & la malade ayant su de
quoi il étoit question se mit à rire plus
fort que les autres.

Nous n'inférons pas delà que toute Comédie doive avoir des Scènes de bouf-
fonnerie & des Scènes attendrissantes :
il y a beaucoup de très-bonnes Piéces,
où il ne regne que de la gayeté : d'autres
toutes sérieuses : d'autres mélangées ;
d'autres où l'attendrissement va jus-

qu'aux larmes; il ne faut donner l'exclu-
fion à aucun genre ; & fi l'on me demandoit quel genre eft le meilleur, je répon-
drois : *celui qui eft le mieux traité.*

Il feroit peut-être à propos & confor-
me au goût de ce Siècle *raifonneur*, d'e-
xaminer ici quelle eft cette forte de plaifanterie qui nous fait rire à la Comédie.

La caufe du rire eft une de ces chofes
plus fenties que connues ; l'admirable
Moliére, Regnard qui le vaut quelquefois, & les Auteurs de tant de jolies petites Pièces, fe font contentés d'exciter
en nous ce plaifir, fans nous en rendre jamais raifon, & fans nous dire leur fecret.

J'ai crû remarquer aux Spectacles qu'il
ne s'éleve prefque jamais de ces éclats de
rire univerfels, qu'à l'occafion d'une
méprife. Mercure pris pour Sofie, le Chevalier Menechme pris pour fon frere,
Crifpin faifant fon Teftament fous le
nom du bon-homme Geronte, Valere
parlant à Harpagon des beaux yeux de
fa fille, tandis qu'Harpagon n'entend
que les beaux yeux de fa Caffette, Pour-
ceaugnac à qui on tâte le pouls, parce
qu'on le veut faire paffer pour fou ; en
un mot, les méprifes, les équivoques de
pareille efpèce, excitent un rire général.

Arlequin ne fait guère rire que quand
il fe méprend, & voilà pourquoi le titre
de *Balourd* lui étoit fi bien aproprié.

A 2

Il y a bien d'autres genres de comique:
il y a des plaifanteries qui caufent une
autre forte de plaifir ; mais je n'ai jamais
vû ce qui s'apelle rire de tout fon cœur,
foit aux Spectacles, foit dans la fociété,
que dans des cas aprochans de ceux dont
je viens de parler.

Il y a des caractères ridicules dont la
repréfentation plaît, fans caufer ce rire
immodéré de joye : *Triffotin* & *Vadius*,
par exemple, femblent être de ce genre;
le *Joueur*, le *Grondeur*, qui font un plaifir inexprimable, ne permettent guère
le rire éclatant.

Il y a d'autres ridicules mêlés de vice,
dont on eft charmé de voir la peinture,
& qui ne caufent qu'un plaifir férieux.
Un malhonnête homme ne fera jamais
rire, parce que dans le rire il entre toujours de la gayeté incompatible avec le
mépris & l'indignation.

Il eft vrai qu'on rit au *Tartuffe*, mais
ce n'eft pas de fon hypocrifie, c'eft de
la méprife du bon-homme qui le croit
un Saint ; & l'hypocrifie une fois recon-
nue, on ne rit plus, on fent d'autres im-
preffions.

On pourroit aifément remonter aux
fources de nos autres fentimens, à ce qui
excite la gayeté, la curiofité, l'intérêt,
l'émotion, les larmes.

Ce feroit fur-tout aux Auteurs Drama-

tiques à nous déveloper tous ces res-
forts, puisque ce sont eux qui les font
jouer. Mais ils sont plus occupés de re-
muer les passions, que de les examiner :
ils sont persuadés qu'un sentiment vaut
mieux qu'une définition ; & je suis trop
de leur avis pour mettre un Traité de
Philosophie au-devant d'une Piéce de
Théâtre.

Je me bornerai simplement à insister
encore un peu sur la nécessité où nous
sommes d'avoir des choses nouvelles.

Si l'on avoit toujours mis sur le Théâtre Tragique la Grandeur Romaine, à la
fin on s'en seroit rebuté. Si les Héros ne
parloient jamais que tendresse, on seroit
affadi :

O Imitatores servum pecus!

Les bons Ouvrages que nous avons
depuis les Corneilles, les Moliéres, les
Racines, les Quinauts, les Lullis, les
le Bruns, me paroissent tous avoir quelque chose de neuf & d'original qui les
a sauvés du naufrage. Encore une fois,
tous les genres sont bons, hors le genre
ennuyeux.

Ainsi il ne faut jamais dire, si cette Mu-
sique n'a pas réussi, si ce Tableau ne plaît
pas, si cette Piéce est tombée, c'est que
cela étoit d'une espèce nouvelle ; il faut
dire, c'est que cela ne vaut rien dans
son espèce.

A 3

ACTEURS.

EUPHÉMON Pere.

EUPHÉMON Fils.

FIERENFAT, Préfident de Cognac, fecond fils d'Euphémon.

RONDON, Bourgeois de Cognac.

LISE, Fille de Rondon.

LA BARONNE de Croupillac,

MARTHE, Suivante de Life.

JASMIN, Valet d'Euphémon fils.

La Scène eſt à Cognac.

Co-

ıc.

,

L'ENFANT PRODIGUE TRAGEDIE.

L'ENFANT PRODIGUE,

COMEDIE.

❖❖❖❖❖❖❖❖❖❖❖:❖:❖:❖:❖❖❖❖❖❖❖

ACTE PREMIER,

SCENE PREMIERE,

EUPHEMON, RONDON.

RONDON.

ON trifte Ami, mon cher & vieux voifin,
Que de bon cœur j'oublirai ton chagrin !
Que je rirai ! Quel plaifir , que ma fille
Va ranimer ta dolente famille !
Mais , Mons ton fils , le Sieur de Fierenfat,

A 4

Me femble avoir un procédé bien plat.

EUPHEMON.

Quoi donc !

RONDON.

        Tout fier des Magiftratures ,
Il fait l'amour avec poids & mefure.
Adolefcent , qui s'érige en Barbon ,
Jeune Ecolier , qui vous parle en Caton ,
Eft , à mon fens , un Animal bernable ,
Et j'aime mieux l'air fou , que l'air capable;
Il eft trop fat.

EUPHEMON.

        Et vous êtes auffi
Un peu trop brufque.

RONDON.

               Ah ! je fuis fait ainfi.
J'aime le vrai , je me plais à l'entendre ,
J'aime à le dire , à gourmander mon Gendre,
A bien mâter cette fatuité ,
Et l'air pédant dont il eft encroûté.
Vous avez fait , Beau-pere , en Pere fage ,
Quand fon Aîné , ce joueur , ce volage ,
Ce débauché , ce fou partit d'ici ,
De donner tout à ce fot Cadet-ci;
De mettre en lui toute votre efpérance;
Et d'acheter pour lui la Préfidence
De cette Ville. Oui , c'eft un trait prudent ,
Mais dès qu'il fut Monfieur le Préfident ,
Il fut , ma foi , gonflé d'impertinence;
Sa gravité marche & parle en cadence ,

Il dit qu'il a bien plus d'esprit que moi,
Qui, comme on fait, en ai bien plus que toi,
Il en....

EUPHEMON.

Eh mais, quelle humeur vous emporte ?
Faut-il toujours ...

RONDON.

Va, va, laisse, qu'importe ?
Tous ces défauts, vois-tu, font comme rien,
Lorsque d'ailleurs on amasse un gros bien.
Il est avare, & tout avare est sage.
Oh ! c'est un vice excellent en ménage.
Un très-bon vice. Allons, dès aujourd'hui
Il est mon gendre, & ma Lise est à lui.
Il reste donc, notre triste Beau-pere,
A faire ici donation entiere
De tous vos biens, contrats, acquis, conquis,
Préfens, futurs, à Monfieur votre fils,
En réfervant fur votre vieille tête,
D'un ufufruit l'entretien fort honnête ;
Le tout en bref arrêté, cimenté,
Pour que ce fils bien coffu, bien doté,
Joigne à nos biens une vaste opulence,
Sans quoi foudain ma Lise à d'autres pense.

EUPHEMON.

Je l'ai promis, & j'y satisferai ;
Oui, Fierenfat aura le bien que j'ai.
Je veux couler au fein de la Retraite
La triste fin de ma vie inquiéte ;
Mais je voudrois qu'un fils fi bien doté

A 5

Eût pour mes biens un peu moins d'âpreté.
J'ai vû d'un fils la débauche insensée,
Je vois dans l'autre une ame intéressée.

RONDON.

Tant mieux, tant mieux.

EUPHEMON.

Cher ami, je suis né
Pour n'être rien qu'un Pere infortuné.

RONDON.

Voilà-t'il pas de vos jérémiades,
De vos regrets, de vos complaintes fades ?
Voulez-vous pas que ce maître Etourdi,
Ce bel Ainé dans le vice enhardi,
Venant gâter les douceurs que j'aprête,
Dans cet Hymen paroisse en trouble-fête ?

EUPHEMON.

Non.

RONDON.

Voulez-vous qu'il vienne sans façon,
Mettre en jurant le feu dans la Maison?

EUPHEMON.

Non.

RONDON.

Qu'il vous batte, & qu'il m'enleve Lise.
Lise autrefois à cet Ainé promise ;
Ma Lise qui...

EUPHEMON.

Que cet objet charmant
Soit préservé d'un pareil Garnement !

RONDON.

Qu'il rentre ici pour dépouiller son pere?
Pour succéder?

EUPHEMON.

                Non... tout est à son frere.

RONDON.

Ah! sans cela point de Lise pour lui.

EUPHEMON.

Il aura Lise & mes biens aujourd'hui;
Et son Aîné n'aura pour tout partage,
Que le courroux d'un Pere qu'il outrage,
Il le mérite, il fut dénaturé.

RONDON.

Ah! vous l'aviez trop long-tems enduré:
L'autre du moins agit avec prudence;
Mais cet Aîné! quels traits d'extravagance!
Le libertin, mon Dieu, que c'étoit là!
Te souvient-il, vieux Beau-pere, ah, ah, ah,
Qu'il te vola, ce tour est bagatelle,
Chevaux, habits, linge, meubles, vaisselle,
Pour équiper la petite Jourdain,
Qui le quitta le lendemain matin.
J'en ai bien ri, je l'avoue.

EUPHEMON.

                Ah! quels charmes
Trouvez-vous donc à rapeller mes larmes?

RONDON.

Et sur un As mettant vingt rouleaux d'or,
Eh, eh!

                                A 6

EUPHEMON.

Ceſſez.

RONDON.

        Te ſouvient-il encor.
Quand l'Etourdi dut en face d'Egliſe
Se fiancer à ma petite Liſe ,
Dans quel endroit on le trouva caché ,
Comment , pour qui … peſte quel débauché !

EUPHEMON.

Epargnez-moi ces indignes hiſtoires ,
De ſa conduite impreſſions trop noires ;
Ne ſuis-je pas aſſez infortuné ?
Je ſuis ſorti des lieux où je ſuis né ,
Pour m'épargner , pour ôter de ma vûe ,
Ce qui rapelle un malheur qui me tue :
Vôtre commerce ici vous a conduit ,
Mon amitié , ma douleur vous y ſuit.
Ménagez-les , vous prodiguez ſans ceſſe
La vérité , mais la vérité bleſſe.

RONDON.

Je me tairai , ſoit : j'y conſens ; d'accord,
Pardon ; mais Diable , auſſi vous aviez tort,
En connoiſſant le fougueux caractère
De votre fils , d'en faire un Mouſquetaire.

EUPHEMON.

Encor !

RONDON.

Pardon ; mais vous deviez …

EUPHEMON.

               Je dois

Oublier tout pour notre nouveau choix,
Pour mon Cadet & pour son mariage;
C'a, pensez-vous que ce Cadet si sage,
De votre fille ait pû toucher le cœur?

RONDON.

Assurément. Ma fille a de l'honneur,
Elle obéit à mon pouvoir suprême,
Et quand je dis: Allons, je veux qu'on aime,
Son cœur docile & que j'ai sû tourner,
Tout aussi-tôt aime sans raisonner.
A mon plaisir j'ai paîtri sa jeune ame.

EUPHEMON.

Je doute un peu pourtant qu'elle s'enflâme
Par vos leçons; & je me trompe fort
Si de vos soins votre fille est d'accord.
Pour mon Aîné j'obtins le sacrifice
Des premiers vœux de son ame novice,
Je sai quels sont ces premiers traits d'amour;
Le cœur est tendre, il saigne plus d'un jour.

RONDON.

Vous radotez.

EUPHEMON.

   Quoi que vous puissiez dire,
Cet Etourdi pouvoit très-bien séduire.

RONDON.

Lui! point du tout; ce n'étoit qu'un Vaurien.
Pauvre bon homme! allez, ne craignez rien.
Car à ma fille, après ce beau ménage,
J'ai défendu de l'aimer davantage;
Ayez le cœur sur cela réjoüi,

Quand j'ai dit non, perſonne ne dit oüi.
Voyez plutôt.

SCENE II.

EUPHEMON, RONDON, LISE, MARTHE.

RONDON.

A Prochez , venez Liſe,
Ce jour pour vous eſt un grand jour de criſe.
Que je te donne un mari jeune ou vieux,
Ou laid ou beau, triſte ou gai, riche, ou gueux,
Ne ſens-tu pas des deſirs de lui plaire,
Du goût pour lui , de l'amour ?

LISE.

Non , mon Pere ,

RONDON.

Comment , Coquine ?

EUPHEMON.

Ah , ah , notre féal,
Votre pouvoir va , ce ſemble, un peu mal ;
Qu'eſt devenu ce deſpotique empire ?

RONDON.

Comment , après tout ce que j'ai pû dire ,
Tu n'aurois pas un peu de paſſion
Pour ton futur Epoux ?

LISE.

Mon Pere, non.

RONDON.

Ne ſais-tu pas que le devoir t'oblige
A lui donner tout ton cœur ?

LISE.

Non, vous dis-je.

Je ſai, mon Pere, à quoi ce nœud ſacré
Oblige un cœur de vertu pénétré.
Je ſai qu'il faut, aimable en ſa ſageſſe,
De ſon Epoux mériter la tendreſſe,
Et réparer du moins par la bonté,
Ce que le ſort nous refuſe en beauté.
Etre au dehors diſcrette, raiſonnable,
Dans ſa maiſon, douce, égale, agréable,
Quant à l'amour, c'eſt tout un autre point.
Les ſentimens ne ſe commandent point.
N'ordonnez rien, l'amour fuit l'eſclavage,
De mon Epoux le reſte eſt le partage,
Mais pour mon cœur il le doit mériter ;
Ce cœur au moins difficile à dompter,
Ne peut aimer ni par ordre d'un Pere,
Ni par raiſon, ni par devant Notaite.

EUPHEMON.

C'eſt à mon gré raiſonner ſenſément,
J'approuve fort ce juſte ſentiment ;
C'eſt à mon fils à tâcher de ſe rendre
Digne d'un cœur auſſi noble que tendre.

RONDON.

Vous tairez-vous, radoteur complaiſant,

Flatteur Barbon, vain corrupteur d'Enfans?
Jamais fans vous ma fille bien apprife
N'eût devant moi lâché cette fottife. *(A Life.)*
Ecoute, toi : je te baille un mari,
Tant foit peu fat, & par trop renchéri ;
Mais c'eft à moi de corriger mon Gendre,
Toi, tel qu'il eft, c'eft à toi de le prendre,
De vous aimer, fi vous pouvez tous deux,
Et d'obéir à tout ce que je veux,
C'eft-là ton lot ; & toi, notre Beau-pere,
Allons figner chez notre gros Notaire,
Qui vous allonge en cent mots fuperflus,
Ce qu'on diroit en quatre, tout au plus :
Allons hâter fon bavard grifonnage,
Lavons la tête à ce large vifage ;
Puis je reviens, après cet entretien,
Gronder ton fils, ma fille & toi.

EUPHE'MON.

Fort bien.

SCE'NE III.

LISE, MARTHE.

MARTHE.

MOn Dieu ! qu'il joint à tous ces airs gro-
tefques
Des fentimens & des travers burlefques !

LISE.

Je fuis fa fille, & de plus fon humeur

N'altére point la bonté de son cœur :
Et sous les plis d'un front attrabilaire,
Sous cet air brusque, il a l'ame d'un Pere ;
Quelquefois même, au milieu de ses cris,
Tout en grondant il céde à mes avis.
Il est bien vrai qu'en blâmant la personne,
Et les défauts du mari qu'il me donne,
En me montrant d'une telle union
Tous les dangers, il a grande raison ;
Mais lorsqu'ensuite il ordonne que j'aime,
Dieu ! que je sens que son tort est extrême !

MARTHE.

Comment aimer un Monsieur Fierenfat ?
J'épouserois plutôt un vieux Soldat,
Qui jure, boit, bat sa femme & qui l'aime,
Qu'un fat en Robe, enyvré de lui-même :
Qui d'un ton grave, & d'un air de Pédant,
Semble juger sa femme, en lui parlant ;
Qui comme un Paon dans lui-même se mire,
Sous son rabat, se rengorge, & s'admire,
Et plus avare encor que suffisant,
Vous fait l'amour en comptant son argent.

LISE.

Ah ! ton pinceau l'a peint d'après nature ;
Mais qu'y ferai-je ? il faut bien que j'endure
L'état forcé de cet Hymen prochain.
On ne fait pas comme on veut son destin,
Et mes parens, ma fortune, mon âge,
Tout de l'Hymen me prescrit l'esclavage :
Ce Fierenfat est, malgré mes dégoûts,

Le seul qui puisse être ici mon Epoux ;
Il est le fils de l'ami de mon Pere ,
C'est un parti devenu nécessaire.
Hélas ! quel cœur, libre dans ses soupirs ,
Peut se donner au gré de ses desirs ?
Il faut céder : le tems , la patience
Sur mon Epoux vaincront ma répugnance ;
Et je pourrai , soumise à mes liens ,
A ses défauts me prêter comme aux miens.

MARTHE.

C'est bien parler ; belle & discrette Lise ,
Mais votre cœur tant soit peu se déguise ;
Si j'osois . . . mais vous m'avez ordonné
De ne parler jamais de cet Aîné.

LISE.

Quoi ?

MARTHE.

D'Euphémon, qui, malgré tous ses vices,
De votre cœur eut les tendres prémices ,
Qui vous aimoit.

LISE.

Il ne m'aima jamais ;
Ne parlons plus de ce nom que je hais.

MARTHE *en s'en allant.*

N'en parlons plus.

LISE *la retenant.*

Il est vrai : sa jeunesse.
Pour quelque tems a surpris ma tendresse ;
Etoit-il fait pour un cœur vertueux ?

MARTHE *en s'en allant.*

C'étoit un fou , ma foi , très-dangereux.

LISE *revenant.*

De corrupteurs sa jeunesse entourée ,
Dans les excès se plongeoit égarée ,
Le malheureux ! il cherchoit , tour à tour ,
Tous les plaisirs , il ignoroit l'amour.

MARTHE.

Mais autrefois vous m'avez paru croire
Qu'à vous aimer il avoit mis sa gloire ,
Que dans vos fers il étoit engagé.

LISE.

S'il eût aimé , je l'aurois corrigé.
Un amour vrai , sans feinte & sans caprice ,
Est en effet le plus grand frein du vice :
Dans ses liens qui sçait se retenir ,
Est honnête homme , ou va le devenir ;
Mais Euphémon dédaigna sa Maîtresse ,
Pour la débauche il quitta la tendresse.
Ses faux amis , indigens , scélerats ,
Qui dans le piége avoient conduit ses pas ,
Ayant mangé tout le bien de sa mere ,
Ont sous nom volé son triste pére ;
Pour comble enfin , ces séducteurs cruels
L'ont entraîné loin des bras paternels ,
Loin de mes yeux, qui, noyez dans les larmes,
Pleuroient encor ses vices & ses charmes,
Je ne prends plus nul intérêt à lui.

MARTHE.

Son frere enfin lui succéde aujourd'hui.

Il aura Life : & certes c'eſt dommage ;
Car l'autre avoit un bien joli viſage,
De blonds cheveux, la jambe faite au tour,
Danſoit, chantoit, étoit né pour l'amour.

LISE.

Ah ! que dis tu ?

MARTHE.

Même dans ces mêlanges
D'égaremens, de ſottiſes étranges,
On découvroit aiſément dans ſon cœur
Sous ſes défauts, un certain fond d'honneur,

LISE.

Il étoit né pour le Bien , je l'avoue,

MARTHE.

Ne croyez pas que ma bouche le loue ;
Mais il n'étoit, me ſemble, point flatteur,
Point médiſant, point eſcroc, point menteur.

LISE.

Oui , mais . . . .

MARTHE.

Fuyons, car c'eſt Monſieur ſon Frere,

LISE.

Il faut reſter, c'eſt un mal néceſſaire.

S C E N E   IV.

LISE, MARTHE, LE PRE'SIDENT FIERENFAT.

F I E R E N F A T.

JE l'avouerai, cette Donation
Doit augmenter la satisfaction,
Que vous avez d'un si beau mariage :
Surcroit de Biens est l'ame du ménage,
Fortune, Honneurs, & Dignités, je croi,
Abondamment se trouvent avec moi ;
Et vous aurez dans Cognac, à la ronde,
L'honneur du pas sur les gens du beau monde,
C'est un plaisir bien-flatteur que cela,
Vous entendrez murmurer, *la voilà.*
En vérité, quand j'examine au large,
Mon Rang, mon Bien, tous les droits de ma
    Charge,
Les agrémens que dans le monde j'ai,
Les droits d'Aînesse où je suis subrogé,
Je vous en fais mon compliment, Madame.

M A R T H E.

Moi, je la plains, c'est une chose infâme,
Que vous mêliez dans tous vos entretiens
Vos Qualités, votre Rang & vos Biens.
Etre à la fois & Midas & Narcisse,
Enflé d'orgueil & pincé d'avarice,
Lorgner sans cesse avec un œil content

Et sa personne & son argent comptant:
Etre en rabat un Petit-Maître avare,
C'est un excès de ridicule rare :
Un jeune fat, passe encor ; mais , ma foi,
Un jeune avare est un Monstre pour moi.

FIERENFAT.

Ce n'est pas vous probablement , ma Mie,
A qui mon Pere aujourd'hui me marie ;
C'est à Madame. Ainsi donc , s'il vous plaît,
Prenez à nous un peu moins d'intérêt; (à Lise.)
Le silence est votre fait . . . Vous , Madame,
Qui dans une heure ou deux serez ma femme,
Avant la nuit vous aurez la bonté
De me chasser ce Gendarme effronté,
Qui sous le nom d'une Fille suivante ,
Donne carriére à sa langue impudente ;
Je ne suis pas un Président pour rien ,
Et nous pourrions l'enfermer pour son bien.

MARTHE à *Lise.*

Défendez-moi , parlez-lui , parlez ferme :
Je suis à vous , empêchez qu'on m'enferme,
Il pourroit bien vous enfermer aussi.

LISE.

J'augure mal déja de tout ceci.

MARTHE.

Parlez-lui donc ; laissez ces vains murmures.

LISE.

Que puis-je, hélas ! lui dire ?

MARTHE.

　　　　　　　　Des injures.

LISE.

Non , des raisons valent mieux.

MARTHE.

Croyez-moi ,

Point de raisons , c'est le plus sûr.

SCENE V.

RONDON, ACTEURS PRECEDENS.

RONDON.

MA foi

Il nous arrive une plaisante affaire.

FIERENFAT.

Eh quoi , Monsieur ?

RONDON.

Ecoute. A ton vieux Pere

J'allois porter notre papier timbré ,

Quand nous l'avons ici près rencontré ,

Entretenant au pied de cette Roche ,

Un Voyageur qui descendoit du Coche.

LISE.

Un Voyageur jeune . . . .

RONDON.

Nenni vraiment ,

Un béquillard , un vieux ridé sans dent.

Nos deux Barbons d'abord avec franchise

L'un contre l'autre ont mis leur barbe grise :

Leurs dos voutés s'élevoient , s'abaissoient ,

Aux longs élans des soupirs qu'ils pouſſoient;
Et ſur leur nez leur prunelle éraillée
Verſoit les pleurs dont elle étoit mouillée:
Puis Euphémon, d'un air tout rechigné,
Dans ſon logis ſoudain s'eſt rencogné;
Il dit qu'il ſent une douleur inſigne,
Qu'il faut au moins qu'il pleure avant qu'il
     ſigne,
Et qu'à perſonne il ne prétend parler.

FIERENFAT.

Ah! je prétends moi l'aller conſoler.
Vous ſavez tous comme je le gouverne,
Et d'aſſez près la choſe nous concerne:
Je le connois, & dés qu'il me verra
Contrat en main, d'abord il ſignera;
Le tems eſt cher, mon nouveau droit d'aîneſſe
Eſt un objet.

LISE.

Non, Monſieur, rien ne preſſe.

RONDON.

Si fait tout preſſe, & c'eſt ta faute auſſi,
Que tout cela.

LISE.

Comment, moi! ma faute?

RONDON.

Oui.
Les contretems, qui troublent les familles,
Viennent toujours par la faute des filles.

LISE.

Qu'ai-je donc fait, qui vous fâche ſi fort?

RONDON.

RONDON.

Vous avez fait, que vous avez tous tort.
Je veux un peu voir nos deux vieux troubles-
        fêtes,
A la raison ranger leurs lourdes têtes ;
Et je prétends vous marier tantôt ,
Malgré leurs dents , malgré vous , s'il le faut.

Fin du premier Acte.

ACTE. II.

SCENE PREMIERE.

LISE, MARTHE.

MARTHE.

Vous frémissez en voyant de plus près
Tout ce fracas, ces nôces , ces apprêts.

LISE.

Ah ! plus mon cœur s'étudie & s'essaye ,
Plus de ce joug la pesanteur m'effraye :
A mon avis , l'Hymen & ses liens
Sont les plus grands, ou des Maux, ou des
        Biéns.
Point de milieu ; l'état du mariage
Est des Humains le plus cher avantage ,
Quand le raport des esprits & des cœurs,
Des sentimens , des goûts & des humeurs,
Serre ces nœuds tissus par la Nature,

B

Que l'Amour forme & que l'Honneur épure.
Dieux ! quel plaisir d'aimer publiquement,
Et de porter le nom de son Amant !
Votre Maison , vos Gens , votre Livrée,
Tout vous retrace une image adorée :
Et vos enfans , ces gages précieux,
Nés de l'amour, en sont de nouveaux nœuds;
Un tel Hymen , une union si chére,
Si l'on en voit , c'est le Ciel sur la Terre.
Mais tristement vendre par un Contrat
Sa liberté , son nom & son état,
Aux volontés d'un Maître despotique ,
Dont on devient le premier domestique;
Se quéreller , ou s'éviter le jour ,
Sans joye à table , & la nuit sans amour:
Trembler toujours d'avoir une foiblesse ,
Y succomber , ou combattre sans cesse :
Tromper son Maître , ou vivre sans espoir
Dans les langueurs d'un importun devoir;
Gémir , sécher dans sa douleur profonde,
Un tel Hymen est l'Enfer en ce Monde.

MARTHE.

En vérité les filles , comme on dit ,
Ont un Démon qui leur forme l'esprit :
Que de lumiére en une ame si neuve !
La plus experte & la plus fine Veuve,
Qui sagement se console à Paris
D'avoir porté le deuil de trois maris,
N'en eût pas dit sur ce point davantage.
Mais vos dégoûts sur ce beau mariage

Auroient befoin d'un éclairciffement.
L'Hymen déplaît avec le Préfident :
Vous plairoit-il avec Monfieur fon Frere ?
Débrouillez-moi, de grace, ce myftère ;
L'Aîné fait-il bien du tort au Cadet ?
Haïffez-vous ? aimez-vous ? parlez net.

LISE.

Je n'en fai rien, je ne peux & je n'ofe
De mes dégoûts bien démêler la caufe :
Comment chercher la trifte vérité
Au fond d'un cœur, hélas ! trop agité ?
Il faut au moins pour fe mirer dans l'onde,
Laiffer calmer là tempête qui gronde ;
Et que l'orage & les vents en repos,
Ne rident plus la furface des Eaux.

MARTHE.

Comparaifon n'eft pas raifon, Madame :
On lit très-bien dans le fond de fon ame :
On y voit clair ; & fi les paffions
Portent en nous tant d'agitations,
Fille de bien fait toujours dans fa tête
D'où vient le vent qui caufe la tempête.
On fait...

LISE.

　　　　Et moi, je ne veux rien favoir :
Mon œil fe ferme, & je ne veux rien voir :
Je ne veux point chercher fi j'aime encore
Un malheureux, qu'il faut bien que j'abhorre.
Je ne veux point accroître mes dégoûts
Du vain regret d'un plus aimable Époux.

B 2

Que loin de moi cet Euphémon, ce traître,
Vive content, soit heureux, s'il peut l'être:
Qu'il ne soit pas au moins deshérité;
Je n'aurai pas l'affreuse dureté,
Dans ce Contrat, où je me détermine,
D'être sa Sœur pour hâter sa ruine.
Voilà mon cœur, c'est trop le pénétrer;
Aller plus loin, seroit le déchirer.

SCENE II.

LISE, MARTHE, UN LAQUAIS.

UN LAQUAIS.

L A-bas, Madame, il est une Baronne
De Croupillac.

LISE.

Sa visite m'étonne.

LE LAQUAIS.

Qui d'Angoulême arrive justement,
Et veut ici vous faire compliment.

LISE.

Hélas sur quoi?

MARTHE.

Sur votre Hymen, sans doute.

LISE.

Ah! c'est encore tout ce que je redoute.
Suis-je en état d'entendre ces propos,
Ces complimens, protocole des Sots,

Où l'on se gêne, où le Bon-Sens expire
Dans le travail de parler sans rien dire ?
Que ce fardeau me pése & me déplaît !

S C E N E. III.

LISE, MADAME CROUPILLAC,
MARTHE.

M A R T H E.

Voilà la Dame.

L I S E.

Oh ! je vois trop qui c'est.

M A R T H E.

On dit qu'elle est assez grande épouseuse,
Un peu plaideuse, & beaucoup radoteuse.

L I S E.

Des siéges donc. Madame, pardon si . . . .

Mde. C R O U P I L L A C.

Ah ! Madame !

L I S E.

Eh, Madame !

Mde. C R O U P I L L A C.

Il faut aussi,

L I S E.

S'asseoir, Madame.

Mde. C R O U P I L L A C *assise.*

En vérité, Madame,
Je suis confuse, & dans le fond de l'ame

B 3

Je voudrois bien...
LISE.
Madame ?
Mde. CROUPILLAC.

Je voudrois
Vous enlaidir , vous ôter vos attraits ;
Je pleure, hélas ! vous voyant si jolie.
LISE.
Confolez-vous, Madame.
Mde. CROUPILLAC.

Oh ! non , ma Mie,
Je ne faurois : je vois que vous aurez
Tous les maris que vous demanderez.
J'en avois un du moins en efpérance ,
Un feul, hélas! c'eft bien peu quand j'y penfe;
Et j'avois eu grand'peine à le trouver.
Vous me l'ôtez , vous allez m'en priver.
Il eft un tems , ah ! que ce tems vient vite,
Où l'on perd tout quand un Amant nous quitte,
Où l'on eft feule ; & certe il n'eft pas bien,
D'enlever tout à qui n'a prefque rien.
LISE.
Excufez-moi , fi je fuis interdite
De vos difcours & de votre vifite;
Quel accident afflige vos efprits ?
Qui perdez-vous , & qui vous ai-je pris?
Mde. CROUPILLAC.
Ma chere enfant, il eft force béguëules
Au teint ridé , qui penfent qu'elles feules ,
Avec du fard & quelques fauffes dents,

Fixent l'amour, les plaisirs & le tems.
Pour mon malheur, hélas ! je suis plus sage,
Je vois trop bien que tout passe, & j'enrage.

LISE.

J'en suis fâchée, & tout est ainsi fait ;
Mais je ne peux vous rajeunir.

Mde. CROUPILLAC.
Si fait :

J'espére encor ; & ce seroit peut-être,
Me rajeunir, que me rendre mon traître.

LISE.

Mais de quel traître ici me parlez-vous ?

Mde. CROUPILLAC.

D'un Président, d'un ingrat, d'un Epoux,
Que je poursuis, pour qui je perds haleine,
Et sûrement qui n'en vaut pas la peine.

LISE.

Eh bien, Madame ?

Mde. CROUPILLAC.
Eh bien, dans mon Printems,

Je ne parlois jamais aux Présidens :
Je haïssois leur personne & leur stile ;
Mais avec l'âge on est moins difficile.

LISE.

Enfin, Madame ?

Mde. CROUPILLAC.
Enfin, il faut savoir,

Que vous m'avez réduite au desespoir.

LISE.

Comment ? en quoi ?

B 4

Mde. CROUPILLAC.

        J'étois dans Angoulême,
Veuve, & pouvant disposer de moi-même!
Dans Angoulême en ce tems Fierenfat
Etudioit, aprenti Magistrat:
Il me lorgnoit, il se mit dans la tête
Pour ma personne un amour mal-honnête,
Bien mal-honnête, hélas! bien outrageant,
Car il faisoit l'amour à mon argent.
Je fis écrire au bon homme de pere,
On s'entremit, on poussa loin l'affaire,
Car en nom souvent on lui parla,
Il répondit qu'il verroit tout cela.
Vous voyez bien que la chose étoit sûre.

LISE.

Oh oui.

Mde. CROUPILLAC.

    Pour moi, j'étois prête à conclure;
De Fierenfat alors le frere Aîné
A votre lit fut, dit-on, destiné.

LISE.

Quel souvenir!

Mde. CROUPILLAC.

     C'étoit un fou, ma Chere,
Qui jouissoit de l'honneur de vous plaire.

LISE.

Ah!

Mde. CROUPILLAC.

Ce fou-là s'étant fort dérangé,
Et de son pere ayant pris son congé,

Errant, proscrit, peut-être mort, que sai-je ?
(Vous vous troublez!) mon Héros de Collége,
Mon Préſident ſachant que votre bien
Eſt, tout compté, plus ample que le mien,
Mépriſe enfin ma fortune & mes larmes,
De votre dot il convoite les charmes,
Entre vos bras il eſt ce ſoir admis ;
Mais penſez-vous qu'il vous ſoit bien permis
D'aller ainſi courant de frere en frere
Vous emparer d'une famille entiére ?
Pour moi, déja par proteſtation,
J'arrête ici la célébration ;
J'y mangerai mon Château, mon Douaire,
Et le procès ſera fait de maniére,
Que vous, ſon pere, & les enfans que j'ai,
Nous ſerons morts avant qu'il ſoit jugé.

LISE.

En vérité je ſuis toute honteuſe,
Que mon Hymen vous rende malheureuſe ;
Je ſuis peu digne, hélas ! de ce courroux,
Sans être heureux on fait donc des jaloux ?
Ceſſez, Madame, avec un œil d'envie,
De regarder mon état & ma vie ;
On nous pourroit aiſément accorder,
Pour un mari je ne veux point plaider.

Mde. CROUPILLAC.

Quoi, point plaider !

LISE.

Non : je vous l'abandonne.

B 5

Mde. CROUPILLAC.

Vous êtes donc fans goût pour fa perfonne?
Vous n'aimez point ?

LISE.

Je trouve peu d'attraits
Dans l'Hymenée, & nul dans les procès.

SCENE IV.

Mde CROUPILLAC, LISE, RONDON.

RONDON.

OH, oh, ma fille , on nous fait des affaires,
Qui font dreffer les cheveux aux Beaux-pe-
res !
On m'a parlé de proteftation ,
Eh vertu-bleu , qu'on en parle à Rondon,
Je chafferai bien loin ces créatures,

Mde. CROUPILLAC,

Faut-il encor effuyer des injures?
Monfieur Rondon, de grace écoutez-moi.

RONDON.

Que vous plaît-il !

Mde. CROUPILLAC.

Votre gendre eft fans foi ,
C'eft un fripon d'efpèce toute neuve ,
Galant , avare , écornifleur de Veuve ,
C'eft de l'argent qu'il aime.

RONDON.

Il a raifon.

Mde. CROUPILLAC.

Il m'a cent fois promis dans ma maison
Un pur amour, d'éternelles tendresses.

RONDON.

Est-ce qu'on tient de semblables promesses ?

Mde. CROUPILLAC.

Il m'a quittée, hélas ! si brusquement.

RONDON.

J'en aurois fait de bon cœur tout autant.

Mde. CROUPILLAC.

Je vais parler comme il faut à son Pere.

RONDON.

Ah ! parlez-lui plutôt qu à moi.

Mde. CROUPILLAC.
L'affaire

Est effroyable, & le beau Sexe entier,
En ma faveur ira partout crier.
J'aurai pour moi, pour venger mes outrages,
Tout le beau Sexe.

RONDON.
Et nous tous les volages.

FIERENFAT.

Les Présidens.

Mde. CROUPILLAC.
Il me faut un Epoux,

Et je prendrai lui, son vieux pere, ou vous,

RONDON.

Qui, moi ?

Tome IV.   * B 6

Mde. CROUPILLAC.

Vous-même.

RONDON.

Oh ! je vous en défie,

Mde. CROUPILLAC.

Nous plaiderons.

RONDON.

Mais voyez la folie.

SCENE V.

RONDON, FIERENFAT, LISE,

RONDON à Lise.

JE voudrois bien savoir aussi pourquoi
Vous recevez ces visites chez moi ?
Vous m'attirez toujours des algarades.
Et vous, Monsieur, (à Fierenfat le Roi des
    Pédans fades,
Quel sot démon vous force à courtiser
Une Baronne, afin de l'abuser ?
C'est bien à vous, avec ce plat visage,
De vous donner les airs d'être volage ;
Il vous sied bien, grave & triste indolent,
De vous mêler du métier de Galant !
C'étoit le fait de votre fou de frere,
Mais vous, mais vous !

FIERENFAT.

Détrompez-vous, Beau-pere,
Je n'ai jamais requis cette union;

Je ne promis que fous condition ,
Me réfervant toujours au fond de l'ame ,
Le droit de prendre une plus riche femme.
De mon Aîné l'exhérédation ,
Et tous les Biens en ma poffeffion ,
A votre fille enfin m'ont fait prétendre ;
Argent comptant fait & Beau-pere & Gendre.

R O N D O N.

Il a raifon , ma foi , j'en fuis d'accord.

L I S E.

Avoir ainfi raifon , c'eft un grand tort.

R O N D O N.

L'argent fait tout. Va c'eft chofe très-fûre ,
Hâtons-nous donc fur ce pied de conclure.
D'écus tournois foixante pefans facs
Finiront tout malgré les Croupillacs ;
Qu'Euphémon tarde , & qu'il me défefpere !
Signons toujours avant lui.

L I S E.

Non , mon pere ,

Je fais auffi mes proteftations ;
Et je me donne à des conditions.

R O N D O N.

Conditions ! toi , quelle impertinence !
Tu dis , tu dis ?

L I S E.

Je dis ce que je penfe.

Peut-on goûter le bonheur odieux
De fe nourrir des pleurs d'un malheureux !

A Fierenfat.

Et vous, Monsieur, dans votre sort prospère,
Oubliez-vous que vous avez un frere ?

FIERENFAT.

Mon frere ? moi ? je ne l'ai jamais vû,
Et du logis il étoit disparu,
Lorsque j'étois encor dans notre Ecole,
Le nez collé sur *Cujas* & *Bartole.*
J'ai sû depuis ses beaux déportemens ;
Et si jamais il reparoît céans,
Consolez-vous, nous savons les affaires,
Nous l'enverrons en douceur aux Galéres.

LISE.

C'est un projet fraternel & Chrétien ;
En attendant vous confisquez son bien :
C'est votre avis ; mais moi, je vous déclare
Que je déteste un tel projet.

RONDON.

Tarare.
Va, mon enfant, le Contrat est dressé,
Sur tout cela le Notaire a passé.

FIERENFAT.

Nos Peres l'ont ordonné de la sorte,
En Droit écrit leur volonté l'emporte:
Lisez *Cujas*, Chapitre cinq, six, sept.
,, Tout libertin de débauches infect,
,, Qui renonçant à l'aîle paternelle
,, Fuit la maison, ou bien qui pille icelle,
,, *Ipso facto* de tout dépossédé,
,, Comme un Bâtard il est exhérédé.

LISE.

Je ne connois le Droit, ni la Coûtume.
Je n'ai point lû Cujas, mais je préfume
Que ce font tous des mal-honnêtes gens,
Vrais ennemis du Cœur & du Bon-Sens,
Si dans leur Code, ils ordonnent qu'un frere
Laiffe périr fon frere de mifére;
Et la Nature & l'Honneur ont leurs droits,
Qui valent mieux que *Cujas* & vos Loix.

RONDON.

Ah! laiffez-là vos Loix & votre Code,
Et votre Honneur, & faites à ma mode;
De cet Aîné que t'embarraffes-tu?
Il faut du bien.

LISE.

Il faut de la vertu.

Qu'il foit puni, mais au moins qu'on lui laiffe
Un peu de bien, refte d'un droit d'aîneffe,
Je vous le dis, ma main ni mes faveurs
Ne feront point le prix de fes malheurs.
Corrigez donc l'article que j'abhorre
Dans ce Contrat, qui tous nous deshonore
Si l'intérêt ainfi l'a pû dreffer,
C'eft un opprobre, il le faut effacer.

FIERENFAT.

Ah! qu'une femme entend mal les affaires!

RONDON.

Quoi! tu voudrois corriger deux Notaires?
Faire changer un Contrat?

LISE.

Pourquoi non?
RONDON,
Tu ne feras jamais bonne Maison :
Tu perdras tout.
LISE.

Je n'ai pas grand usage
Jusqu'à présent du monde & du ménage,
Mais l'Intérêt, mon cœur vous le maintient,
Perd des Maisons, autant qu'il en soûtient,
Si j'en fais une, au moins cet édifice
Sera d'abord fondé sur la Justice.
RONDON.
Elle est têtue : & pour la contenter,
Allons, mon Gendre, il faut s'exécuter.
Ça, donne un peu.
FIERENFAT.

Oui, je donne à mon frere...
Je donne... allons...
RONDON.

Ne lui donne donc guére.

SCENE VI.

EUPHEMON, RONDON, LISE,
FIERENFAT.

RONDON.

AH ! le voici le bon homm eEuphémon !
Viens, viens, j'ai mis ma fille à la raison :

On n'attend plus rien que ta fignature :
Preffes-moi donc cette tardive allure,
Dégourdis-toi, prends un ton réjoui,
Un air de noces, un front épanoui,
Car dans neuf mois, je veux, ne te déplaife,
Que deux enfans .... je ne me fens pas d'aife ;
Allons, ris donc, chaffons tous les ennuis
Signons, fignons.

EUPHEMON.

Non, Monfieur, je ne puis.

FIERENFAT.

Vous ne pouvez?

RONDON.

En voici bien d'une autre?

FIERENFAT.

Quelle raifon?

RONDON.

Quelle rage eft la vôtre?
Quoi ! tout le monde eft-il devenu fou ?
Chacun dit non : comment ? pourquoi ? par
où ?

EUPHEMON.

Ah ! Ce feroit outrager la Nature,
Que de figner dans cette conjoncture ?

RONDON.

Seroit-ce point la Dame Croupillac,
Qui fourdement fait ce maudit micmac ?

EUPHEMON.

Non, cette femme eft folle, & dans fa tête
Elle veut rompre un Hymen que j'aprête :

Mais ce n'est pas de ses cris impuissans
Que sont venus les ennuis que je sens.

RONDON.

Eh bien; quoi donc ? ce Bequillard du Coche
Dérange tout . & notre affaire accroche ?

EUPHEMON.

Ce qu'il a dit doit retarder du moins
L'heureux Hymen , objet de tant de soins.

LISE.

Qu'a-t'il donc dit , Monsieur ?

FIERENFAT.

Quelle nouvelle
A-t'il appris ?

EUPHEMON.

Une , hélas ! trop cruelle,
Devers Bourdeaux cet homme a vû mon fils
Dans les prisons , sans secours , sans habits,
Mourant de faim , la honte & la tristesse
Vers le tombeau conduisoient sa jeunesse;
La maladie & l'excès du malheur
De son Printemps avoient séché la fleur ,
Et dans son sang la fiévre enracinée
Précipitoit sa derniere journée.
Quand il le vit , il étoit expirant ,
Sans doute, hélas ! il est mort à présent.

RONDON.

Voilà , ma foi , sa pension payée.

LISE.

Il seroit mort ?

RONDON.

   N'en fois point effrayée ;
Va, que t'importe ?

FIERENFAT.

   Ah ! Monfieur, la pâleur
De fon vifage efface la couleur.

RONDON.

Elle eft, ma foi, fenfible : ah ! la friponne ;
Puifqu'il eft mort, allons, je te pardonne.

FIERENFAT.

Mais après tout, mon Pere, voulez-vous ?

EUPHEMON.

Ne craignez rien, vous ferez fon Epoux :
C'eft mon bonheur ; mais il feroit atroce,
Qu'un jour de deuil devînt un jour de nôce ;
Puis-je, mon fils, mêler à ce feftin
Le contretems de mon jufte chagrin,
Et fur vos fronts parés de fleurs nouvelles,
Laiffer couler mes larmes paternelles ?
Donnez, mon fils, ce jour à nos foupirs,
Et différez l'heure de vos plaifirs ;
Par une joye indifcrette, infenfée,
L'honnêteté feroit trop offenfée.

LISE.

Ah ! oui, Monfieur, j'approuve vos douleurs;
Il m'eft plus doux de partager vos pleurs,
Que de former les nœuds du mariage.

FIERENFAT.

Eh ! mais mon Pere . . .

RONDON.

Eh, vous n'êtes pas sage,
Quoi différer un Hymen projetté,
Pour un ingrat cent fois deshérité ;
Maudit de vous, de sa famille entiére !

EUPHEMON.

Dans ces momens un pere est toujours pere ;
Ses attentats, & toutes ses erreurs,
Furent toujours le sujet de mes pleurs ;
Et ce qui pèse à mon ame attendrie,
C'est qu'il est mort, sans réparer sa vie.

RONDON.

Réparons-la ; donnons - nous aujourd'hui
Des petits-fils, qui valent mieux que lui ;
Signons, dansons, allons, que de foiblesse !

EUPHEMON.

Mais...

RONDON.

Mais, morbleu, ce procédé me blesse :
De regretter même le plus grand bien,
C'est fort mal fait : douleur n'est bonne à rien ;
Mais regretter le fardeau qu'on vous ôte,
C'est une énorme & ridicule faute.
Ce fils aîné, ce fils votre fleau,
Vous mit trois fois sur le bord du tombeau :
Pauvre cher homme ! allez, sa frénésie
Eût tôt ou tard abrégé votre vie ;
Soyez tranquille, & suivez mes avis,
C'est un grand gain que de perdre un tel fils.

EUPHEMON.

Oui, mais ce gain coûte plus qu'on ne penfe,
Je pleure hélas ! fa mort & fa naiffance.

RONDON *à Fierenfat.*

Vas, fuis ton pere, & fois expéditif,
Prends ce Contrat, le mort faifit le vif :
Il n'eft plus tems qu'avec moi l'on barguigne ;
Prends-lui la main, qu'il paraphe & qu'il figne.

A Life.

Et toi, ma fille, attendons à ce foir,
Tout ira bien.

LISE.

Je fuis au defefpoir.

Fin du fecond Acte.

ACTE III.

SCENE PREMIERE.

EUPHEMON FILS, JASMIN.

JASMIN.

OUi, mon Ami, tu fus jadis mon maître ;
Je t'ai fervi deux ans fans te connaître,
Ainfi que moi réduit à l'Hôpital,
Ta pauvreté m'a rendu ton égal.
Non, tu n'es plus ce Monfieur d'*Entremonde*,
Ce Chevalier fi pimpant dans le monde,
Fêté, couru, de femmes entouré,

Nonchalamment de plaifirs enyvré ;
Tout eft au Diable. Eteins dans ta mémoire
Ces vains regrets des beaux jours de ta gloire,
Sur du fumier l'orgueil eft un abus ;
Le fouvenir d'un bonheur qui n'eft plus
Eft à nos maux un poids infupportable.
Toujours Jafmin , j'en fuis moins miférable,
Né pour fouffrir , je fai fouffrir gayement ;
Manquer de tout, voilà mon élément :
Ton vieux chapeau , tes guenillons de bure,
Dont tu rougis , c'étoit-là ma parure ;
Tu dois avoir , ma foi, bien du chagrin ,
De n'avoir pas été toujours Jafmin.

EUPHEMON FILS.

Que la mifére entraîne d'infamie !
Faut-il encor qu'un Valet m'humilie !
Quelle accablante & terrible leçon !
Je fens encor, je fens qu'il a raifon.
Il me confole au moins à fa maniere :
Il m'accompagne ; & fon ame groffiere,
Senfible & tendre en fa rufticité,
N'a point pour moi perdu l'humanité :
Né mon égal (puifqu'enfin il eft homme)
Il me foutient fous le poids qui m'affomme;
Il fuit gayement mon fort infortuné,
Et mes amis m'ont tous abandonné.

JASMIN.

Toi, des amis , hélas ! mon pauvre Maître,
Apprens-moi donc de grace à les connaître,

Comment font faits les gens qu'on nomme
   amis ?

EUPHEMON FILS.

Tu les a vûs chez moi toujours admis,
M'importunant fouvent de leurs vifites,
A mes foupers délicats parafites,
Vantant mes goûts d'un efprit complaifant,
Et fur le tout empruntant mon argent ;
De leur bon cœur m'étourdiffant la tête,
Et me louant, moi préfent.

JASMIN.

             Pauvre bête !
Pauvre Innocent ! tu ne les voyois pas
Te chanfonner au fortir d'un repas,
Sifler, berner ta bénigne imprudence.

EUPHEMON FILS.

Ah ! je le crois ; car dans ma décadence,
Lorfqu'à Bourdeaux je me vis arrêté,
Aucun de ceux à qui j'ai tout prêté
Ne me vint voir, nul ne m'offrit fa bourfe ;
Puis au fortir, maláde, & fans reffource,
Lorfqu'à l'un d'eux que j'avois tant aimé,
J'allois m'offrir mourant, inanimé,
Sous ces haillons dépouillés, délabrés,
De l'indigence exécrables livrées,
Quand je lui vins demander un fecours,
D'où dépendoient mes miférables jours,
Il détourna fon œil confus & traître,
Puis il feignit de ne me pas connaître,
Et me chaffa comme un Pauvre importun.

JASMIN.

Aucun n'ofa te confoler ?

EUPHEMON FILS.

Aucun.

JASMIN.

Ah ! les Amis , Amis , quels infâmes !

EUPHEMON FILS.

Les hommes font tous de fer.

JASMIN.

Et les femmes?

EUPHEMON FILS.

J'en attendois hélas ! plus de douceur,
J'en ai cent fois effuyé plus d'horreur :
Celle fur-tout qui m'aimant fans miftère
Sembloit placer fon orgueil à me plaire,
Dans fon logis meublé de mes préfens,
De mes bienfaits acheta des amants,
Et de mon Vin régaloit leur cohue,
Lorfque de faim j'expirois dans fa rue ;
Enfin, Jafmin, fans ce pauvre Vieillard,
Qui dans Bourdeaux me trouva par hazard,
Qui m'avoit vû, dit-il, dans mon enfance,
Une mort prompte eût fini ma fouffrance.
Mais en quel lieu fommes-nous, cher Jafmin?

JASMIN.

Près de Coignac, fi je fai mon chemin ;
Et l'on m'a dit que mon vieux premier Maître,
Monfieur Rondon, loge en ces lieux peut-être.

EUPHEMON FILS.

Rondon le pere de . . . , quel nom dis-tu ?

JASMIN.

JASMIN.

Le nom d'un homme aſſez bruſque & bourru.
Je fus jadis Page dans ſa Cuiſine,
Mais dominé d'une humeur libertine,
Je voyageai : je fus depuis Coureur,
Laquais, Commis, Fantaſſin, Deſerteur,
Puis dans Bourdeaux je te pris pour mon
    Maître;
De moi Rondon ſe ſouviendra peut-être,
Et nous pourrions dans notre adverſité...

EUPHEMON FILS.

Et depuis quand, dis-moi, l'a-tu quitté?

JASMIN.

Depuis quinze ans. C'étoit un caractére,
Moitié plaiſant, moitié triſte & colére,
Au fond bon diable : il avoit un enfant,
Un vrai Bijou, fille unique vraiment,
Oeil bleu, nez court, teint frais, bouche ver-
    meille,
Et des raiſons ! c'étoit une merveille :
Cela pouvoit bien avoir de mon tems,
A bien compter entre ſix à ſept ans;
Et cette fleur avec l'âge embellie
Eſt en état, ma foi, d'être cueillie.

EUPHEMON FILS.

Ah malheureux !

JASMIN.

    Mais j'ai beau te parler,
Ce que je dis ne te peut conſoler;
Je vois toujours à travers ta viſiére,

C

Tomber des pleurs qui bordent ta paupiére.

EUPHEMON FILS.

Quel coup du fort, ou quel ordre des Cieux,
A pû guider ma misére en ces lieux ?
Hélas !

JASMIN.

Ton œil contemple ces demeures ;
Tu restes-là tout pensif, & tu pleures.

EUPHEMON FILS.

J'en ai sujet.

JASMIN.

Mais connois-tu Rondon ?
Serois-tu pas parent de la Maison ?

EUPHEMON FILS.

Ah ! laisse-moi.

JASMIN *en l'embrassant.*

Par charité, mon Maître,
Mon cher ami, dis-moi qui tu peux être.

EUPHEMON *en pleurant.*

Je suis... je suis un malheureux mortel,
Je suis un fou, je suis un criminel,
Qu'on doit haïr, que le Ciel doit pourfuivre,
Et qui devroit être mort.

JASMIN.

Songe à vivre ;
Mourir de faim, est par trop rigoureux,
Tiens, nous avons quatre mains à nous deux,
Servons-nous-en, sans complainte importune,
Vois-tu d'ici ces gens, dont la fortune
Est dans leurs bras, qui, la bêche à la main,

Le dos courbé retournent ce Jardin ?
Enrôlons-nous parmi cette Canaille ;
Viens avec eux , imite-les , travaille ,
Gagne ta vie.

EUPHEMON FILS.

Hélas dans leurs travaux,
Ces vils humains , moins Hommes qu'Ani-
maux ,
Goûtent des biens, dont toujours mes caprices
M'avoient privé dans mes fausses délices ;
Ils ont au moins, fans trouble, fans remords,
La paix de l'ame & la fanté du corps.

SCENE II.

Mde. CROUPILLAC, EUPHEMON FILS, JASMIN.

Mde. CROUPILLAC dans l'enfoncement.

QUE vois - je ici ? ferois - je aveugle ou
borgne ?
C'est lui, ma foi, plus j'avife & je lorgne
Cet homme-là , plus je dis que c'est lui.

Elle le confidére.

Mais ce n'est plus le même homme aujour-
d'hui ,
Ce Cavalier brillant dans Angoulême
Jouant gros jeu, confu d'or ... c'est lui-même

C 2

Elle aproche d'Euphémon.

Mais l'autre étoit riche, heureux, beau, bien
fait,
Et celui-ci me semble pauvre & laid ;
La maladie altére un beau visage,
La pauvreté change encore davantage.

JASMIN.

Mais pourquoi donc ce Spectre féminin
Nous poursuit-il de son regard malin ?

EUPHEMON FILS.

Je la connois, hélas ! ou je me trompe ;
Elle m'a vû dans l'éclat, dans la pompe ;
Il est affreux d'être ainsi dépouillé ;
Aux mêmes yeux ausquels on a brillé ;
Sortons.

Mde. CROUPILLAC *s'avançant vers Euphémon fils.*

Mon fils, quelle étrange avanture
T'a donc réduit en si piétre posture !

EUPHEMON FILS.

Ma faute.

Mde. CROUPILLAC.

Hélas ! comme te voilà mis !

JASMIN.

C'est pour avoir eu d'excellens amis :
C'est pour avoir été volé, Madame.

Mde. CROUPILLAC.

Volé, par qui, comment ?

JASMIN.

Par bonté, Dame.

Nos voleurs font de très-honnêtes gens ;
Gens du beau monde , aimables fainéans ,
Buveurs, joueurs, & conteurs agréables ,
Des gens d'esprit, des femmes adorables.

Mde. CROUPILLAC.

J'entends, j'entends, vous avez tout mangé;
Mais vous ferez cent fois plus affligés ,
Quand vous faurez les excessives pertes ,
Qu'en fait d'hymen j'ai depuis peu souffertes.

EUPHEMON FILS.

Adieu, Madame ,

Mde. CROUPILLAC *l'arrêtant.*

Adieu ? non , tu fauras
Mon accident; parbleu tu me plaindras.

EUPHEMON FILS.

Soit, je vous plains , adieu.

Mde. CROUPILLAC.

Non , je te jure
Que tu fauras toute mon avanture ,
Un Fierenfat , Robin de fon métier ,
Vint avec moi connoiffance lier ,

Elle court après lui.

Dans Angoulême au tems où vous bâtîtes
Quatre Huiffiers , & la fuite vous prîtes ,
Ce Fierenfat habite en ce Canton ,
Avec fon Pere un Seigneur Euphémon.

EUPHEMON FILS *revenant.*

Euphémon !

Mde. CROUPILLAC.

Oui.

C 3

EUPHEMON FILS.

Ciel ! Madame, de grace,
Cet Euphémon, cet honneur de sa race
Que ses vertus ont rendu si fameux,
Seroit...

Mde. CROUPILLAC.

Oh oui !

EUPHEMON FILS.

Quoi ! dans ces mêmes lieux !

Mde. CROUPILLAC.

Oui.

EUPHEMON FILS.

Puis-je au moins savoir... comme il se porte ?

Mde. CROUPILLAC.

Fort bien, je croi... que diable vous importe !

EUPHEMON FILS.

Et que dit-on...

Mde. CROUPILLAC.

De qui ?

EUPHEMON FILS.

D'un fils aîné

Qu'il eut jadis ?

Mde. CROUPILLAC.

Ah ! c'est un fils mal né,
Un garnement, une tête legére,
Un fou fieffé, le fleau de son pere,
Depuis long-tems de débauches perdu,
Et qui peut-être est à présent pendu.

EUPHEMON FILS.

En vérité... je suis confus dans l'ame,

De vous avoir interrompu , Madame.

Mde. CROUPILLAC.

Poursuivons donc , Fierenfat son cadet
Chez moi l'amour hautement me faisoit ;
Il me devoit avoir par mariage.

EUPHEMON FILS.

Eh bien ! a-t'il ce bonheur en partage ?
Est-il a vous ?

Mde. CROUPILLAC.

Non , ce fat engraissé
De tout le lot de son frere insensé,
Devenu riche , & voulant l'être encore,
Rompt aujourd'hui cet hymen qui l'honore ;
Il veut saisir la fille d'un Rondon,
D'un plat Bourgeois ; le Coq de ce Canton.

EUPHEMON FILS.

Que dites-vous ? quoi, Madame, il l'épouse !

Mde. CROUPILLAC.

Vous m'en voyez terriblement jalouse.

EUPHEMON FILS.

Ce jeune objet aimable... dont Jasmin
M'a tantôt fait un portrait tout divin
Se donneroit....

JASMIN.

Quelle rage est la vôtre !
Autant lui vaut ce mari-là qu'un autre,
Quel diable d'homme ! il s'afflige de tout.

EUPHEMON FILS à part.

Ce coup a mis ma patience à bout ;

C 4

A Mde. Croupillac.

Ne doutez point que mon cœur ne partage
Amérement un si sensible outrage ;
Si j'étois crû, cette Lise aujourd'hui,
Assûrément ne seroit pas pour lui.

Mde. CROUPILLAC.

Oh ! tu le prends du ton qu'il le faut prendre,
Tu plains mon sort, un gueux est toujours
    tendre :
Tu paroissois bien-moins compâtissant,
Quand tu roulois sur l'or & sur l'argent ;
Ecoute, on peut s'entr'aider dans la vie.

JASMIN.

Aidez-nous donc, Madame, je vous prie.

Mde. CROUPILLAC.

Je veux ici te faire agir pour moi.

EUPHEMON FILS.

Moi vous servir ? hélas ! Madame, en quoi?

Mde. CROUPILLAC.

En tout. Il faut prendre en main mon injure ;
Un autre habit ; quelque peu de parure,
Te pourroient rendre encor assez joli :
Ton esprit est insinuant, poli,
Tu connois l'art d'empaumer une fille :
Introduis-toi, mon cher, dans la famille,
Fais le flatteur auprès de Fierenfat,
Vantes son bien, son esprit, son rabat ;
Sois en faveur, & lorsque je proteste
Contre son vol, toi, mon cher, fais le reste ;
Je veux gagner du tems en protestant.

EUPHEMON, *voyant son pere.*

Que vois-je ! ô Ciel !

Il s'enfuit.

Mde. CROUPILLAC.

Cet homme est fou vraiment;
Pourquoi s'enfuir ?

JASMIN.

C'est qu'il vous craint sans doute.

Mde. CROUPILLAC.

Poltron ! demeure, arrête, écoute, écoute.

SCENE III.

EUPHEMON PERE, JASMIN.

EUPHEMON.

JE l'avouerai, cet aspect imprévu
D'un malheureux avec peine entrevu
Porte à mon cœur je ne sai quelle atteinte,
Qui me remplit d'amertume & de crainte;
Il a l'air noble, & même certains traits
Qui m'ont touché; las ! je ne vois jamais
De malheureux à peu près de cet âge,
Que de mon fils la douloureuse image
Ne vienne alors par un retour cruel
Persécuter ce cœur trop paternel;
Mon fils est mort, ou vit dans la misere,
Dans la débauche, & fait honte à son pere;
De tous côtez je suis bien malheureux,
J'ai deux enfans, ils m'accablent tous deux;

C 5

L'un par sa perte & par sa vie infâme
Fait mon supplice & déchire mon ame ;
L'autre en abuse, il sent trop que sur lui
De mes vieux ans j'ai fondé tout l'appui ;
Pour moi la vie est un poids qui m'accable.

Appercevant Jasmin qui le salue,

Que veux-tu l'ami ?

JASMIN.

Seigneur aimable,
Reconnoissez, digne & noble Euphémon,
Certain Jasmin élevé chez Rondon.

EUPHEMON.

C'est toi ! le tems change un visage,
Et mon front chauve en sent le long outrage :
Quand tu partis, tu me vis encor frais ;
Mais l'âge avance, & le terme est bien près ;
Tu reviens donc enfin dans ta patrie ?

JASMIN.

Oui, je suis las de tourmenter ma vie,
De vivre errant & damné comme un Juif ;
Le bonheur semble un Etre fugitif,
Le Diable enfin, qui toujours me promène,
Me fit partir, le Diable me raméne.

EUPHEMON.

Je t'aiderai : sois sage si tu peux ;
Mais quel étoit cet autre malhéureux,
Qui te parloit dans cette promenade,
Qui s'est enfui ?

JASMIN.

Mais.... c'est mon camarade,

Un pauvre Hére affamé comme moi ,
Qui n'ayant rien , cherche auſſi de l'emploi.

E U P H E M O N.

On peut tous deux vous occuper peut-être ;
A-t'il des mœurs ? eſt-il ſage ?

J A S M I N.
Il doit l'être :

Je lui connois d'aſſez bons ſentimens :
Il a de plus de fort jolis talens ,
Il ſait écrire , il ſait l'Arithmétique ,
Deſſine un peu , fait un peu de Muſique ;
Ce drôle-là fut très-bien élevé.

E U P H E M O N.

S'il eſt ainſi , ſon poſte eſt tout trouvé :
Jaſmin , mon fils deviendra votre maître ,
Il ſe marie , & dès ce ſoir peut-être ,
Avec ſon bien ſon train doit augmenter ,
Un de ſes gens qui vient de le quitter
Vous laiſſe encore une place vacante ;
Tous deux ce ſoir il faut qu'on vous préſente,
Vous le verrez chez Rondon mon voiſin.
J'en parlerai : j'y vais ; adieu , Jaſmin ;
En attendant , tiens , voici de quoi boire.

S C E N E I V.

J A S M I N ſeul

AH ! l'honnête homme ! ô Ciel, pourroit-
on croire
Qu'il ſoit encor en ce Siécle félon ,

C 6

Un cœur fi droit , un mortel auffi bon ?
Cet air , ce port , cette ame bienfaifante ,
Du bon vieux tems eft l'image parlante.

SCENE V.

EUPHEMON FILS *revenant* , JASMIN.

JASMIN *en l'embraffant.*

JE t'ai trouvé déja condition ,
Et nous ferons Laquais chez Euphémon.

EUPHEMON FILS.

Ah !

JASMIN.

S'il te plaît , quel excès de furprife ?
Pourquoi ces yeux de gens qu'on exorcife ?
Et ces fanglots coup fur coup redoublés ,
Preffant tes mots au paffage étranglés.

EUPHEMON FILS.

Ah ! je ne puis contenir ma tendreffe ,
Je céde au trouble , au remords qui me preffe.

JASMIN.

Qu'a-t'elle dit qui t'ait tant agité ?

EUPHEMON FILS.

Elle m'a dit . . . . je n'ai rien écouté.

JASMIN.

Qu'avez-vous donc ?

EUPHEMON FILS.

Mon cœur ne peut fe taire;
Cet Euphémon . . . .

JASMIN.

Eh bien ?

EUPHEMON FILS.

Ah ! . . . c'eſt mon pere.

JASMIN.

Qui, lui, Monſieur ?

EUPHEMON FILS.

Oui, je ſuis cet aîné,

Ce criminel & cet infortuné,

Qui déſola ſa famille éperdue ;

Ah ! que mon cœur palpitoit à ſa vûe,

Qu'il lui portoit ſes vœux humiliés,

Que j'étois prêt de tomber à ſes pieds !

JASMIN.

Qui, vous, ſon fils ? Ah ! pardonnez, de grace,

Ma familiére & ridicule audace ;

Pardon, Monſieur.

EUPHEMON FILS.

Va, mon cœur opreſſé

Peut-il ſavoir ſi tu m'as offenſé ?

JASMIN.

Vous êtes fils d'un homme qu'on admire,

D'un homme unique, & s'il faut tout vous dire,

D'Euphémon fils la réputation

Ne flaire pas à beaucoup près ſi bon.

EUPHEMON FILS.

Et c'eſt auſſi ce qui me déſeſpere ;

Mais réponds-moi : que te diſoit mon pere ?

JASMIN.

Moi, je diſois que nous étions tous deux

Prêts à servir, bien élevés, très-gueux :
Et lui, plaignant nos deftins fimpathiques,
Nous recevoit tous deux pour domeftiques;
Il doit ce foir vous placer chez ce fils,
Ce Préfident à Life tant promis,
Ce Préfident votre fortuné Frere,
De qui Rondon doit être le Beau-pere.

EUPHEMON FILS.

Eh bien, il faut développer mon cœur :
Vois tous mes maux , connois leur profon-
    deur :
S'être attiré par un tiffu de crimes,
D'un pere aimé les fureurs légitimes,
Etre maudit, être deshérité,
Sentir l'horreur de la mendicité,
A mon Cadet voir paffer ma fortune,
Etre expofé dans ma honte importune
A le fervir, quand il m'a tout ôté :
Voilà mon fort, je l'ai bien mérité;
Mais croirois-tu qu'au fein de la fouffrance,
Mort aux plaifirs, & mort à l'efpérance,
Haï du monde, & méprifé de tous,
N'attendant rien, j'ofe être encor jaloux?

JASMIN.

Jaloux ! De qui ?

EUPHEMON FILS.

De mon frere, de Life.

JASMIN.

Vous fentiriez un peu de convoitife
Pour votre fœur? mais vraiment c'eft un trait

Digne de vous, ce péché vous manquoit.

EUPHEMON FILS.

Tu ne sais pas qu'au sortir de l'enfance,
(Car chez Rondon tu n'étois plus je pense)
Par nos parens l'un à l'autre promis,
Nos cœurs étoient à leurs ordres soumis;
Tout nous lioit, la conformité d'âge,
Celle des goûts, les yeux, le voisinage.
Plantés exprés, deux jeunes Arbrisseaux
Croissent ainsi pour unir leurs rameaux.
Le tems, l'amour qui hâtoit sa jeunesse,
La fit plus belle, augmenta sa tendresse:
Tout l'Univers alors m'eut envié;
Mais moi pour lors à des méchans lié,
Qui de mon cœur corrompoient l'innocence,
Yvre de tout dans mon extravagance,
Je me faisois un lâche point d'honneur
De mépriser, d'insulter son ardeur.
Le croirois-tu? je l'accablai d'outrages,
Quels tems, hélas! les violens orages
Des passions qui troubloient mon destin,
A mes parens m'arracherent enfin;
Tu sais depuis quel fut mon sort funeste,
J'ai tout perdu, mon amour seul me reste;
Le Ciel, ce Ciel qui doit nous désunir,
Me laisse un cœur, & c'est pour me punir.

JASMIN.

S'il est ainsi, si dans votre misere
Vous la raimez, n'ayant pas mieux à faire,
De Croupillac le conseil étoit bon,

De vous fourrer , s'il se peut , chez Rondon ;
Le sort maudit épuisa votre bourse ,
L'amour pourroit vous servir de ressource.

EUPHEMON FILS.

Moi , l'oser voir , moi , m'offrir à ses yeux ,
Après mon crime , en cet état hideux !
Il me faut fuir un Pere , une Maîtresse ,
J'ai de tous deux outragé la tendresse ,
Et je ne sais , ô regrets superflus ,
Lequel des deux me doit haïr le plus !

SCENE VI.

EUPHEMON FILS, FIERENFAT, JASMIN.

Voilà , je crois , ce Président si sage.

EUPHEMON FILS.

Lui ? je n'avois jamais vû son visage.
Quoi ! c'est donc lui , mon frere , mon rival ?

FIERENFAT.

En vérité , cela ne va pas mal ;
J'ai tant pressé , tant sermonné mon pere ,
Que malgré lui nous finissons l'affaire ;

En voyant Jasmin.

Où sont ces gens qui vouloient me servir ?

JASMIN.

C'est nous, Monsieur, nous venions nous offrir
Très-humblement.

FIERENFAT.

Qui de vous deux sait lire ?

JASMIN.

C'est lui, Monsieur.

FIERENFAT.

Il sait sans doute écrire ?

JASMIN.

Oh oui, Monsieur, déchiffrer, calculer.

FIERENFAT.

Mais il devroit savoir aussi parler ?

JASMIN.

Il est timide, & sort de maladie.

FIERENFAT.

Il a pourtant la mine assez hardie,
Il me paroît qu'il sent assez son bien :
Combien veux-tu gagner de gages ?

EUPHEMON FILS.

Rien.

JASMIN.

Oh, nous avons, Monsieur, l'ame héroïque.

FIERENFAT.

A ce prix-là, viens, sois mon domestique ;
C'est un marché que je veux accepter,
Viens, à ma femme il faut te présenter.

EUPHEMON FILS.

A votre femme ?

FIERENFAT.

Oui, oui, je me marie.

EUPHEMON FILS.

Quand !

FIERENFAT.

Dès ce soir.

EUPHEMON FILS.

Ciel !... Monſieur , je vous prie
De cet objet vous êtes donc charmé ?

FIERENFAT.

Oui.

EUPHEMON FILS.

Monſieur !

FIERENFAT.

Hem !

EUPHEMON FILS.

En ſeriez-vous aimé ?

FIERENFAT.

Oui. Vous ſemblez bien curieux , mon drôle ?

EUPHEMON FILS.

Que je voudrois lui couper la parole ,
Et le punir de ſon trop de bonheur !

FIERENFAT.

Qu'eſt-ce qu'il dit ?

JASMIN.

Il dit que de grand cœur
Il voudroit bien vous reſſembler & plaire.

FIERENFAT

Eh , je le crois , mon homme eſt téméraire ,
Ça , qu'on me ſuive , & qu'on ſoit diligent,
Sobre, frugal, ſoigneux , adroit , prudent,
Reſpectueux ; allons la Fleur , la Brie,
Venez , faquins.

EUPHEMON FILS.

Il me prend une envie,
C'est d'affubler sa face de Palais,
A poings fermés de deux larges soufflets.

JASMIN.

Vous n'êtes pas trop corrigé, mon Maître.

EUPHEMON FILS.

Ah! soyons sages, il est bien de l'être,
Le fruit au moins que je dois recueillir
De tant d'erreurs, est de savoir souffrir.

Fin du troisiéme Acte.

ACTE IV.

SCENE PREMIERE.

Mde. CROUPILLAC, EUPHEMON
FILS, JASMIN.

Mde. CROUPILLAC.

J'Ai, mon très-cher, par prévoyance ex-
trême,
Fait arriver deux Huissiers d'Angoulême:
Et toi, t'es-tu servi de ton esprit?
As-tu bien fait tout ce que je t'ai dit?
Pourras-tu bien d'un air de prud'homie,
Dans la maison semer la zizanie?
As-tu flatté le bon-homme Euphémon.

Parle, as-tu vû la future i

EUPHEMON FILS.

Hélas ! non.

Mde. CROUPILLAC.

Comment ?

EUPHEMON FILS.

Croyez que je me meurs d'envie
D'être à ses pieds.

Mde. CROUPILLAC.

Allons donc, je t'en prie,
Attaques-la pour me plaire, & rends-moi
Ce traître ingrat, qui séduisit ma foi ;
Je vais pour toi procéder en Justice,
Et tu feras l'amour pour mon service ;
Reprens cet air imposant & vainqueur,
Si sûr de soi, si puissant sur un cœur,
Qui triomphoit si-tôt de la sagesse ;
Pour être heureux, reprens ta hardiesse.

EUPHEMON FILS.

Je l'ai perdue.

Mde. CROUPILLAC.

Eh quoi ! quel embarras !

EUPHEMON FILS.

J'étois hardi, lorsque je n'aimois pas.

JASMIN.

D'autres raisons l'intimident peut-être ;
Ce Fierenfat est ma foi notre maître,
Pour ses Valets il nous retient tous deux.

Mde. CROUPILLAC.

C'est fort bien fait, vous êtes trop heureux ;

De sa maîtresse être le Domestique,
Est un bonheur, un destin presque unique,
Profitez-en.

JASMIN.

Je vois certains attraits
S'acheminer pour prendre ici le frais,
De chez Rondon ; me semble elle est sortie;

Mde. CROUPILLAC.

Eh, sois donc vite amoureux, je t'en prie,
Voici le tems, ose un peu lui parler.
Quoi ! je te vois soupirer & trembler !
Tu l'aimes donc? ah ! mon cher, ah ! de grace.

EUPHEMON FILS.

Si vous saviez, hélas ! ce qui se passe
Dans mon esprit interdit & confus,
Ce tremblement ne vous surprendroit plus.

JASMIN *en voyant Lise.*

L'aimable enfant, comme elle est embellie!

EUPHEMON FILS.

C'est elle, ô Dieux ! je meurs de jalousie,
De désespoir, de remords & d'amour.

Mde. CROUPILLAC.

Adieu, je vais te servir à mon tour.

EUPHEMON FILS.

Si vous pouvez, faites que l'on differe
Ce triste Hymen.

Mde. CROUPILLAC.

C'est ce que je vais faire.

EUPHEMON FILS.

Je tremble, hélas !

Il faut tâcher du moins
Que vous puissiez lui parler sans témoins ;
Retirons-nous.

EUPHEMON FILS.

Oh ! je te suis : j'ignore
Ce que j'ai fait , ce qu'il faut faire encore ;
Je n'oserai jamais m'y présenter.

―――――――――――

SCENE II.

LISE , MARTHE , JASMIN dans
l'enfoncement , & EUPHEMON plus reculé.

LISE.

J'Ai beau me fuir , me chercher , m'éviter,
Rentrer, sortir, goûter la solitude,
Et de mon cœur faire en secret l'étude,
Plus j'y regarde , hélas ! & plus je voi
Que le bonheur n'étoit pas fait pour moi.
Si quelque chose un moment me console
C'est Croupillac , c'est cette vieille folle,
A mon Hymen mettant empêchement ;
Mais ce qui vient redoubler mon tourment,
C'est qu'en effet Fierenfat & mon pere,
En sont plus vifs à presser ma misere ;
Ils ont gagné le bon-homme Euphémon.

MARTHE.

En vérité , ce Vieillard est trop bon,
Ce Fierenfat est par trop tyrannique,

Il le gouverne.

L I S E.

Il aime un fils unique,
Je lui pardonne ; accablé du premier ,
Au moins fur l'autre il cherche à s'apuyer.

M A R T H E.

Mais après tout , malgré ce qu'on publie ,
Il n'eſt-pas sûr que l'autre ſoit fans vie.

L I S E.

Hélas ! il faut (quel funeſte tourment !)
Le pleurer mort , ou le haïr vivant ,

M A R T H E.

De ſon danger cependant la nouvelle
Dans vôtre cœur mettoit quelque étincelle.

L I S E.

Ah ! fans l'aimer on peut plaindre ſon ſort.

M A R T H E.

Mais n'être plus aimé , c'eſt être mort ;
Vous allez donc être enfin à ſon frere ?

L I S E.

Ma chere enfant , ce mot me déſeſpére ,
Pour Fierenfat tu connois ma froideur ,
L'averſion s'eſt changée en horreur ;
C'eſt un breuvage affreux, plein d'amertume ,
Que , dans l'excès du mal qui me conſume ,
Je me réſous de prendre malgré moi ,
Et que ma main rejette avec effroi.

J A S M I N *tirant Marthe par la robe.*

Puis-je en ſecret , ô gentille Merveille ,
Vous dire ici quatre mots à l'oreille ?

MARTHE *à Jasmin.*

Très-volontiers.

LISE *à part.*

O fort ! pourquoi faut-il
Que de mes jours tu respectas le fil,
Lorsqu'un ingrat, un Amant si coupable,
Rendit ma vie, hélas ! si misérable ?

MARTHE *venant à Lise.*

C'est un des gens de votre Président,
Il est à lui, dit-il, nouvellement,
Il voudroit bien vous parler.

MARTHE.

Qu'il attende.

MARTHE *à Jasmin.*

Mon cher ami, Madame vous commande
D'attendre un peu.

LISE.

Quoi ? toujours m'excéder !
Et même absent en tous lieux m'obséder !
De mon Hymen que je suis déja lasse !

JASMIN *à Marthe.*

Ma belle enfant, obtiens-nous cette grace,

MARTHE *revenant.*

Absolument il prétend vous parler.

LISE.

Ah ! je vois bien qu'il faut nous en aller;

MARTHE.

Ce quelqu'un-là veut vous voir tout-à-l'heure,
Il faut, dit-il, qu'il vous parle, ou qu'il meure.

LISE.

LISE.

Rentrons donc vîte, & courons me cacher.

SCENE III.

LISE, MARTHE, EUPHEMON FILS
s'apuyant sur Jasmin.

EUPHEMON FILS.

L A voix me manque, & je ne peux mar-
cher,
Mes foibles yeux font couverts d'un nuage.

JASMIN.

Donnez la main : venons fur fon paffage.

EUPHEMON FILS.

Un froid mortel a paffé dans mon cœur ;
 (à Life.)
Souffrirez vous ? . . .

LISE *fans le regarder.*

  Que voulez-vous , Monfieur ?

EUPHEMON FILS *fe jettant à genoux.*

Ce que je veux ? la mort que je mérite.

LISE.

Que vois-je ? ô Ciel !

MARTHE.

   Quelle étrange vifite !
C'eft Euphémon ! Grand Dieu ! qu'il eft changé !

EUPHEMON FILS.

Oui je le fuis , votre cœur eft vengé ;
Oui , vous devez en tout me méconnaître :

Tom. IV.   D

Je ne fuis plus ce furieux, ce traître,
Si détefté, fi craint dans ce féjour,
Qui fit rougir la Nature & l'Amour.
Jeune, égaré, j'avois tous les caprices,
De mes amis j'avois pris tous les vices,
Et le plus grand, qui ne peut s'effacer,
Le plus affreux fut de vous offenfer.
J'ai reconnu, j'en jure par vous-même,
Par la vertu que j'ai fui, mais que j'aime,
J'ai reconnu ma déteftable erreur,
Le vice étoit étranger dans mon cœur,
Ce cœur n'a plus les taches criminelles
Dont il couvrit fes clartés naturelles;
Mon feu pour vous, ce feu faint & facré,
Y refte feul, il a tout épuré.
C'eft cet amour, c'eft lui qui me raméne,
Non, pour brifer votre nouvelle chaîne,
Non, pour ofer traverfer vos deftins,
Un malheureux n'a pas de tels deffeins.
Mais quand les maux où mon efprit fuccombe,
Dans mes beaux jours avoient creufé ma tom-
    be,
A peine encore échapé du trépas.
Je fuis venu, l'amour guidoit mes pas;
Oui, je vous cherche à mon heure derniere,
Heureux cent fois en quittant la lumiere,
Si deftiné pour être votre époux,
Je meurs au moins fans être haï de vous!
LISE.
Je fuis à peine en mon fens revenue;

C'est vous ? ô Ciel ! vous qui cherchez ma vûe,
Dans quel état ! quel jour ? ah malheureux !
Que vous avez fait de tort à tous deux !

EUPHEMON FILS.

Oui, je le sai : mes excès que j'abhorre,
En vous voyant, semblent plus grands encore ;
Ils sont affreux, & vous les connoissez;
J'en suis puni, mais point encore assez.

LISE.

Est-il bien vrai? malheureux que vous êtes !
Qu'enfin domptant vos fougues indiscretes,
Dans votre cœur, en effet combattu,
Tant d'infortune ait produit la vertu ?

EUPHEMON FILS.

Qu'importe, hélas ! que la vertu m'éclaire ?
Ah ! j'ai trop tard apperçû sa lumiere,
Trop vainement mon cœur en est épris,
De la vertu je perds en vous le prix.

LISE.

Mais répondez, Euphémon, puis-je croire
Que vous ayez gagné cette victoire ?
Consultez-vous, ne trompez point mes vœux,
Seriez-vous bien & sage & vertueux ?

EUPHEMON FILS.

Oui, je le suis, car mon cœur vous adore.

LISE.

Vous, Euphémon, vous m'aimeriez encore ?

EUPHEMON FILS.

Si je vous aime ? hélas ! je n'ai vêcu
Que par l'amour qui seul m'a soutenu;

Tome IV. *

J'ai tout fouffert, tout jufqu'à l'infamie;
Ma main cent fois alloit trancher ma vie,
Je refpectai les maux qui m'accabloient;
J'aimai mes jours, ils vous appartenoient.
Oui, je vous dois mes fentimens, mon être,
Ces jours nouveaux qui me luiront peut-être,
De ma raifon je vous dois le retour,
Si j'en conferve avec autant d'amour,
Ne cachez point à mes yeux pleins de larmes,
Ce front ferein, brillant de nouveaux charmes,
Regardez-moi tout changé que je fuis,
Voyez l'effet de mes cruels ennuis,
De longs remords, une horrible trifteffe,
Sur mon vifage ont flétri la jeuneffe:
Je fus peut-être autrefois moins affreux;
Mais voyez-moi, c'eft tout ce que je veux.

L I S E.

Si je vous vois conftant & raifonnable,
C'en eft affez, je vous vois trop aimable.

E U P H E M O N F I L S.

Que dites-vous? Jufte Ciel! vous pleurez!

L I S E *à Marthe.*

Ah! foutiens-moi, mes fens font égarés;
Moi, je ferois l'époufe de fon frere?...
N'avez-vous point vû déja votre pere?

E U P H E M O N F I L S.

Mon front rougit, il ne s'eft point montré
A ce Veillard que j'ai deshonoré;
Haï de lui, profcrit fans efpérance,
J'ofe l'aimer, mais je fuis fa préfence.

LISE.

Eh, quel est donc votre projet enfin ?

EUPHEMON FILS.

Si de mes jours Dieu recule la fin ,
Si votre sort vous attache à mon frere ,
Je vais chercher le trépas à la guerre ;
Changeant de nom aussi-bien que d'état ,
Avec honneur je servirai Soldat ;
Peut-être un jour le bonheur de mes armes
Fera ma gloire , & m'obtiendra vos larmes.
Par ce métier l'honneur n'est point blessé ,
Rose & Fabert ont ainsi commencé.

LISE.

Ce désespoir est d'une ame bien haute ,
Il est d'un cœur au-dessus de sa faute :
Ces sentimens me touchent encor plus
Que vos pleurs mêmes à mes pieds répandus
Non , Euphémon , si de moi je dispose ,
Si je peux fuir l'hymen qu'on me propose ,
De votre sort si je peux prendre soin ,
Pour le changer vous n'irez pas si loin.

EUPHEMON FILS.

O Ciel ! mes maux ont attendri votre ame !

LISE.

Ils me touchoient ; votre remords m'enflâme.

EUPHEMON FILS.

Quoi ! vos beaux yeux si long-tems courrou-
cés ,
Avec amour sur les miens sont baissés !
Vous rallumez ces feux si légitimes ,

D 3

Ces feux facrés qu'avoient éteint mes crimes;
Ah ! fi mon frere, aux tréfors attaché,
Garde mon bien à mon pere arraché,
S'il engloutit à jamais l'héritage,
Dont la Nature avoit fait mon partage;
Qu'il porte envie à ma félicité,
Je vous fuis cher, il eft deshérité.
Ah ! je mourrai dans l'excès de ma joie.

MARTHE.

Ma foi, c'eft lui qu'ici le Diable envoye.

LISE.

Contraignez donc ces foupirs enflâmés,
Diffimúlez.

EUPHEMON FILS.

Pourquoi ? fi vous m'aimez,

LISE.

Ah ! redoutez mes parens, votre pere,
Nous ne pouvons cacher à votre frere
Que vous avez embraffé mes genoux;
Laiffez-le au moins ignorer que c'eft vous.

MARTHE.

Je ris déja de fa grave colere.

SCENE VI.

LISE, EUPHEMON FILS, MARTHE,
JASMIN, FIERENFAT *dans le fond*
pendant qu'Euphémon lui tourne le dos.

FIERENFAT.

OU quelque diable a troublé ma visiere ;
Ou si mon œil est toujours clair & net,
Je suis … j'ai vû … je le suis… j'ai mon fait.

En avançant vers Euphémon.

Ah ! c'est donc toi, traître, impudent, faus-
saire.

EUPHEMON *en colere.*

Je…

JASMIN *se mettant entre eux.*

C'est, Monsieur, une importante affaire,
Qui se traitoit, & que vous dérangez ;
Ce sont deux cœurs en peu de tems changés ;
C'est du respect, de la reconnoissance,
De la vertu … Je m'y perds quand j'y pense.

FIERENFAT.

De la vertu ? Quoi ! lui baiser la main,
De la vertu ? scélérat !

EUPHEMON FILS.

Ah Jasmin,
Que, si j'osois…

FIERENFAT.

Non, tout ceci m'assomme ;

D 4

Si c'eût été du moins un Gentilhomme !
Mais un Valet, un gueux, contre lequel,
En intentant un procès criminel,
C'est de l'argent que je perdrai peut-être.

LISE *à Euphémon*.

Contraignez-vous, si vous m'aimez.

FIERENFAT.

Ah ! traître,

Je te ferai pendre ici, sur ma foi.

A Marthe.

Tu ris, Coquine ?

MARTHE.

Oui, Monsieur.

FIERENFAT.

Et pourquoi ?

De quoi ris-tu ?

MARTHE.

Mais, Monsieur, de la chose.

FIERENFAT.

Tu ne sais pas à quoi ceci t'expose,
Ma bonne amie, & ce qu'au nom du Roi,
On fait par fois aux filles comme toi.

MARTHE.

Pardonnez-moi, je le sais à merveilles.

FIERENFAT *à Lise*.

Et vous semblez vous boucher les oreilles,
Vous ! infidelle, avec votre air sucré,
Qui m'avez fait ce tour prématuré ;
De votre cœur l'inconstance est précoce ;
Un jour d'hymen ! une heure avant la nôce.

Voilà, ma foi, de votre probité!

LISE.

Calmez, Monsieur, votre esprit irrité,
Il ne faut pas sur la simple apparence
Légerement condamner l'innocence.

FIERENFAT.

Quelle innocence!

LISE.

Oui, quand vous connoîtrez
Mes sentimens, vous les estimerez.

FIERENFAT.

Plaisant chemin pour avoir de l'estime?

EUPHEMON FILS.

Oh! c'en est trop.

LISE à Euphémon.

Quel courroux vous anime?
Eh, reprimez!

EUPHEMON FILS.

Non, je ne peux souffrir
Que d'un reproche il ose vous couvrir.

FIERENFAT.

Savez-vous bien que l'on perd son Douairé,
Son Bien, sa Dot, quand...

EUPHEMON en colere, & mettant
la main sur la garde de son épée.

Savez-vous vous taire?

LISE.

Eh! modérez.

EUPHEMON FILS.

Monsieur le Président,
D 5

Prenez un air un peu moins impofant,
Moins fier, moins haut, moins Juge; car Madame
N'a pas l'honneur d'être encor votre femme;
Elle n'eſt point votre Maîtreſſe auſſi,
Eh! pourquoi donc gronder de tout ceci?
Vos droits ſont nuls, il faut avoir ſû plaire
Pour obtenir le droit d'être en colere;
De tels apas n'étoient pas faits pour vous,
Il vous ſied mal d'être jaloux;
Madame eſt bonne, & fait grace à mon zéle;
Imitez-la, ſoyez auſſi bon qu'elle.

　　FIERENFAT *en poſture de ſe batre.*
Je n'y puis plus tenir : à moi, mes gens.

　　　EUPHEMON FILS.
Comment?

　　　　FIERENFAT.
　　Allez me chercher des Sergens.

　　　LISE *à Euphémon fils.*
Retirez-vous.

　　　　FIERENFAT.
　　　　　Je te ferai connaître
Ce que l'on doit de reſpect à ſon Maître,
A mon état, à ma robe.

　　　EUPHEMON FILS.
　　　　　　Obſervez
Ce qu'à Madame ici vous en devez,
Et quant à moi, quoi qu'il puiſſe en paraître,
C'eſt vous, Monſieur, qui m'en devez peut-être.

FIERENFAT.

Moi … moi ?

EUPHEMON FILS.
Vous … vous

FIERENFAT.
Ce drôle est bien osé,

C'est quelque Amant en valet déguisé :
Qui donc es-tu ? réponds-moi.

EUPHEMON FILS.
Je l'ignore ;

Ma destinée est incertaine encore ;
Mon sort, mon rang, mon état, mon bon-
  heur,
Mon être enfin, tout dépend de son cœur,
De ses regards, de sa bonté propice.

FIERENFAT.
Il dépendra bien-tôt de la Justice,
Je t'en réponds ; va, va, je cours hâter
Tous mes Records, & vîte instrumenter.
Allez, perfide, & craignez ma colere,
J'amenerai vos parens, votre pere ;
Votre innocence en son jour paraîtra,
Et comme il faut on vous estimera.

SCENE V.

LISE, EUPHEMON FILS, MARTHE.

LISE.

EH, cachez-vous de grace, rentrons vîte
De tout ceci je crains pour nous la fuite;
Si votre pere aprenoit que c'eft vous,
Rien ne pourroit appaifer fon courroux;
Il penferoit qu'une fureur nouvelle,
Pour l'infulter en ces lieux vous rapelle;
Que vous venez entre nos deux Maifons
Porter le trouble & les divifions;
Et l'on pourroit pour ce nouvel efclandre,
Vous enfermer, hélas! fans vous entendre.

MARTHE.

Laiffez-moi donc le foin de le cacher;
Soyez-en fûre, on aura beau vous chercher.

LISE.

Allez, croyez qu'il eft très-néceffaire
Que j'adouciffe en fecret votre pere,
De la Nature il faut que le retour
Soit, s'il fe peut, l'ouvrage de l'amour;
Cachez-vous bien ...   (à Marthe.)
              Gardez qu'il ne paroiffe;
Eh, va donc vîte.

SCENE VI.

RONDON, LISE.

RONDON.

EH bien ! ma Life, qu'eft-ce?
Je te cherchois & ton époux auffi.

LISE.

Il ne l'eft pas , je le crois, Dieu merci!

RONDON.

Où vas-tu donc ?

LISE.

Monfieur , la bienféance
M'oblige encor d'éviter fa préfence.(*Elle fort.*)

RONDON.

Ce Préfident eft donc bien dangereux !
Je voudrois être *incognito* près d'eux ;
Là . . . voir un peu quelle plaifante mine
Font deux Amans qu'à l'hymen on deftine.

SCENE VII.

FIERENFAT, RONDON, SERGENS.

FIERENFAT.

AH ! les fripons , ils font fins & fubtils ;
Où les trouver ? où font-ils , où font-ils ?
Où cachent-ils ma honte & leur frédaine ?

R O N D O N.

Ta gravité me femble hors d'haleine,
Que prétends-tu? que cherche-tu? qu'as-tu?
Que t'a-t'on fait?

FIERENFAT.

J'ai qu'on m'a fait Cocu.

R O N D O N.

Cocu! tu-dieu! prends garde, arrête, obferve,

FIERENFAT.

Oui, oui, ma femme. Allez, Dieu me préferve
De lui donner le nom que je lui dois;
Je fuis Cocu malgré toutes les Loix.

R O N D O N.

Mon Gendre!

FIERENFAT.

Hélas! il eft trop vrai, Beau-pere,

R O N D O N.

Eh quoi la chofe!

FIERENFAT.

Oh! la chofe eft fort claire.

R O N D O N.

Vous me pouffez.

FIERENFAT.

C'eft moi qu'on pouffe à bout.

R O N D O N.

Si je croyois...

FIERENFAT.

Vous pouvez croire tout.

R O N D O N.

Mais plus j'entends, moins je comprends,
mon Gendre.

FIERENFAT.

Mon fait pourtant eſt facile à comprendre.

RONDON.

S'il étoit vrai, devant tous mes voiſins,
J'étranglerois ma Liſe de mes mains.

FIERENFAT.

Etranglez donc, car la choſe eſt prouvée.

RONDON.

Mais en effet ici je l'ai trouvée,
La voix éteinte & le regard baiſſé :
Elle avoit l'air timide, embaraſſé :
Mon Gendre, allons, ſurprenons la pendarde,
Voyons le cas, car l'honneur me poignarde ;
Tu-dieu, l'honneur ! Oh voyez-vous ? Ron-
don,
En fait d'honneur, n'entend jamais raiſon.

Fin du quatriéme Acte.

ACTE V.

SCENE PREMIERE.

LISE, MARTHE.

LISE.

AH! je me ſauve à peine entre tes bras ;
Que de dangers! quel horrible embarras!
Faut-il qu'une ame auſſi tendre, auſſi pure,

D'un tel soupçon souffre un moment l'injure!
Cher Euphémon , cher & funeste Amant,
Es-tu donc né pour faire mon tourment ?
A ton départ tu m'arrachas la vie,
Et ton retour m'expose à l'infamie. (*à Marthe.*)
Prens garde au moins , car on cherche par-
  tout.

    M A R T H E.
J'ai mis, je crois, tous mes chercheurs à bout,
Nous braverons le Greffe & l'Ecritoire ;
Certains recoins , chez moi , dans mon ar-
  moire ,
Pour mon usage en secret pratiqués ,
Par ces Furets ne sont point remarqués ;
Là , votre Amant se tapit , se dérobe
Aux yeux hagards des noirs Pédans en robe ;
Je les ai tous fait courir comme il faut ,
Et de ces Chiens la meute est en défaut.

    S C E N E I I.

 L I S E , M A R T H E , J A S M I N.

    L I S E.
EH bien , Jasmin , qu'a-t'on fait ?
    J A S M I N.
        Avec gloire
J'ai soutenu mon interrogatoire ,

Tel qu'un fripon, blanchi dans le métier,
J'ai répondu sans jamais m'effrayer :
L'un vous traînoit sa voix de Pédagogue,
L'autre brailloit d'un ton cas, d'un air rogue,
Tandis qu'un autre avec un ton fluté,
Disoit : Mon fils, sachons la vérité ;
Moi toujours ferme & toujours laconique,
Je rembarrois la Troupe scholastique.

L I S E.

On ne sait rien ?

J A S M I N.

Non, rien : mais dès demain
On saura tout ; car tout se sait enfin.

L I S E.

Ah ! que du moins Fierenfat en colere
N'ait pas le tems de prévenir son pere :
Je tremble encor, & tout accroît ma peur,
Je crains pour lui, je crains pour mon hon-
    neur ;
Dans mon amour j'ai mis mes espérances ;
Il m'aidera . . .

M A R T H E.

Moi, je suis dans des trances
Que tout ceci ne soit cruel pour vous ;
Car nous avons deux peres contre nous,
Un Président, les Bégueules, les Prudes,
Si vous saviez quels airs hautains & rudes,
Quel ton severe & quel sourcil froncé,
De leur vertu le faste rehauffé,
Prend contre vous ; avec quelle insolence

Leur acreté pourfuit votre innocence ;
Leurs cris, leur zéle & leur fainte fureur
Vous feroient rire, ou vous feroient horreur.

JASMIN.

J'ai voyagé, j'ai vu du tintamare,
Je n'ai jamais vu femblable bagare,
Tout le logis eft fans, deffus deffous ;
Ah ! que les gens font fots, méchans & fous!
On vous accufe, on augmente, on murmure,
En cent façons on conte l'avanture ;
Les Violons font déja renvoyés
Tout interdits, fans boire, & point payés ;
Pour le feftin fix tables bien dreffées
Dans ce tumulte ont été renverfées ;
Le peuple accourt, le Laquais boit & rit ;
Et Rondon jure, & Fierenfat écrit.

LISE.

Et d'Euphémon le pere refpectable,
Que fait-il donc dans ce trouble effroyable?

MARTHE.

Madame, on voit fur fon front éperdu
Cette douleur qui fied à la vertu ;
Il leve au Ciel les yeux, & ne peut croire,
Que vous ayez d'une tache fi noire
Souillé l'honneur de vos jours innocens,
Par des raifons il combat vos parens ;
Enfin furpris des preuves qu'on lui donne,
Il en gémit, & dit que fur perfonne
Il ne faudra fe fier deformais,
Si cette tache a flétri vos attraits.

LISE.

Que ce Vieillard m'infpire de tendreffe !

MARTHE.

Voici Rondon, Vieillard d'une autre efpèce;
Fuyons, Madame.

LISE.

Ah ! gardons-nous en bien;
Mon cœur eft pur, il ne doit craindre rien.

JASMIN.

Moi, je crains donc.

SCENE III.

LISE, MARTHE, RONDON.

RONDON.

Matoife, Mijaurée !
Fille preffée, ame dénaturée !
Ah ! Life, Life : allons, je veux favoir
Tous les entours de ce procédé noir :
Ç,à, depuis quand connois-tu le Corfaire ?
Son nom, fon rang, comment t'a-t'il pu plaire ?
De fes méfaits je veux favoir le fil;
D'où nous vient-il ? en quel endroit eft-il ?
Réponds, réponds : tu ris de ma colere;
Tu ne meurs pas de honte ?

LISE.

Non, mon pere.

RONDON.

Encor des *non* ? toujours ce chien de ton,
Et toujours *non*, quand on parle à Rondon!
La négative eft pour moi trop fufpecte,
Quand on a tort il faut qu'on me refpecte,
Que l'on me craigne, & qu'on fache obéir.

LISE.

Ouí, je fuis prête à vous tout découvrir.

RONDON.

Ah ! c'eft parler cela ; quand je menace,
On eft petit. ...

LISE.

     Je ne veux qu'une grace,
C'eft qu'Euphémon daignât auparavant
Seul en ce lieu me parler un moment.

RONDON.

Euphémon ? bon ! eh, que pourra-t'il faire?
C'eft à moi feul qu'il faut parler.

LISE.

       Mon pere,
J'ai des fecrets qu'il faut lui confier,
Pour votre honneur, daignez me l'envoyer,
Daignez ... c'eft tout ce que je puis vous dire.

RONDON.

A fa demande encor faut-il foufcrire,
A ce bon-homme elle veut s'expliquer,
On peut fort bien fouffrir, fans rien rifquer,
Qu'en confidence elle lui parle feule,
Puis fur le champ je cloître ma Bégueule.

S C E N E IV.

LISE, MARTHE.

L I S E.

Igne Euphémon ! pourrois-je te toucher?
Mon cœur de moi semble se détacher;
J'attends ici mon trépas ou ma vie;(*à Marthe.*)
Ecoute un peu.   (*Elle lui parle à l'oreille.*)

M A R T H E.
Vous serez obéie.

S C E N E V.

EUPHEMON PERE, LISE.

L I S E.

Un siége... hélas !.. Monsieur, asseyez-
         vous,
Et permettez que je parle à genoux.

EUPHEMON *l'empêchant de se mettre à genoux.*
Vous m'outragez.

L I S E.
         Non, mon cœur vous revere,
Je vous regarde à jamais comme un pere.

EUPHEMON PERE.
Qui, vous ! ma fille !

LISE.

            Oui, j'ose me flatter.
Que c'est un nom que j'ai su mériter.
        EUPHEMON PERE.
Après l'éclat & la triste avanture,
Qui de nos nœuds a causé la rupture !
            LISE.
Soyez mon Juge, & lisez dans mon cœur,
Mon Juge enfin sera mon protecteur :
Ecoutez-moi, vous allez reconnaître
Mes sentimens & les vôtres peut-être.

            Elle prend un siége à côté de lui.
Si votre cœur eût été lié
Par la plus tendre & plus pure amitié
A quelque objet, de qui l'aimable enfance
Donna d'abord la plus belle espérance,
Et qui brilla dans son heureux Printems,
Croissant en grace, en mérite, en talens;
Si quelque tems sa jeunesse abusée,
Des vains plaisirs suivant la pente aisée,
Au feu de l'âge avoit sacrifié
Tous ses devoirs & même l'amitié.
        EUPHEMON PERE.
Eh bien ?
            LISE.
            Monsieur, si son expérience
Eût reconnu la triste jouissance
De ces faux biens, objets de ses transports,
Nés de l'erreur & suivis des remords,
Honteux enfin de sa folle conduite;

Si fa raifon par le malheur inftruite,
De fes vertus rallumant le flambeau ,
Le ramenoit avec un cœur nouveau ;
Ou que plûtôt , honnête homme & fidèle ,
Il eût repris fa forme naturelle ,
Pourriez-vous bien lui fermer aujourd'hui
L'accès d'un cœur qui fut ouvert pour lui ?

E U P H E M O N   P E R E.

De ce portrait que voulez-vous conclure ?
Et quel rapport a-t'il à mon injure ?
Le malheureux qu'à vos pieds on a vu,
Eft un jeune homme en ces lieux inconnu ,
Et cette Veuve, ici dit elle-même ,
Qu'elle l'a vu fix mois dans Angoulême ;
Un autre dit que c'eft un effronté ,
D'amours obfcurs follement entêté ;
Et j'avouerai que ce portrait redouble
L'étonnement & l'horreur qui me trouble.

L I S E.

Hélas ! Monfieur , quand vous aurez apris
Tout ce qu'il eft , vous ferez plus furpris ;
De grace un mot, votre ame eft noble & belle ,
La cruauté n'eft pas faite pour elle ;
N'eft-il pas vrai qu'Euphémon votre fils
Fut long-tems cher à vos yeux attendris ?

E U P H E M O N   P E R E.

Oui , je l'avoue , & fes lâches offenfes
Ont d'autant mieux mérité mes vengeances :
J'ai plaint fa mort, j'avois plaint fes mal-
heurs ;

Mais la Nature, au milieu de mes pleurs,
Auroit laiſſé ma raiſon ſaine & pure
De ſes excès punir ſur lui l'injure.

LISE.

Vous! vous pourriez à jamais le punir?
Sentir toujours le malheur de haïr,
Et repouſſer encore avec outrage
Ce Fils changé devenu votre image,
Qui de ſes pleurs arroſeroit vos pieds,
Le pourriez-vous?

EUPHEMON PERE.

Hélas! vous oubliez,
Qu'il ne faut point par de nouveaux ſuplices,
De ma bleſſure ouvrir les cicatrices;
Mon fils eſt mort, ou mon fils loin d'ici
Eſt dans le crime à jamais endurci;
De la vertu s'il eût repris la trace,
Viendroit-il pas me demander ſa grace?

LISE.

La demander! ſans doute il viendra;
Vous l'entendrez; il vous attendrira.

EUPHEMON PERE.

Que dites-vous?

LISE.

Oui, ſi la mort trop prompte
N'a pas fini ſa douleur & ſa honte,
Peut-être ici vous le verrez mourir
A vos genoux d'excès de repentir.

EUPHEMON

EUPHEMON PERE.

Vous fentez trop quel eſt mon trouble extrême ;
Mon fils vivroit !

LISE.

S'il reſpire , il vous aime.

EUPHEMON PERE.

Ah ! s'il m'aimoit ; mais quelle vaine erreur ?
Comment ? de qui l'aprendre ?

LISE.

De ſon cœur.

EUPHEMON PERE.

Mais , ſauriez-vous . . . .

LISE.

Sur tout ce qui le touche
La vérité vous parle par ma bouche.

EUPHEMON PERE.

Non , non , c'eſt trop me tenir en ſuſpens ;
Ayez pitié du déclin de mes ans :
J'eſpére encor , & je ſuis plein d'allarmes ;
J'aimai mon fils , jugez-en par mes larmes.
Ah ! s'il vivoit , s'il étoit vertueux !
Expliquez-vous , parlez-moi.

LISE.

Je le veux ;

Eh bien ! ſachez . . . .

SCENE VI.

ACTEURS PRÉCÉDENS, FIERENFAT, RONDON, EUPHEMON FILS *l'épée à la main*, Mde. CROUPILLAC, EXEMTS.

FIERENFAT.

V Ite qu'on l'environne,
Point de quartier, faisissez sa personne.

RONDON *aux Exemts.*

Montrez un cœur au-dessus du commun,
Soyez hardis, vous êtes six contre un.

LISE.

Ah malheureux ! arrêtez.

MARTHE.

Comment faire?

EUPHEMON FILS.

Lâches, fuyez... où suis-je? c'est mon père.
Il jette son épée.

EUPHEMON PERE.

Que vois-je? hélas !

EUPHEMON FILS *aux pieds de son père.*

Un trop malheureux fils
Qu'on poursuivoit & qui vous est soumis.

LISE.

Oui, le voilà cet inconnu que j'aime.

RONDON.

Ma foi, c'eſt lui.

FIERENFAT.

Mon frere ?

Mde. CROUPILLAC.
O Ciel !

MARTHE.
Lui-même.

EUPHEMON FILS.

Connoiſſez-moi, décidez de mon ſort,
J'attends d'un mot, où la vie, ou la mort.

EUPHEMON PERE.

Ah ! qui t'amene en cette conjoncture ?

EUPHEMON FILS.

Le repentir, l'amour & la nature.

LISE ſe mettant auſſi à genoux.

A vos genoux vous voyez vos enfans ;
Oui, nous avons les mêmes ſentimens,
Le même cœur....

EUPHEMON FILS en montrant Liſe.

Hélas ! ſon indulgence,
De mes fureurs a pardonné l'offenſe ;
Suivez, ſuivez pour cet infortuné,
L'exemple heureux que l'amour a donné ;
Je n'eſpérois dans ma douleur mortelle
Que d'expirer aimé de vous & d'elle ;
Et ſi je vis, ah ! c'eſt pour mériter

E 2

Ces fentimens dont j'ofe me flatter;
D'un malheureux vous détournez la vûe,
De quels tranfports votre ame eft-elle émue?
Eft-ce là haine? Et ce fils condamné...

EUPHEMON *fe levant & l'embraffant.*

C'eft la tendreffe, & tout eft pardonné;
Si la vertu régne enfin dans ton ame,
Je fuis ton pere.

LISE.

Et j'ofe être fa femme. (*à Rondon.*)
Unis tous trois, permettez qu'à vos pieds,
Nos premiers nœuds foient enfin renoués.

A Euphémon.

Non, ce n'eft pas votre bien qu'il demande,
D'un cœur plus pur il vous porte l'offrande;
Il ne veut rien, & s'il eft vertueux,
Tout ce que j'ai fuffira pour nous deux.

RONDON.

Quel changement! quoi, c'eft donc-là mon
drôle?

FIERENFAT.

Oh, oh! je joue un fort fingulier rôle;
Tu-dieu, quel frere!

EUPHEMON PERE.

Oui, je l'avois perdu;
Le repentir, le Ciel me l'a rendu.

Mde. CROUPILLAC.

C'eft Euphémon? tant mieux.

FIERENFAT.

La vilaine Ame!

Il ne revient que pour m'ôter ma femme!

EUPHEMON FILS *à Fierenfat.*

Il faut enfin que vous me connoissiez,
C'est vous, Monsieur, qui me la ravissiez;
Dans d'autre tems j'avois eu sa tendresse;
L'emportement d'une folle jeunesse
M'ôta ce bien, dont on doit être épris,
Et dont j'avois trop mal connu le prix;
J'ai retrouvé dans ce jour salutaire
Ma probité, ma Maîtresse, mon Pere,
M'envieriez-vous l'inopiné retour
Des droits du sang & des droits de l'amour?
Gardez mes Biens, je vous les abandonne,
Vous les aimez ... moi j'aime sa personne;
Chacun de nous aura son vrai bonheur,
Vous dans mes Biens, moi, Monsieur, dans
son cœur.

EUPHEMON PERE.

Non, sa bonté si desintéressée,
Ne sera pas si mal récompensée;
Non, Euphémon, ton pere ne veut pas
T'offrir sans bien, sans dot à ses apas.

RONDON.

Oh! bon cela.

Mde. CROUPILLAC.

Je suis émerveillée,
Toute ébaudie & toute consolée;
Ce Gentilhomme est venu tout exprès,

E 3

En vérité pour venger mes attraits.

A Euphémon fils.

Vîte épousez, le Ciel vous favorise,
Car tout exprès pour vous il a fait Lise;
Et je pourrois par ce bel accident,
Si l'on vouloit, ravoir mon Préfident.

LISE *à Rondon.*

De tout mon cœur; & vous, fouffrez , mon
     pere,
Souffrez qu'une ame & fidèle & fincére,
Qui ne pouvoit fe donner qu'une fois,
Soit ramenée à fes premieres loix.

RONDON.

Si fa cervelle eft enfin moins volage...

LISE.

Oh ! j'en réponds.

RONDON.

S'il t'aime, s'il eft fage...

LISE.

N'en doutez pas.

RONDON.

Si fur-tout Euphémon
D'un ample dot lui fait un large don,
J'en fuis d'accord.

FIERENFAT.

Je gagne en cette affaire
Beaucoup, fans doute, en trouvant un mien
     frere;

Mais cependant je perds en moins de rien
Mes frais de nôce , une femme & du bien.

Mde. CROUPILLAC.

Eh , fi vilain ! quel cœur fordide & chiche !
Faut-il toujours courtifer la plus riche ?
N'ai je donc pas en Contrats , en Châteaux .
Affez pour vivre , & plus que tu ne vaux ?
Ne fuis-je pas en date la premiere ?
N'a-tu pas fait , dans l'ardeur de me plaire ,
De longs Sermens , tous couchés par écrit ,
Des Madrigaux , des Chanfons fans efprit ?
Entre les mains j'ai toutes tes promeffes ,
Nous plaiderons , je montrerai les piéces ;
Le Parlement doit en femblable cas
Rendre un Arrêt contre tous les ingrats.

RONDON.

Ma foi , l'ami , crains fa jufte colére ,
Epoufe-la , crois-moi , pour t'en défaire.

EUPHEMON PERE à Mde. Croupillac.

Je fuis confus du vif empreffement ,
Dont vous flattez mon fils le Préfident ,
Votre procès lui devroit plaire encore ,
C'eft un dépit dont la caufe l'honore ;
Mais permettez que mes foins réunis ,
Soient pour l'objet qui m'a rendu mon fils ;
Vous, mes enfans, dans ces momens profperes ,
Soyez unis , embraffez-vous en freres ;
Vous, mon ami , rendons graces aux Cieux ,

E 4

Dont les bontés ont tout fait pour le mieux,
Non , il ne faut , & mon cœur le confeffe,
Defefpérer jamais de la jeuneffe.

Fin du cinquiéme & dernier Acte.

AUX MANES

DE

GENONVILLE,

Confeiller au Parlement & intime ami de
l'Auteur, mort en 1722.

TOI que le Ciel jaloux ravit dans ton
printems ,
Toi de qui je conferve le fouvenir fidèle,
Vainqueur de la Mort & du Tems ,
Toi dont la perte après dix ans
M'eft encore affreufe & nouvelle :
Si tout n'eft pas détruit , fi fur les fombres
bords
Ce foufle fi caché , cette foible étincelle,
Cet Efprit le moteur & l'efclave du Corps,
Ce je ne fai quel Sens , qu'on nomme Ame
immortelle,
Refte inconnu de nous , eft vivant chez les
Morts ;
S'il eft vrai que tu fois, & fi tu peux m'entendre,

O mon cher Genonville, avec plaifir reçoi
Ces vers & ces foupirs que je donne à ta
    cendre ;
Monumens d'un amour immortel comme toi.
Il te fouvient du tems, où l'aimable Egérie,
Dans les beaux jours de notre vie,
Ecoutoit nos chanfons, partageoit nos ar-
    deurs.
Nous nous aimions tous trois, la raifon, la
    folie,
L'amour, l'enchantement des plus tendres
    erreurs,
    Tout réuniffoit nos trois cœurs.
Que nous étions heureux ! même cette indi-
    gence,
    Trifte compagne des beaux jours,
Ne put de notre joye empoifonner le cours.
Jeunes, gais, fatisfaits, fans foin, fans pré-
    voyance,
Aux douceurs du préfent bornant tous nos
    defirs,
Quel befoin avions-nous d'une vaine abon-
    dance,
Nous poffédions bien mieux, nous avions les
    plaifirs ;
Ces plaifirs, ces beaux jours coulés dans la
    moleffe,
    Ces ris enfans de l'alegreffe
Sont paffez avec toi dans la nuit du trépas.
Le Ciel en récompenfe accorde à ta Maîtreffe

         E 5

Des grandeurs & de la richeſſe ,
Apuis de l'âge mûr, éclatant embaras, ·
Foible ſoulagement quand on perd ſa jeu-
    neſſe ;
La Fortune eſt chez elle, où fut jadis l'Amour.
Ce dernier à mon cœur auroit plu davantage,
Les plaiſirs ont leur tems, la ſageſſe a ſon tour,
L'Amour s'eſt envolé ſur l'aîle du bel âge ;
Mais jamais l'amitié ne fuit du cœur du Sage.
Nous chantons quelquefois & tes vers & les
    miens,
De ton aimable Eſprit nous célébrons les
    charmes ,
Ton nom ſe mêle encore à tous nos entretiens,
Nous liſons tes Ecrits , nous les baignons de
    larmes.
Loin de nous à jamais ces mortels endurcis,
Indignes du beau nom, du ſacré nom d'amis.
Ou toujours remplis d'eux , ou toujours hors
    d'eux-mêmes ,
Au monde, à l'inconſtance, ardens à ſe li-
    vrer ,
Malheureux, dont le cœur ne ſait pas comme
    on aime ,
Et qui n'ont point connu la douceur de pleu-
    rer.

SUR LA MORT
DE MADEMOISELLE
LE COUVREUR.

QUE vois-je ? quel objet ! quoi ! ces lévres
     charmantes ,
Quoi ! ces yeux d'où partoient ces flammes
     éloquentes ,
Eprouvent du trépas les livides horreurs ?
Muses, Graces, Amours, dont elle fut l'image,
O mes Dieux & les siens , secourez votre ou-
     vrage.
Que vois-je ? C'en est fait , je t'embrasse , &
     tu meurs ,
Tu meurs , on sait déja cette triste nouvelle :
Tous les cœurs sont émus de ma douleur
     cruelle ,
J'entens de tous côtés les beaux Arts éperdus
S'écrier en pleurant , Melpomène n'est plus.
     Que direz-vous , race future,
Lorsque vous apprendrez la flétrissante injure
Qu'à ces Arts désolés font des hommes cruels?
     On prive de la sépulture
Celle qui dans la Gréce auroit eu des Autels,
Quand elle étoit au monde , ils soupiroient
     pour elle.
Je les ai vus soumis, autour d'elle empressés,
Si-tôt qu'elle n'est plus, elle est donc criminelle.
Tome IV.   *

Elle a charmé le monde, & vous l'en puniſſez.
Non, ces bords deſormais ne ſeront plus pro-
    fanes,
Ils contiennent ta cendre; & ce triſte tombeau,
Honoré par nos chants, conſacré par tes Manès
        Eſt pour nous un Temple nouveau.
Voilà mon S. Denis; oui, c'eſt-là que j'adore
Ton eſprit, tes talens, tes graces, tes appas;
Je les aimai vivans, je les encenſe encore,
        Malgré les horreurs du trépas,
        Malgré l'erreur & les ingrats,
Que ſeuls de ce tombeau l'opprobre deſho-
    nore.
Ah! verrai-je toujours ma foible Nation,
Incertaine en ſes vœux, flétrir ce qu'elle ad-
    mire?
Nos mœurs avec nos Loix toujours ſe con-
    tredire,
Et le foible Français s'endormir ſous l'em-
    pire
        De la Superſtition (*)?
Quoi! n'eſt-ce donc qu'en Angleterre
Que les Mortels oſent penſer?
Exemple de l'Europe, ô Londre! heureuſe
    Terre,
Ainſi que vos Tyrans vous avez ſu chaſſer
Les préjugés honteux qui nous livrent la
    guerre.

(*) A Rome même on n'excommunie point
les Acteurs.

C'eft-là qu'on fait tout dire, & tout récom-
    penfer ;
Nul Art n'eft méprifé, tout fuccès a fa gloire,
Le Vainqueur de Tallard, le Fils de la Victoire
Le fublime Dryden, & le fage Adiffon,
Et la charmante Ophits, & l'immortel New-
    ton,
Ont droit également au Temple de Mémoire,
Et le Couvreur à Londre, auroit eu des
    tombeaux
Parmi les Beaux-Efprits, les Rois & les Héros.
Quiconque a des Talens, à Londre eft un
    grand homme,
Le génie étonnant de la Gréce & de Rome,
Enfant de l'abondance & de la liberté,
Semble après deux mil ans chez eux reffufcité.
O toi, jeune Salle', fille de Terpfichore,
Qu'on infulte à Paris, mais que tout Londre
    honore,
Dans tes nouveaux fuccès reçois avec mes
    vœux
Les applaudiffemens d'un Peuple refpectable,
De ce Peuple puiffant, fier, libre, généreux,
Aux malheureux propice, aux Beaux-Arts
    favorable.
Du Laurier d'Apollon, dans nos ftériles
    Champs,
La feuille négligée eft deformais flétrie.
Dieux! pourquoi mon Païs n'eft-il plus la Patrie
    Et de la Gloire & des Talens ?

LE CADENAT.
En 1717.

JE triomphois; l'Amour étoit le maître,
Et je touchois à ces momens trop courts
De mon bonheur & du vôtre peut-être;
Mais un Tiran veut troubler nos beaux jours
C'eſt votre époux. Géolier ſexagénaire;
Il a fermé le libre Sanctuaire
De vos appas; & trompant nos déſirs,
Il tient la clef du ſéjour des plaiſirs:
Pour éclaircir ce douloureux miſtere,
D'un peu plus haut reprenons cette affaire,
   Vous connaiſſez la Déeſſe *Cerès* :
Or, en ſon tems *Cerès* eut une fille,
Semblable à vous, à vos ſcrupules près,
Brune, piquante, honneur de ſa Famille,
Tendre ſur-tout, & menant à ſa cour
L'aveugle enfant, que l'on appelle Amour.
Un autre aveugle, hélas ! bien moins aimable,
Le triſte Hymen la traita comme vous :
Le vieux *Pluton*, riche autant qu'haïſſable,
Dans les Enfers, fut ſon indigne époux :
Il étoit Dieu, mais avare & jaloux:
Il fut Cocu, car c'étoit la juſtice.
Pirrithoüs, ſon fortuné Rival,
Beau, jeune, adroit, complaiſant, libéral,
Au Dieu *Pluton* donna le bénéfice
De Cocuage : Or ne demandez pas
Comment un homme avant ſa derniere heure,

Put pénétrer dans la sombre demeure ?
Cet homme aimoit, l'Amour guida ses pas.
  Mais aux Enfers comme aux lieux où vous
          êtes,
Voyez qu'il est peu d'intrigues secrettes.
De sa Chaudiere un coquin d'Espion
Vit ce grand cas, & dit tout à Pluton,
Il ajouta que même à la sourdine,
Plus d'un damné festoyoit Proserpine ;
Et qu'elle avoit au séjour d'Uriel,
Trouvé moyen d'être encor dans le Ciel.
  Pluton frémit, fit des cris effroyables,
Jura le Styx, donna sa femme aux Diables.
Il assembla dans son noir Tribunal,
De ses Pédants le Sénat infernal.
Il convoqua les détestables ames,
De tous ces Saints dévolus aux Enfers,
Qui, dès long-tems en Cocuage expers,
Pendant leur vie ont tourmenté leurs fem-
          mes.
L'un d'eux lui dit : ,, Mon Confrere & Sei-
          gneur,
,, Pour détourner la maligne influence,
,, Dont votre Altesse a fait l'expérience,
,, Tuër sa Dame, est toujours le meilleur.
,, Mais las ! Seigneur, la vôtre est immortelle.
,, Je voudrois donc pour votre sûreté,
,, Qu'un Cadenat de structure nouvelle,
,, Fût le garant de sa fidélité.
,, A la vertu par la force asservie,

„ Lors vos plaisirs borneront son envie,

„ Plus ne sera d'Amant favorisé;

„ Et plût aux Dieux, que quand j'étois en
     vie,

„ D'un tel secret je me fusse avisé ! "

A ce discours les Damnez applaudirent

Et sur l'airain les Cocus l'écrivirent.

En un moment fers, enclumes, fourneaux,

Sont préparés aux gouffres infernaux.

Tisiphone de ces lieux Serruriére,

Au Cadenat met la main la première :

Elle l'acheve ; & des mains de Pluton,

Proserpine reçut ce triste don.

On m'a conté, qu'essayant son ouvrage,

Le cruel Dieu fut ému de pitié,

Qu'avec tendresse il dit à sa moitié,

Que je vous plains ? vous allez être sage.

   Or ce secret aux Enfers inventé,

Chez les Humains tôt après fut porté.

Et depuis ce, dans Venise & dans Rome,

Il n'est Pédant, Bourgeois, ni Gentilhomme,

Qui pour garder l'honneur de sa Maison,

De Cadenats n'ait sa provision.

Là tout jaloux, sans craindre qu'on le blâ-
     me,

Tient sous la clef la vertu de sa femme;

Or votre Epoux dans Rome a fréquenté,

Chez les méchans on se gâte sans peine,

Et ce galant vit fort à la Romaine;

Mais son trésor n'est point en sûreté.

A fes projets l'Amour fera funefte :
Ce Dieu charmant fera votre vengeur ;
Car vous m'aimez , & quand on a le cœur
De femme honnête , on a bien-tôt le refte.

§§§ : §§§ §§§ §§§ : §§§　§§§ : §§§ §§§ §§§ : §§§

LES
POETES EPIQUES.
STANCES.

PLein de beautés & de défauts
Le vieil Homére a mon eftime,
Il eft , comme tous fes Héros ,
Babillard outré , mais fublime.

Virgile orne mieux la Raifon,
A plus d'art , autant d'harmonie ,
Mais il s'épuife avec Didon ,
Et rate à la fin Lavinie.

De faux brillans , trop de Magie ,
Mettent le Taffe un cran plus bas ;
Mais que ne tolére-t'on pas ,
Pour Armide & pour Herminie ?

Milton , plus fublime qu'eux tous ,
A des beautés moins agréables ;
Il n'a chanté que pour les fous ,
Pour les Anges & pour les Diables.

Après Milton, après le Tasse,
Parler de moi seroit trop fort,
Et j'attendrai que je sois mort,
Pour apprendre quelle est ma place.

Vous en qui tant d'esprit abonde,
Tant de grace & tant de douceur,
Si ma place est dans votre cœur,
Elle est la premiere du Monde.

A MADAME DE ✱✱✱

LES DEUX AMOURS.

CErtain enfant qu'avec crainte on caresse,
Et qu'on connoît à son malin souris,
Court en tous lieux précédé par les Ris;
Mais trop souvent suivi de la Tristesse.
Dans les cœurs des humains il entre avec sou-
    plesse,
Habite avec fierté, s'envole avec mépris.
Il est un autre Amour, fils craintif de l'esti-
    me,
Soumis dans ses chagrins, constant dans ses
    desirs,
Que la Vertu soutient, que la Candeur anime,
Qui résiste aux rigueurs & croît par les plai-
    sirs.
De cet Amour le flambeau peut paraître

Moins éclatant; mais ses feux sont plus doux.
Voilà le Dieu que mon cœur veut pour maître,
Et je ne veux le servir que pour vous.

A LA MÊME.

Tout est égal, & la Nature sage
Veut au niveau ranger tous les Humains :
Esprit, Raison, beaux yeux, charmant visage,
Fleur de santé, doux loisir, jours serains;
Vous avez tout, c'est-là votre partage.
Moi, je parois un Etre infortuné,
De la Nature enfant abandonné,
Et n'avoir rien semble mon apanage;
Mais vous m'aimez, les Dieux m'ont tout
     donné.

A LA MÊME.
Sur un passage de Pope.

Pope l'Anglais, ce Sage si vanté
Dans sa Morale au Parnasse embellie,
Dit que les biens, les seuls biens de la vie,
Sont le repos, l'aisance, & la santé.
Il s'est trompé. Quoi dans l'heureux partage
Des dons du Ciel faits à l'humain séjour,
Ce triste Anglais n'a pas compté l'amour :
Qu'il est à plaindre! il n'est heureux ni sage.
Tome IV.

A LA MÊME.

En lui envoyant les Oeuvres Mistiques
de Fénélon.

Quand de la Guion le charmant Directeur
Disoit au monde, aimez Dieu pour lui-même,
Oubliez-vous dans votre heureuse ardeur;
On ne crut point à cet Amour extrême:
On le traita de chimére & d'erreur,
On se trompoit; je connois bien mon cœur,
Et c'est ainsi, belle Eglé, qu'il vous aime.

A LA MÊME.

De votre esprit la force est si puissante,
Que vous pourriez vous passer de beauté;
De vos attraits la grace est si piquante,
Que sans esprit vous m'auriez enchanté.
Si votre cœur ne sait pas comme on aime,
Ces dons charmans, sont des dons superflus;
Un sentiment est cent fois au-dessus
Et de l'esprit, & de la beauté même.

MELANGES
DE
LITTERATURE
ET DE
PHILOSOPHIE.

CHAPITRE PREMIER.
DE LA GLOIRE, OU ENTRETIEN avec un Chinois.

EN 1723. il y avoit en Hollande un Chinois : ce Chinois étoit Lettré & Négociant, deux chofes qui ne devroient
point du tout être incompatibles, & qui le
font devenues chez nous, graces au refpect
extrême qu'on a pour l'argent & au peu de
confidération que l'Efpèce humaine montre,
a montré, & montrera toujours pour le
mérite.

Ce Chinois, qui parloit un peu Hollandois,
fe trouva dans une boutique de Libraire avec
quelques Savans : il demanda un Livre ; on
lui propofa l'Hiftoire univerfelle de Boffuet,
mal traduite. A ce beau mot d'Hiftoire Univerfelle : Je fuis, dit-il, trop heureux ; je
vais voir ce que l'on dit de notre grand Em-

pire, de notre Nation qui subsiste en Corps
de peuple depuis plus de 50. mille ans, de
cette suite d'Empereurs qui nous ont gouvernés tant de siécles ; je vais voir ce qu'on pense
de la Religion des *Lettrez*, de ce Culte simple
que nous rendons à l'Etre Suprême. Quel plaisir de voir comme on parle en Europe de nos
Arts, dont plusieurs sont plus anciens chez
nous que tous les Royaumes Européans ! je
crois que l'Auteur se sera bien mépris dans
l'Histoire de la Guerre que nous eumes, il y
a vingt-deux mille cinq cens cinquante-deux
ans, contre les Peuples belliqueux du Tun-
quin & du Japon, & sur cette Ambassade so-
lemnelle par laquelle le puissant Empereur du
Mogol nous envoya demander des Loix l'an
du Monde 50000000000079123450000. Hé-
las ! lui dit un des Savans, on ne parle pas seulement de vous dans ce Livre : vous êtes trop
peu de chose ; presque tout roule sur la premiere Nation du monde, l'unique Nation,
le Peuple élu, le grand Peuple Juif.

Juif ? dit le Chinois, ces Peuples-là sont
donc les Maîtres des trois quarts de la Terre
au moins ? Ils se flattent bien qu'ils le seront
un jour, lui répondit-on ; mais en attendant
ce sont eux qui ont l'honneur d'être ici Marchands Fripiers, & de rogner quelquefois les
Espéces. Vous vous mocquez, dit le Chinois,
ces gens-là ont-ils jamais eu un vaste Empire ?
Ils ont possédé, lui dis je, en propre, pendant quelques années, un petit Pays ; mais ce
n'est point par l'étendue des Etats qu'il faut
juger d'un Peuple, de même que ce n'est point
par les richesses qu'il faut juger d'un homme.
Mais ne parle-t-on pas de quelque autre Peuple
dans ce Livre, demanda le Lettré ? Sans doute, dit le Savant, qui étoit auprès de moi, &
qui prenoit toujours la parole, on y parle

beaucoup d'un petit Pays de quatre-vingt lieues de large, nommé l'Egypte, où l'on prétend qu'il y avoit un Lac de 150 lieues de tour. Tu Dieu! dit le Chinois, un Lac de 150 lieues dans un terrain qui en avoit quatre-vingt de large; cela est bien beau! Tout le monde étoit sage dans ce Pays-là, ajouta le Docteur. Oh! le bon tems que c'étoit, dit le Chinois; mais est-ce là tout? Non, répliqua l'Européan, il est tant question encore de ces célébres Grecs? Qui sont ces Grecs, dit le Lettré? Ah! continua l'autre, il s'agit de cette Province, à peü près grande comme la deux centiéme partie de la Chine; mais qui a fait tant de bruit dans tout l'Univers. Jamais je n'ai oüi parler de ces gens là, ni au Mogol, ni au Japon, ni dans la Grande Tartarie, dit le Chinois d'un air ingénu.

Ah ignorant! ah barbare, s'écria poliment notre Savant, vous ne connoissez donc point Epaminondas le Thébain, ni le Port de Pirée, ni le nom des deux chevaux d'Achille, ni comment se nommoit l'Ane de Silène? vous n'avez entendu parler ni de Jupiter, ni de Diogène, ni de Laïs, ni de Cibèle, ni de...

J'ai bien peur, repliqua le Lettré, que vous ne sachiez rien de l'avanture, éternellement mémorable, du célébre Xixofou Concochigramki, ni des Mystéres du Grand Fi psi hi hi. Mais, de grace, quelles sont encore les choses inconnues dont traite cette Histoire Universelle? Alors le Savant parla un quart-d'heure de suite de la République Romaine: &, quand il vint à Jules-César, le Chinois l'interrompit, & lui dit: Pour celui-là, je crois le connoître; n'étoit-il pas Turc (*)?

Comment, dit le Savant échauffé, est-ce

(*) Il n'y a pas long-tems que les Chinois prenoient tous les Européans pour des Mahométans.

que vous ne favez pas au moins la différence
qui eft entre les Payens, les Chrétiens, &
les Mufulmans ? Eft-ce que vous ne connoiffez
point Conftantin, & l'Hiftoire des Papes ?
Nous avons entendu parler confufément, répondit l'Afiatique, d'un certain Mahomet.

Il n'eft pas poffible, repliqua l'autre, que
vous ne connoiffiez au moins Luther, Zuingle, Bellarmin, Ecolampade. Je ne retiendrai
jamais ces noms-là, dit le Chinois. Il fortit
alors, & alla vendre une partie confidérable
de Thé Peco & de fin Grogram, dont il acheta deux belles filles & un Mouffe, qu'il rame-
na dans fa Patrie en adorant *le Tien* : & en fe
recommandant à Confucius.

Pour moi, témoin de cette converfation,
je vis clairement ce que c'eft que la *Gloire*, &
je dis : Puifque Céfar & Jupiter font incon-
nus dans le Royaume le plus beau, le plus ancien, le plus vafte, le plus peuplé, le mieux
policé de l'Univers, il vous fied bien, Gou-
verneurs de quelques petits Pays; ô Prédicateurs d'une petite Paroiffe, dans une petite
Ville, ô Docteurs de Salamanque, ou de
Bourges, ô petits Auteurs, ô péfants Com-
mentateurs ; il vous fied bien de prétendre à
la réputation !

DU SUICIDE,

OU

DE L'HOMICIDE

DE SOI-MÊME.

CHAPITRE II.

Ecrit en 1729.

PHilippe Mordant, Cousin germain de ce fameux Comte de Peterboroug, si connu dans toutes les Cours de l'Europe, & qui se vante d'être l'homme de l'Univers qui a vû le plus de Postillons & le plus de Rois; Philippe Mordant, dis-je, étoit un jeune homme de vingt-sept ans, beau, bien fait, riche, né d'un sang illustre, pouvant prétendre à tout, & ce qui vaut encore mieux, passionnément aimé de sa Maîtresse. Il prit à ce Mordant un dégoût de la vie : il paya ses dettes, écrivit à ses amis pour leur dire adieu, & même fit des vers dont voici les derniers traduits en François :

L'Opium peut aider le Sage ;
Mais, selon mon opinion,
Il lui faut au lieu d'Opium
Un Pistolet & du courage.

Tom. IV. E

Il se conduisit selon ses principes, & se dépêcha d'un coup de pistolet, sans en avoir donné d'autre raison, sinon que son ame étoit lasse de son corps , & que quand on est mécontent de sa maison , il faut en sortir. Il sembloit qu'il eût voulu mourir , parce qu'il étoit dégoûté de son bonheur. Richard Smith vient de donner un étrange spectacle au monde par une cause fort différente. Richard Smith étoit dégoûté d'être réellement malheureux : il avoit été riche, & il étoit pauvre ; il avoit eu de la santé, & il étoit infirme. Il avoit une femme à laquelle il ne pouvoit faire partager que sa misere ; un enfant au berceau étoit le seul bien qui lui restât. Richard Smith & Bridget Smith , d'un commun consentement , après s'être tendrement embrassés & avoir donné le dernier baiser à leur enfant , ont commencé par tuer cette pauvre créature , & ensuite se sont pendus aux colomnes de leur lit. Je ne connois nulle part aucune horreur de sang froid qui soit de cette force ; mais la Lettre que ces infortunés ont écrite à Mr Brindlay leur cousin, avant leur mort , est aussi singuliére que leur mort même.

,, Nous croyons , disent-ils, que Dieu nous
,, pardonnera , &c. Nous avons quitté la
,, vie , parce que nous étions malheureux
,, sans ressource , & nous avons rendu à nô-
,, tre fils unique le service de le tuer, de
,, peur qu'il ne devînt aussi malheureux que
,, nous , &c.

Il est à remarquer que ces gens , après avoir tué leur fils par tendresse paternelle, ont écrit à un ami pour leur recommander leur Chat & leur Chien. Ils ont crû , apparemment , qu'il étoit plus aisé de faire le bonheur d'un Chat & d'un Chien dans le monde, que celui d'un Enfant ; & ils ne vouloient pas être à charge à leur ami.

Toutes ces Hiſtoires Tragiques , dont les Gazettes Anglaiſes fourmillent , ont fait penſer à l'Europe qu'on ſe tue plus volontiers en Angleterre qu'ailleurs. Je ne ſai pourtant ſi à Paris il n'y a pas autant de fous qu'à Londres ; peut-être que ſi nos Gazettes tenoient un Regiſtre exact de ceux qui ont eu la démence de vouloir ſe tuer , & le triſte courage de le faire , nous pourrions ſur ce point avoir le malheur de tenir tête aux Anglais. Mais nos Gazettes ſont plus diſcrettes : les avantures des particuliers ne ſont jamais expoſées à la médiſance publique dans ces Journaux avoués par le Gouvernement. Tout ce que j'oſe dire avec aſſurance , c'eſt qu'il ne ſera jamais à craindre que cette folie de ſe tuer , devienne une maladie épidémique : la Nature y a trop bien pourvu ; l'eſpérance , la crainte , ſont les reſſorts puiſſans dont elle ſe ſert , pour arrêter preſque toujours la main du malheureux prêt à ſe fraper.

On a beau nous dire qu'il y a eu des Pays où un Conſeil étoit établi pour permettre aux Citoyens de ſe tuer , quand ils en avoient des raiſons valables ; je réponds, ou que cela n'eſt pas vrai, ou que ces Magiſtrats avoient très-peu d'occupation.

Voici ſeulement ce qui pourroit nous étonner , & ce qui mérite , je crois , un ſérieux examen. Les anciens Héros Romains ſe tuoient preſque tous , quand ils avoient perdu une Bataille dans les Guerres Civiles , & je ne vois point que ni du tems de la Ligue , ni de celui de la Fronde , ni dans les Troubles d'Italie , ni dans ceux d'Angleterre aucun Chef ait pris le parti de mourir de ſa pro-

pre main. Il eſt vrai que ces Chefs étoient
Chrétiens, & qu'il y a bien de la différence
entre les principes d'un Guerrier Chrétien,
& ceux d'un Héros Payen ; cependant pourquoi ces hommes, que le Chriſtianiſme rete-
noit, quand ils vouloient ſe procurer la mort,
n'ont-ils été retenus par rien, quand ils ont
voulu empoiſonner, aſſaſſiner, ou faire mourir leurs ennemis vaincus ſur des échaffauts,
&c. ? La Religion Chrétienne ne défend-elle
pas ces homicides-là, encore plus que l'homicide de ſoi-même ?

Pourquoi donc, Caton, Brutus, Caſſius,
Antoine, Othon & tant d'autres, ſe ſont-ils
tués ſi réſolument, & que nos Chefs de Parti
ſe ſont laiſſés pendre, ou bien ont laiſſé languir leur miſérable vieilleſſe dans une priſon?
Quelques Beaux-Eſprits diſent que ces Anciens n'avoient pas *le véritable courage;* que
Caton fit une action de *Poltron* en ſe tuant,
& qu'il y auroit eu bien plus de grandeur d'a-
me à ramper ſous Céſar; cela eſt bon dans une
Ode, ou dans une Figure de Rhétorique. Il
eſt très-ſûr que ce n'eſt pas être ſans courage,
que de ſe procurer tranquillement une mort
ſanglante : qu'il faut quelque force pour ſur-
monter ainſi l'inſtinct le plus puiſſant de la
Nature ; & qu'enfin une telle action prouve
de la fureur, & non pas de la foibleſſe. Quand
un malade eſt en fréneſie, il ne faut pas dire
qu'il n'y a point de force, il faut dire que ſa
force eſt celle d'un frénétique.

La Religion payenne défendoit *l'homicide
de ſoi-même,* ainſi que la Chrétienne; il y
avoit même des places dans les Enfers pour
ceux qui s'étoient tués :

Proxima deinde tenent mœſti loca, qui ſib
lethum

Infontes peperere manu, lucemque perofi
Projecere animas ; quem vellent æthere in alto,
Nunc & pauperiem & duros perferre labores !
Fata obftant, triftique Palus innabilis unda
Alligat, & novies Styx interfufa coercet.

Virg. Æneid. Lib. VI. v. 434. & feqq.

Là font ces Infenfés qui, d'un bras téméraire,
Ont cherché dans la mort un fecours volon-
  taire,
Qui n'ont pû fupporter, foibles & malheu-
  reux ,
Le fardeau de la vie impofé par les Dieux.
Hélas ! ils voudroient tous fe rendre à la lu-
  miére ,
Recommencer cent fois leur pénible carriére :
Ils regrettent la vie, ils pleurent, & le fort,
Le fort , pour les punir, les retient dans la
  mort ;
L'abîme du Cocyte & l'Acheron terrible,
Met entre eux & la vie un obftacle invin-
  cible.

 Telle étoit la Religion des Payens, & malgré les peines qu'on alloit chercher dans l'autre monde , c'étoit un honneur de quitter celui-ci & de fe tuer ; tant les mœurs des hommes font contradictoires. Parmi nous le Duel
n'eft-il pas encore malheureufement honora-
ble , quoique défendu par la Raifon , par la
Religion & par toutes les Loix ? Si Caton &
Céfar, Antoine & Augufte, ne fe font pas
battus en duel, ce n'eft pas qu'ils ne fuffent

       F 3

auſſi braves que nos François. Si le Duc de Montmorenci , le Maréchal de Marillac, de Thou , S. Mars , & tant d'autres , ont mieux aimé être traînés au dernier ſuplice dans une Charette, comme des Voleurs de grand chemin , que de ſe tuer comme Caton & Brutus; ce n'eſt pas qu'ils n'euſſent autant de courage que ces Romains, & qu'ils n'euſſent autant de ce qu'on apelle honneur ; la véritable raiſon, c'eſt que la mode n'étoit pas alors à Paris de ſe tuer en pareil cas , & cette mode étoit établie à Rome.

Les femmes de la Côte de Malabar ſe jettent toutes vives ſur le bucher de leurs maris ; ont-elles plus de courage que Cornélie? Non , mais la coutume eſt dans ce Pays-là que les femmes ſe brûlent.

Coutume, opinion , Reines de notre ſort,
Vous réglez des Mortels & la vie & la mort.

DE
LA RELIGION
DES
QUAKERS.

CHAPITRE III.

J'Ai cru que la Doctrine & l'Histoire d'un Peuple aussi extraordinaire que les Quakers, méritoient la curiosité d'un homme raisonnable. Pour m'en instruire, j'allai trouver un des plus célébres Quakers d'Angleterre, qui, après avoir été trente ans dans le Commerce, avoit sû mettre des bornes à sa fortune & à ses desirs, & s'étoit retiré dans une Campagne auprès de Londres. J'allai le chercher dans sa retraite; c'étoit une Maison petite, mais bien bâtie, & ornée de sa seule propreté. Le Quaker (*) étoit un vieillard frais, qui n'avoit jamais eu de maladie, parce qu'il n'avoit jamais connu les passions ni l'intempérance. Je n'ai point vû en ma vie d'air plus noble, ni plus engageant que le sien. Il étoit vêtu, comme tous ceux de sa Religion, d'un habit sans plis dans les côtés, & sans boutons sur les poches ni sur les manches, &

(*) Il s'apelloit *André Pit*, & tout cela est exactement vrai, à quelques circonstances près. *André Pit* écrivit depuis à l'Auteur pour se plaindre de ce qu'on avoit ajoûté un peu à la vérité, & l'assura que Dieu étoit offensé de ce qu'on avoit plaisanté ses *Quakers*.

portoit un grand chapeau à bords rabattus
comme nos Ecclésiastiques. Il me reçut avec
son chapeau sur la tête, & s'avança vers moi
sans faire la moindre inclination de corps;
mais il y avoit plus de politesse dans l'air ouvert & humain de son visage, qu'il n'y en a
dans l'usage de tirer une jambe derriére l'autre, & de porter à la main ce qui est fait pour
couvrir la tête. Ami, me dit-il, je vois que
tu ès étranger, si je puis t'être de quelqu'u-
tilité, tu n'as qu'à parler. Monsieur, lui dis-
je, en me courbant le corps, & en glissant
un pied vers lui, selon notre coûtume, je me
flatte que ma juste curiosité ne vous déplaira
pas, & que vous voudrez bien me faire l'honneur de m'instruire de votre Religion. Les
gens de ton pays, me dit-il, font trop de
complimens & de révérences; mais je n'en ai
encore vû aucun qui ait eu la même curiosité
que toi. Entre, & dînons d'abord ensemble.
Je fis encore quelques mauvais complimens,
parce qu'on ne se défait pas de ses habitudes
tout d'un coup, & après un repas sain & frugal, qui commença & qui finit par une priére
à Dieu, je me mis à interroger mon homme.

Je débutai par la question que de bons Catholiques ont fait plus d'une fois aux Hugue-
nots. Mon cher Monsieur, dis-je, êtes-vous
baptisé? Non, me répondit le Quaker, &
mes Confreres ne le sont point. Comment
morbleu, repris-je, vous n'êtes donc pas
Chrétiens? Mon ami, repartit-il d'un ton
doux, ne jure point; nous sommes Chrétiens;
mais nous ne pensons pas que le Christianisme consiste à jetter de l'eau sur la tête d'un
enfant avec un peu de sel. Eh bon Dieu! repris-je, outré de cette impiété, vous avez donc
oublié que Jésus-Christ fut baptisé par Jean?

Ami, point de jurémens, encore un coup, dit le benin Quaker. Le Christ reçut le baptême de Jean, mais il ne baptisa jamais personne; nous ne sommes pas les disciples de Jean, mais du Christ. Ah! comme vous seriez brûlés par la Ste Inquisition, m'écriai-je! Au nom de Dieu, cher homme, que je vous baptise! S'il ne falloit que cela pour condescendre à ta foiblesse, nous le ferions volontiers, repartit-il gravement; nous ne condamnons personne pour user de la cérémonie du baptême; mais nous croyons que ceux qui professent une Religion toute sainte & toute spirituelle, doivent s'abstenir, autant qu'ils le peuvent, des cérémonies Judaïques. En voici bien d'une autre, m'écriai-je, des cérémonies Judaïques! Oui, mon ami, continua-t-il, & si Judaïques, que plusieurs Juifs encore aujourd'hui usent quelquefois du baptême de Jean. Consulte l'Antiquité, elle t'aprendra que Jean ne fit que renouveller cette pratique, laquelle étoit en usage long-tems avant lui parmi les Hébreux, comme le Pélerinage de la Meque l'étoit parmi les Ismaëlites. Jesus voulut bien recevoir le baptême de Jean, de même qu'il s'étoit soumis à la circoncision; mais, & la circoncision & le lavement d'eau doivent être tous deux abolis par le baptême du Christ, ce baptême de l'esprit, cette ablution de l'ame qui sauve les hommes. Aussi le Précurseur Jean disoit: *Je vous baptise à la vérité avec de l'eau, mais un autre viendra après moi plus puissant que moi, & dont je ne suis pas digne de porter les sandales; celui-là vous baptisera avec le feu & le Saint-Esprit.* Aussi le grand Apôtre des Gentils, Paul, écrit aux Corinthiens, *le Christ ne m'a pas envoyé pour baptiser, mais pour prêcher l'Evangile;* aussi ce même Paul ne baptisa jamais avec de l'eau

que deux personnes, encore fût-ce malgré lui.
Il circoncit son disciple Timothée : les autres
Apôtres circoncisoient aussi ceux qui vouloient l'être ; es-tu circoncis, ajoûta-t'il ? Je
lui répondis que je n'avois pas cet honneur.
Eh bien, dit-il, l'ami, tu ès Chrétien sans
être circoncis, & moi sans être baptisé. Voilà
comme mon saint homme abusoit assez spé-
cieusement de trois ou quatre passages de la
Sainte Ecriture, qui sembloient favoriser sa
Secte ; mais il oublioit de la meilleure foi du
monde une centaine de passages qui l'écrasoient. Je me gardai bien de lui rien contes-
ter, il n'y a rien à gagner avec un Enthousias-
te. Il ne faut point s'aviser de dire à un'homme les défauts de sa Maîtresse, ni à un Plai-
deur le foible de sa cause, ni des raisons à un
Illuminé. Ainsi je passai à d'autres questions.

A l'égard de la Communion, lui dis-je,
comment en usez-vous ? Nous n'en usons
point, dit-il. Quoi ! point de Communion ?
Non, point d'autre que celle des cœurs. Alors
il me cita encore les Ecritures ; il me fit un
fort beau Sermon contre la Communion, &
me parla d'un ton d'inspiré pour me prouver
que les Sacremens étoient tous d'invention
humaine, & que le mot de Sacrement ne se
trouvoit pas une seule fois dans l'Evangile.
Pardonne, dit-il, à mon ignorance, je ne t'ai
pas aporté la centiéme partie des preuves de
ma Religion, mais tu les peux voir dans l'exposition de notre Foi par Robert Barclay. C'est
un des meilleurs Livres qui soit jamais sorti
de la main des hommes ; nos ennemis con-
viennent qu'il est très-dangereux, cela prouve
combien il est raisonnable. Je lui promis de lire ce Livre, & mon Quaker me crut déjà
converti. Ensuite il me rendit raison, en peu
de mots, de quelques singularités qui expo-

fent cette Secte au mépris des autres. Avouë,
dit-il, que tu as eu bien de la peine à t'empêcher de rire, quand j'ai répondu à toutes tes
civilités avec mon chapeau fur la tête, & en
te tutoyant. Cependant tu me parois trop inftruit, pour ignorer que du tems du Chrift,
aucune Nation ne tomboit dans le ridicule de
fubftituer le plurier au fingulier : on difoit à
Céfar Augufte, *Je t'aime, je te prie, je te re-
mercie*; il ne fouffroit pas même, qu'on l'ap-
pellât Monfieur, *Dominus*. Ce ne fut que
long-tems après lui, que les hommes s'avifé-
rent de fe faire apeller *vous* au lieu de *tu*,
comme s'ils étoient doubles, & d'ufurper les
titres impertinens de Grandeur, d'Eminence,
Sainteté, de Divinité même, que des Vers de
terre donnent à d'autres Vers de terre, en les
affurant qu'ils font avec un profond refpect,
& une fauffeté infâme, leurs très-humbles &
très-obéiffans ferviteurs. C'eft pour être plus
fur nos gardes contre cet indigne commerce
de menfonges & de flatteries, que nous tu-
toyons également les Rois & les Charbon-
niers, que nous ne faluons perfonne, n'ayant
pour les hommes que de la charité, & du refpect que pour les Loix.

Nous portons auffi un habit un peu différent des autres hommes, afin que ce foit pour
nous un avertiffement continuel de ne leur
pas reffembler. Les autres portent les marques
de leurs dignités, & nous celles de l'humilité
Chrétienne. Nous fuyons les affemblées de
plaifir, les fpectacles, le jeu ; car nous ferions
bien à plaindre de remplir de ces bagatelles
des cœurs en qui Dieu doit habiter. Nous ne
faifons jamais de fermens, pas même en Juftice ; nous penfons que le nom du Très-Haut
ne doit point être proftitué dans les débats
miférables des hommes. Lorfq'il faut que

nous comparoissions devant les Magistrats pour les affaires des autres (car nous n'avons jamais de procès) nous affirmons la vérité par un *oüi* ou par un *non*, & les Juges nous en croyent sur notre simple parole, tandis que tant d'autres Chrétiens se parjurent sur l'E-vangile. Nous n'allons jamais à la guerre ; ce n'est pas que nous craignions la mort ; au con-traire, nous bénissons le moment qui nous unit à l'Etre des Etres ; mais c'est que nous ne sommes ni Loups, ni Tigres, ni Dogues, mais hommes, mais Chrétiens. Notre Dieu, qui nous a ordonné d'aimer nos ennemis, & de souffrir sans murmure, ne veut pas, sans doute, que nous passions la Mer pour aller égorger nos freres, parce que des meurtriers vêtus de rouge, avec un bonnet haut de deux pieds, enrôlent des Citoyens, en faisant du bruit avec deux petits bâtons sur une peau d'Ane bien tenduë. Et lorsqu'après des batail-les gagnées, tout Londres brille d'illumina-tions, que le Ciel est enflammé de fusées, que l'air retentit du bruit des actions de graces, des Cloches, des Orgues, des Canons, nous gémissons en silence sur ces meurtres qui cau-sent la publique allegresse.

DE LA RELIGION.
DES QUAKERS.

CHAPITRE IV.

Elle fut à peu près la converfation que j'eus avec cet homme fingulier. Mais je fus bien furpris quand le Dimanche fuivant il me mena à l'Eglife des Quakers. Ils ont plufieurs Chapelles à Londres ; celle où j'allai eft près de ce fameux Pilier , que l'on apelle le Monument. On étoit déja affemblé , lorfque j'entrai avec mon conducteur. Il y avoit environ quatre cens hommes dans l'Eglife & trois cens femmes. Les femmes fe cachoient le vifage, les hommes étoient couverts de leurs larges chapeaux ; tous étoient affis , tous dans un profond filence. Je paffai au milieu d'eux, fans qu'un feul levât les yeux fur moi. Ce filence dura un quart d'heure: enfin un d'eux fe leva, ôta fon chapeau , & après quelques foupirs , débita moitié avec la bouche , moitié avec le nez, un galimatias tiré , à ce qu'il croyoit, de l'Evangile , où ni lui ni perfonne n'entendoit rien. Quand ce faifeur de contorfions eut fini fon beau monologue,& que l'Affemblée fe fut féparée toute édifiée & toute ftupide, je demandai à mon homme pourquoi les plus fages d'entre eux fouffroient de pareilles fottifes ? Nous fommes obligés de les tolérer, me dit-il, parce que nous ne pouvons pas favoir fi un homme qui fe leve pour parler , fera infpiré par l'Efprit ou par la folie.

Dans le doute nous écoutons tout patiemment, nous permettons même aux femmes de parler ; deux ou trois de nos Dévotes se trouvent souvent inspirées à la fois, & c'est alors qu'il se fait un beau bruit dans la Maison du Seigneur. Vous n'avez donc point de Prêtres, lui dis-je ? Non, mon ami, dit le Quaker, & nous nous en trouvons bien. Alors ouvrant un Livre de sa Secte, il lut avec emphase ces paroles : A Dieu ne plaise que nous osions ordonner à quelqu'un de recevoir le Saint Esprit le Dimanche, à l'exclusion de tous les autres fidéles. Graces au Ciel, nous sommes les seuls sur la Terre qui n'ayons point de Prêtres. Voudrois-tu nous ôter une distinction si heureuse ? Pourquoi abandonnerons-nous notre enfant à des nourrices mercenaires, quand nous avons du lait à lui donner ? Ces mercenaires domineroient bientôt dans la Maison, & oprimeroient la mere & l'enfant. Dieu a dit, vous avez reçû *gratis*, donnez *gratis*. Irons nous après cette parole marchander l'Evangile, vendre l'Esprit Saint, & faire d'une assemblée de Chrétiens une Boutique de Marchands ? Nous ne donnons point d'argent à des hommes vêtus de noir pour assister nos pauvres, pour enterrer nos morts, pour prêcher les fidéles; ces saints emplois nous sont trop chers pour nous en décharger sur d'autres. Mais comment pouvez-vous discerner, insistai-je, si c'est l'Esprit de Dieu qui vous anime dans vos discours ? Quiconque, dit-il, priera Dieu de l'éclairer, & qui annoncera des vérités évangéliques qu'il sentira, que celui-là soit sûr que Dieu l'inspire. Alors il m'accabla de citations de l'Ecriture, qui démontroient, selon lui, qu'il n'y a point de Christianisme sans une révélation immédiate, & il ajouta ces paroles remarquables:

Quand tu fais mouvoir un de tes membres, est-ce ta propre force qui le remue ? Non, sans doute, car ce membre a souvent des mouvemens involontaires ; c'est donc celui qui a créé ton corps qui meut ce corps de terre. Et les idées que reçoit ton Ame, est-ce toi qui les forme ? Encore moins, car elles viennent malgré toi ; c'est donc le Créateur de ton ame qui te donne tes idées ; mais comme il a laissé à ton cœur la liberté, il donne à ton esprit les idées que ton cœur mérite ; tu vis dans Dieu, tu agis, tu penses dans Dieu. Tu n'as donc qu'à ouvrir les yeux à cette lumière qui éclaire tous les hommes, alors tu verras la vérité, & la feras voir. Eh ! voilà le Pere Malebranche tout pur, m'écriois-je. Je connois ton Malebranche, dit-il, il étoit un peu Quaker, mais il ne l'étoit pas assez. Ce sont-là les choses les plus importantes que j'ai aprises touchant la doctrine des Quakers ; dans la première Lettre vous aurez leur Histoire que vous trouverez encore plus singuliére que leur doctrine.

✳✳✳✳✳✳✳✳✳✳✳✳✳✳✳✳

HISTOIRE

DES QUAKERS.

CHAPITRE V.

Vous avez déja vû que les Quakers datent depuis Jesus-Christ, qui fut, selon eux, le premier Quaker. La Religion, disent-ils, fut corrompue presque aprés fa mort, & refta dans cette corruption environ 1600. années. Mais il y avoit toujours quelques Quakers cachés dans le monde, qui prenoient foin de conferver le feu facré, éteint par-tout ailleurs, jufqu'à ce qu'enfin cette lumiére s'étendit en Angleterre en l'an 1642.

Ce fut dans le tems que trois ou quatre Sectes déchiroient la Grande-Brétagne par des Guerres civiles entreprifes au nom de Dieu, qu'un nommé George Fox, du Comté de Leicefter, fils d'un Ouvrier en foye, s'avifa de prêcher en vrai Apôtre, à ce qu'il prétendoit, c'eft-à-dire, fans favoir ni lire ni écrire. C'étoit un jeune homme de vingt-cinq ans, de mœurs irréprochables & faintement fou. Il étoit vêtu de cuir depuis les pieds jufqu'à la tête, il alloit de Village en Village criant contre la Guerre & contre le Clergé. S'il n'avoit prêché que contre les gens de guerre, il n'avoit rien à craindre, mais il attaquoit les gens d'Eglife. Il fut bien-tôt mis en prifon; on le mena à Darby devant le Juge de Paix. Fox fe préfenta au Juge avec fon bonnet de cuir fur la tête. Un Sergent lui donna un grand foufflet, en lui difant: Gueux, ne fais-tu pás qu'il faut paroître tête nue devant Mr le Juge? Fox tendit l'autre joue & pria le Sergent de vouloir bien lui donner un autre foufflet pour l'amour de Dieu. Le Juge de Darby voulut lui faire prêter ferment avant de l'interroger. Mon ami, fache, dit-il au Juge, que je ne prens jamais le nom de Dieu en vain. Le Juge voyant que cet homme le tutoyoit, l'envoya aux Petites-Maifons de Darby pour y être fouetté. George Fox alla en louant Dieu à l'Hôpital des fous, où l'on ne manqua pas d'exécuter à la rigueur la Sentence du Juge. Ceux qui lui infligèrent la pénitence du fouet furent bien furpris, quand il les pria de lui appliquer encore quelques coups de verges pour le bien de fon ame. Ces Meffieurs ne fe firent pas prier : Fox eut fa double dofe, dont il les remercia très-cordialement ; puis fe mit à les prêcher. D'abord on rit, enfuite on l'é-couta, & comme l'enthoufiafme eft une ma-ladie qui fe gagne, plufieurs furent perfua-dés, & ceux qui l'avoient fouetté devinrent fes premiers difciples. Délivré de fa prifon, il courut les champs avec une douzaine de Profélytes, prêchant toujours contre le Cler-gé, & fouetté de tems en tems. Un jour étant mis au Pilori, il harangua tout le peuple avec tant de force, qu'il convertit une cinquan-taine d'Auditeurs, & mit le refte tellement dans fes intérêts, qu'on le tira en tumulte du trou où il étoit ; on alla chercher le Curé An-glican dont le crédit avoit fait condamner Fox à ce fupplice, & on le pilioria à fa place.

Il ofa bien convertir quelques Soldats de Cromwell, qui quitterent le métier des ar-mes, & refuferent de prêter le ferment. Crom-well ne vouloit pas d'une Secte où l'on ne fe battoit point, de même que Sixte-Quint au-guroit mal d'une Secte, *dove non fi chiavava :* il fe fervit de fon pouvoir, pour perfécuter ces nouveaux venus. On en rempliffoit les pri-fons, mais les perfécutions ne fervent pref-que jamais qu'à faire des Profélytes. Ils for-toient de leurs prifons affermis dans leur créance, & fuivis de leurs Géoliers qu'ils avoient convertis. Mais voici ce qui contribua le plus à étendre fa Secte. Fox fe croyoit in-fpiré, il crut par conféquent devoir parler d'une manière indifférente des autres hom-mes. Il fe mit à trembler, à faire des contor-fions & des grimaces, à retenir fon haleine, à la pouffer avec violence ; la Prêtreffe de

Delphes n'eût pas mieux fait. En peu de tems
il acquit une grande habitude d'inspiration,
& bien-tôt après il ne fut plus guères en son
pouvoir de parler autrement. Ce fut le premier don qu'il communiqua à ses Disciples.
Ils firent de bonne foi toutes les grimaces de
leur Maître, ils trembloient de toutes leurs
forces au moment de l'inspiration. De là ils
en eurent le nom de *Quakers*, qui signifie
Trembleurs. Le petit peuple s'amusoit à les
contrefaire, on trembloit, on parloit du
nez, on avoit des convulsions, & on croyoit
avoir le S. Esprit. Il leur falloit quelques miracles, ils en firent.

Le Patriarche Fox dit publiquement à un
Juge de Paix, en présence d'une grande assez blée: Ami, prends garde à toi, Dieu te pu-
nira bien-tôt de persécuter les Saints. Ce Juge
étoit un yvrogne qui s'enyvroit tous les jours
de mauvaise Biére & d'Eau-de-vie, il mourut d'apopléxie deux jours après précisément
comme il venoit de signer un ordre pour envoyer quelques Quakers en prison. Cette mort
soudaine ne fut point attribuée à l'intempé-
rence du Juge; tout le monde la regarda comme un effet des prédictions du saint homme,
cette mort fit plus de Quakers, que mille Sermons & autant de convulsions n'en auroient
pû faire. Cromwell voyant que leur nombre
augmentoit tous les jours voulut les attirer
à son parti, il leur fit offrir de l'argent; mais
ils furent incorruptibles, & il dit un jour que
cette Religion étoit la seule contre laquelle
il n'avoit pû prévaloir avec des guinées.

Ils furent quelquefois persécutés sous Charles Second, non pour leur Religion, mais
pour ne vouloir pas payer les dîmes au Clergé, pour tutoyer les Magistrats, & refuser
de prêter les sermens prescrits par la Loi.

Enfin Robert Barclay, Ecoſſois, préſenta au Roi en 1675. ſon Apologie des Quakers, Ouvrage auſſi bon qu'il pouvoit l'être. L'Epitre Dédicatoire à Charles Second contient non des baſſes flateries, mais des vérités hardies, & des conſeils juſtes. ,, Tu as goûté, dit-il à ,, Charles à la fin de cette Epitre, de la dou- ,, ceur & de l'amertume, de la proſpérité & ,, des plus grands malheurs : tu as été chaſſé ,, des Pays où tu regnes, tu as ſenti le poids ,, de l'oppreſſion, & tu dois ſavoir combien ,, l'oppreſſeur eſt déteſtable devant Dieu & ,, devant les hommes : que ſi après tant d'é- ,, preuves & de bénédictions ton cœur s'en- ,, durciſſoit, & oublioit le Dieu qui s'eſt ſou- ,, venu de toi dans tes diſgraces, ton crime ,, en ſeroit plus grand, & ta condamnation ,, plus terrible ; au lieu donc d'écouter les ,, flateurs de ta Cour, écoute la voix de ta ,, conſcience, qui ne te flatera jamais. Je ſuis ,, ton fidèle ami & ſujet, BARCLAY. ''

Ce qui eſt plus étonnant, c'eſt que cette Let-tre écrite à un Roi par un Particulier obſcur eut ſon effet, & que la perſécution ceſſa.

HISTOIRE
DES QUAKERS.

CHAPITRE VI.

ENviron ce tems parut l'illuſtre Guillau-me Pen, qui établit la puiſſance des Qua-kers en Amérique, & qui les auroit rendus

respectables en Europe, si les hommes pouvoient respecter la Vertu sous des appareu-
ces ridicules. Il étoit fils unique du Chevalier
Pen, Vice-Amiral d'Angleterre, & Favori du
Duc d'Yorck, depuis Jacques Second.

Guillaume Pen à l'âge de quinze ans ren-
contra un Quaker à Oxford, où il faisoit ses
études : ce Quaker le persuada, & le jeune
homme, qui étoit vif, naturellement éloquent,
& qui avoit de l'ascendant dans sa Physiono-
mie & dans ses maniéres, gagna bien-tôt
quelques-uns de ses camarades : il établit insensiblement une Société de jeunes Quakers
qui s'assembloient chez lui ; de-sorte qu'il se
trouva Chef de la Secte à l'âge de seize ans.

De retour chez le Vice-Amiral son pere,
au sortir du Collége, au lieu de se mettre a
genoux devant lui, & de lui démander sa bé-
nédiction, selon l'usage des Anglois, il l'a-
borda le chapeau sur sa tête, & lui dit : Je
suis fort aise, l'ami, de te voir en bonne santé. Le Vice-Amiral crut que son fils étoit devenu fou ; il aperçut bien-tôt qu'il étoit Quaker. Il mit en usage tous les moyens que la
prudence humaine peut employer pour l'en-
gager à vivre comme un autre ; le jeune homme ne répondit à son pere qu'en l'exhortant à
se faire Quaker lui-même. Enfin le pere se re-
lâcha à ne lui demander autre chose, sinon
qu'il allât voir le Roi & le Duc d'Yorck le chapeau sous le bras, & qu'il ne les tutoyât point.
Guillaume lui répondit que sa conscience ne
le lui permettoit pas ; & qu'il valoit mieux
obéir à Dieu qu'aux hommes : le pere indigné
& au désespoir, le chassa de sa maison. Le
jeune Pen remercia Dieu de ce qu'il souffroit
déjà pour sa cause ; il alla prêcher dans la Cité, il y fit beaucoup de Prosélytes.

Les Prêches des Ministres éclaircissoient

tous les jours, & comme il étoit jeune, beau & bien fait, les femmes de la Cour & de la Ville accouroient devorement pour l'entendre. Le Patriarche George Fox vint du fond de l'Angleterre le voir à Londres, sur sa réputation; tous deux résolurent de faire des Missions dans les Pays étrangers; ils s'embarquerent pour la Hollande, après avoir laissé des Ouvriers en assez bon nombre pour avoir soin de la Vigne de Londres.

Leurs travaux eurent un heureux succès à Amsterdam; mais ce qui leur fit plus d'honneur, & ce qui mit le plus leur humilité en danger, fut la réception que leur fit la Princesse Palatine Elizabeth, tante de Géorge I. Roi d'Angleterre, femme illustre par son esprit & par son savoir, & à qui Descartes avoit dédié son Roman de Philosophie.

Elle étoit alors retirée à la Haye, où elle vit *les Amis*, car c'est ainsi qu'on appelloit alors les Quakers en Hollande. Elle eut plusieurs conférences avec eux, ils prêcherent souvent chez elle, & s'ils ne firent pas d'elle une parfaite Quakeresse, ils avouerent au moins qu'elle n'étoit pas loin du Royaume des Cieux. Les Amis semerent aussi en Allemagne, mais ils y recueillirent peu; on ne goûta pas la mode de tutoyer dans un Pays où il faut prononcer toujours les termes d'Altesse & d'Excellence. Pen repassa bien-tôt en Angleterre sur la nouvelle de la maladie de son pere, il vint recueillir ses derniers soupirs. Le Vice-Amiral se réconcilia avec lui & l'embrassa avec tendresse, quoiqu'il fût d'une différente Religion. Mais Guillaume l'exhorta en vain à ne point recevoir le Sacrement, & à mourir Quaker; & le vieux bon homme recommanda inutilement à Guillaume d'avoir des boutons sur ses manches & des ganses à son chapeau.

Guillaume hérita de grands biens, parmi lesquels il se trouvoit des dettes de la Couronne pour des avances faites par le Vice-Amiral dans les Expéditions maritimes. Rien n'étoit moins assûré alors que l'argent dû par le Roi. Pen fut obligé d'aller tutoyer Charles Second & ses Ministres, plus d'une fois, pour son payement. Le Gouvernement lui donna en 1680, au lieu d'argent, la propriété & la Souveraineté d'une Province d'Amérique au Sud de Maryland. Voilà un Quaker devenu Souverain. Il partit pour ses nouveaux Etats avec deux Vaisseaux chargés de Quakers, qui le suivirent. On appella dès-lors le Pays *Pensilvania*, du nom de Pen; il y fonda la Ville de Philadelphie, qui est aujourd'hui très-florissante. Il commença par faire une Ligue avec les Amériquains ses voisins. C'est le seul Traité entre ces Peuples & les Chrétiens qui n'ait point été juré, & qui n'ait point été rompu. Le nouveau Souverain fut aussi le Legislateur de la Pensilvanie, il donna des Loix très-sages, dont aucune n'a été changée depuis lui. La première est de ne maltraiter personne au sujet de la Religion, & de regarder comme freres tous ceux qui croyent en Dieu.

A peine eut-il établi son Gouvernement, que plusieurs Marchands de l'Amérique vinrent peupler cette Colonie. Les Naturels du Pays au lieu de fuir dans les Forêts, s'accoutumerent insensiblement avec les pacifiques Quakers. Autant ils détestoient les autres Chrétiens conquérans & destructeurs de l'Amérique, autant ils aimoient ces nouveaux venus. En peu de tems ces prétendus Sauvages, charmés de la douceur de ces voisins, vinrent en foule demander à Guillaume Pen de les recevoir au nombre de ses Vassaux. C'étoit un spectacle bien nouveau qu'un Souverain que tout le monde tutoyoit , & à qui on parloit le chapeau fur la tête ; un Gouvernement fans Prêtres , un Peuple fans armes , des Citoyens tous égaux , à la Magiftrature près , & des Voifins fans jaloufie. Guillaume Pen pouvoit fe vanter d'avoir apporté fur la Terre l'Age d'or , dont on parle tant , & qui n'a vérita-blement exifté qu'en Penfilvanie.

Il revint en Angleterre pour les affaires de fon nouveau Pays , après la mort de Charles Second. Le Roi Jaques , qui avoit aimé fon pere , eut la même affection pour le fils , & ne le confidéra plus comme un Sectaire obf-cur , mais comme un très-grand homme. La politique du Roi s'accordoit en cela avec fon goût. Il avoit envie de flatter les Quakers en aboliffant les Loix faites contre les Non-Conformiftes , afin de pouvoir introduire la Religion Catholique à la faveur de cette li-berté. Toutes les Sectes d'Angleterre virent le piège , & ne s'y laifferent pas prendre ; el-les font toujours réunies contre le Catholicif-me , leur ennemi commun. Mais Pen ne crut pas devoir renoncer à fes principes pour fa-vorifer des Proteftans qui le haïffoient , con-tre un Roi qui l'aimoit. Il avoit établi la li-berté de confcience en Amérique , il n'avoit pas envie de vouloir paroître la détruire en Europe ; il demeura donc fidéle à Jaques Se-cond , au point qu'il fut généralement accufé d'être Jéfuite. Cette calomnie l'affligea fenfi-blement , il fut obligé de s'en juftifier par des Ecrits publics. Cependant le malheureux Ja-ques Second , qui , comme prefque tous les Stuards , étoit un compofé de grandeur & de foibleffe , & qui , comme eux , en fit trop & trop peu , perdit fon Royaume fans qu'il y eût une épée de tirée , & fans qu'on pût dire com-ment la chofe arriva.

Toutes les Sectes Anglaises reçurent de Guillaume Troisiéme & de son Parlement cette même liberté qu'elles n'avoient pas voulu tenir des mains de Jaques. Ce fut alors que les Quakers commencerent à jouir par la force des Loix de tous les priviléges dont ils sont en possession aujourd'hui. Pen, après avoir vû enfin sa Secte établie sans contradiction dans le Pays de sa naissance, retourna en Pensilvanie. Les siens & les Amériquains le reçurent avec des larmes de joye, comme un pere qui revenoit voir ses enfans. Toutes ses Loix avoient été religieusement observées pendant son absence ; ce qui n'étoit arrivé à aucun Législateur avant lui. Il resta quelques années à Philadelphie : il en partit enfin malgré lui pour aller solliciter à Londres des avantages nouveaux en faveur du Commerce des Pensilvains ; il ne les revit plus , il mourut à Londres en 1718.

Je ne puis deviner quel sera le sort de la Religion des Quakers en Amérique ; mais je vois qu'elle dépérit tous les jours à Londres. Par tout Pays la Religion dominante, quand elle ne persécute point, engloutit à la longue toutes les autres. Les Quakers ne peuvent être Membres du Parlement, ni posséder aucun Office, parce qu'il faudroit prêter serment, & qu'ils ne veulent point jurer ; ils sont réduits à la nécessité de gagner de l'argent par le commerce. Leurs enfans enrichis par l'industrie de leurs peres, veulent jouir, avoir des honneurs, des boutons, & des manchettes ; ils sont honteux d'être apellés Quakers, & se font Protestans pour être à la mode.

DE

DE LA RELIGION ANGLICANE.

CHAPITRE VII.

C'Eſt ici le Pays des Sectes : *multæ ſunt manſiones in domo patris mei* ; un Anglais , comme homme libre , va au Ciel par le chemin qui lui plaît.

Cependant , quoique chacun puiſſe ici ſervir Dieu à ſa mode , leur véritable Religion , celle où l'on fait fortune , eſt la Secte des Epiſcopaux , appellée l'Egliſe Anglicane , ou l'Egliſe par excellence. On ne peut avoir d'emploi ni en Angleterre , ni en Irlande , ſans être du nombre des fidéles Anglicans. Cette raiſon , qui eſt une excellente preuve , a converti tant de Nonconformiſtes , qu'aujourd'hui il n'y a pas la vingtiéme partie de la Nation qui ſoit hors du giron de l'Egliſe dominante.

Le Clergé Anglican a retenu beaucoup des Cérémonies Catholiques , & ſur-tout celle de recevoir les Dixmes avec une attention très-ſcrupuleuſe. Ils ont auſſi la pieuſe ambition d'être les Maîtres ; car quel Vicaire de Village ne voudroit pas être Pape ?

De plus , ils fomentent , autant qu'ils peuvent , dans leurs Ouailles un ſaint zéle contre les Nonconformiſtes. Ce zéle étoit aſſez vif ſous le Gouvernement des Toris , dans les derniéres années de la Reine Anne : mais il ne s'étendoit pas plus loin qu'à caſſer quelque-

Tom. IV.   G

fois les vitres des Chapelles hérétiques ; car la
la rage des Sectes a fini en Angleterre avec les
Guerres civiles , & ce n'étoit plus sous la Reine Anne que les bruits sourds d'une Mer encore agitée long-tems après la tempête, quand
les Whigs & les Toris déchirerent leur Pays,
comme autrefois les Guelphes & les Gibelins,
il falut bien que la Religion entrât dans les
partis ; les Toris étoient pour l'Episcopat, les
Whigs vouloient l'abolir : mais ils se sont
contentés de l'abbaisser quand ils ont été les
Maîtres.

Du tems que le Comte Harley d'Oxfort &
Mylord Bolingbroke faisoient boire la santé
de Toris, l'Eglise Anglicane les regardoit comme les défenseurs de ses saints privilèges.
L'Assemblée du bas Clergé, qui est une espéce
de Chambre des Communes, composée d'Ec-
cléfiastiques, avoit alors quelque crédit ; elle
jouissoit au moins de la liberté de s'assembler, de raisonner de controverse ; & de faire brûler de tems en tems quelques Livres im-
pies, c'est-à-dire, écrits contre elle. Le Ministre, qui est Whig aujourd'hui, ne permet
pas seulement à ces Messieurs de tenir leur
Assemblée, ils sont réduits dans l'obscurité
de leur Paroisse au triste emploi de prier Dieu
pour le Gouvernement, qu'ils ne seroient pas
fâchés de troubler.

Quant aux Evêques qui sont vingt & six en
tout, ils ont séance dans la Chambre Haute
en dépit des Whigs, parce que la coutume
ou l'abus de les regarder comme Barons subsiste encore. Il y a une clause dans le Serment
que l'on prête à l'Etat, laquelle exerce bien
la patience Chrétienne de ces Messieurs ; on
y promet d'être de l'Eglise comme elle est
établie par la Loi. Il n'y a guéres d'Evêques,
de Doyens, d'Archiprêtres, qui ne pensent

l'être de droit divin, c'eſt donc un grand ſujet de mortification pour eux d'être obligés d'avouer qu'ils tiennent tout d'une miſérable Loi faite par de profanes Laïques. Un ſavant Religieux (le Pere Courayer) a écrit depuis peu un Livre pour prouver la validité & la ſucceſſion des Ordinations Anglicanes. Cet Ouvrage a été proſcrit en France ; mais croyez-vous qu'il ait plû au Miniſtére d'Angleterre ? Point du tout, les maudits Whigs ſe ſoucient très-peu que la ſucceſſion Epiſcopale ait été interrompue chez eùx ou non, & que l'Evêque Parker ait été conſacré dans un Cabaret (comme on le veut) ou dans une Egliſe ; ils aiment mieux même que les Evêques tirent leur autorité du Parlement que des Apôtres. Le Lord B... dit que cette idée de Droit divin ne ſerviroit qu'à faire des tyrans en camail & en rochet ; mais que la Loi fait des Citoyens.

A l'égard des mœurs, le Clergé Anglican eſt plus réglé que celui de France, & en voici la cauſe. Tous les Eccléſiaſtiques ſont élevés dans l'Univerſité d'Oxford, ou dans celle de Cambridge, loin de la corruption de la Capitale. Ils ne ſont apellés aux dignités de l'Egliſe que très-tard, & dans un âge où les hommes n'ont d'autres paſſions que l'avarice, lorſque leur ambition manque d'alimens. Les emplois ſont ici la récompenſe des longs ſervices dans l'Egliſe auſſi-bien que dans l'Armée : on n'y voit pas de jeunes gens Evêques, ou Colonels, au ſortir du Colliège ; de plus, les Prêtres ſont preſque tous mariés. La mauvaiſe grace contractée dans l'Univerſité, & le peu de commerce qu'on a ici avec les femmes, font que d'ordinaire un Evêque eſt forcé de ſe contenter de la ſienne. Les Prêtres vont quelquefois au Cabaret, parce que l'uſage le leur

G 2

permet ; & s'ils s'enivrent, c'est sérieusement
& sans scandale.

Cet Etre indéfinissable, qui n'est ni Ecclé-
siastique ni Séculier : en un mot, ce que l'on
appelle un Abbé, est une espéce inconnue en
Angleterre ; les Ecclésiastiques sont tous ici
réservés & presque tous pédans. Quand ils ap-
prennent qu'en France de jeunes gens connus par leurs débauches, & élevés à la Pré-
lature par des intrigues de femmes, font publiquement l'amour, s'égayent à composer
des chansons tendres, donnent tous les jours
des soupers délicats & longs, & de là vont
implorer les lumiéres du S. Esprit, & se nom-
ment hardiment les successeurs des Apôtres ;
ils remercient Dieu d'être Protestans, mais
ce sont de vilains héretiques à brûler à tous
les Diables, comme dit Maître François Rabelais. C'est pourquoi je ne me mêle point de
leurs affaires.

DES

PRESBYTERIENS.

CHAPITRE VIII.

LA Religion Anglicane ne s'étend qu'en
Angleterre & en Irlande ; le Presbytéra-
nisme est la Religion dominante en Ecosse.
Ce Presbytéranisme n'est autre chose que le
Calvinisme pur, tel qu'il avoit été établi en
France, & qu'il subsiste à Genève. Comme les
Prêtres de cette Secte ne reçoivent dans les
Eglises que des gages très-médiocres, & que

par conféquent ils ne peuvent vivre dans le
même luxe que les Evêques, ils ont pris le
parti naturel de crier contre des honneurs où
ils ne peuvent atteindre. Figurez-vous l'or-
gueilleux Diogéne, qui fouloit aux pieds l'orgueil de Platon ; les Prefbytériens d'Ecoffe
ne reffemblent pas mal à ce fier & gueux raifonneur; ils traiterent Charles Second avec
bien moins d'égard que Diogène n'avoit traité
Aléxandre. Car lorfqu'ils prirent les armes
pour lui contre Cromwell qui les avoit trompés, ils firent effuyer à ce pauvre Roi quatre
Sermons par jour : ils lui défendoient de jouer,
ils le mettoient en pénitence ; fi bien que
Charles fe laffa bien-tôt d'être Roi de ces Pédans, & s'échapa de leurs mains comme un
Ecolier fe fauve du Collége.

Devant un jeune & vif Bachelier Français,
criaillant le matin dans les Ecoles de Théo-
logie, le foir chantant avec les Dames, un
Théologien Anglican eft un Caton ; mais ce
Caton paroît un Galant devant un Prefbyté-
rien d'Ecoffe. Ce dernier affecte une démarche grave, un air fâché, un vafte chapeau,
un long manteau par-deffus, un habit court;
prêche du nez, & donne le nom de la profti-
tuée de Babylone à toutes les Eglifes, où quelques Eccléfiaftiques font affez heureux d'a-
voir cinquante mille livres de rente, & où le
Peuple eft affez bon pour le fouffrir & pour
les apeller Monfeigneur, Votre Grandeur,
& Votre Eminence.

Ces Meffieurs, qui ont auffi quelques Eglifes en Angleterre, ont mis leurs airs graves
& févéres à la mode en ce Pays. C'eft à eux
qu'on doit la fanctification du Dimanche dans
les trois Royaumes. Il eft défendu ce jour-là
de travailler & de fe divertir ; ce qui eft le
double de la févérité des Eglifes Catholiques.

G 3

Point d'Opera, point de Comédies, point de Concerts à Londres le Dimanche ; les Cartes même y sont si expressément défendues, qu'il n'y a que les personnes de qualité, & ce qu'on apelle les honnêtes gens, qui jouent ce jour-là, le reste de la Nation va au Sermon, au Cabaret, & chez les filles de joye.

Quoique la Secte Episcopale & la Presbytérienne soient les deux dominantes dans la Grande - Brétagne, toutes les autres y sont bien venues & vivent assez bien ensemble, pendant que la plûpart de leurs Prédicans se détestent réciproquement avec presqu'autant de cordialité qu'un Janséniste damne un Jésuite.

Entrez dans la Bourse de Londres, cette Place plus respectable que bien des Cours, dans laquelle s'assemblent les Députés de toutes les Nations pour l'utilité des hommes. Là le juif, le Mahométan & le Chrétien traitent l'un avec l'autre, comme s'ils étoient de la même Religion, & ne donnent le nom d'infidèles qu'à ceux qui font banqueroute. Là le Presbytérien se fie à l'Anabaptiste, & l'Anglican reçoit la promesse du Quaker. Au sortir de ces pacifiques & libres Assemblées, les uns vont à la Synagogue, les autres vont boire ; celui-ci va se faire baptiser dans une grande Cuve au nom du Pere, par le Fils, au S. Esprit ; celui-là fait couper le prépuce de son fils, & fait marmotter sur l'enfant des paroles Hébraïques qu'il n'entend point ; les autres vont dans leur Eglise entendre l'inspiration de Dieu, leur chapeau sur la tête, & tous sont contens.

S'il n'y avoit en Angleterre qu'une Religion, le Despotisme seroit à craindre : s'il n'y en avoit que deux, elles se couperoient la gorge ; mais il y en a trente, & elles vivent en paix & heureuses.

DES SOCINIENS,

OU ARIENS,

OU TITRINITAIRES.

CHAPITRE IX.

IL y a ici une petite Secte composée d'Ecclésiastiques & de quelques Séculiers très-savans, qui ne prennent ni le nom d'Ariens, ni celui de Sociniens, mais qui ne sont point du tout de l'avis de S. Athanase sur le chapitre de la Trinité, & qui vous disent nettement que le Pere est plus grand que le Fils.

Vous souvenez-vous d'un certain Evêque Orthodoxe, qui pour convaincre un Empereur de la Consubstantiation, s'avisa de prendre le Fils de l'Empereur sous le menton, & de lui tirer le nez en présence de sa sacrée Majesté ? L'Empereur alloit faire jetter l'Evêque par la fenêtre, quand le bon-homme lui dit ces belles & convaincantes paroles: Seigneur, si votre Majesté est si fâchée que l'on manque de respect à son fils, comment pensez-vous que Dieu le Pere traitera ceux qui refusent à Jesus-Christ les titres qui lui sont dûs ? Les gens dont je vous parle disent que le S. Evêque étoit fort mal avisé, que son argument n'étoit rien moins que concluant, & que l'Empereur devoit lui répondre : Apprenez qu'il y a deux façons de me manquer de respect, la premiere de ne rendre pas assez

G 4

d'honneur à mon fils , & la seconde de lui en
rendre autant qu'à moi.

Quoi qu'il en soit, le parti d'Arius commence à revivre en Angleterre aussi-bien qu'en
Hollande & en Pologne. Le grand Mr Newton faisoit à cette opinion l'honneur de la favoriser. Ce Philosophe pensoit que les Unitaires raisonnoient plus géometriquement que
nous. Mais le plus ferme patron de la Doctrine Arienne , est l'illustre Docteur Clarke. Cet
homme est d'une vertu rigide , & d'un caractére doux , plus amateur de ses opinions que
passionné pour faire des Prosélites , uniquement occupé de calculs & de démonstrations,
aveugle & sourd pour tout le reste , une vraye
machine à raisonnement.

C'est lui qui est l'Auteur d'un Livre assez
peu entendu , & estimé , sur l'existence de
Dieu ; & d'un autre plus intelligible , mais
assez méprisé , sur la vérité de la Religion
Chrétienne.

Il ne s'est point engagé dans de belles disputes Scholastiques , que notre ami apelle de
vénérables billevesées , il s'est contenté de faire imprimer un Livre qui contient tous les té-
moignages des premiers Siècles pour & contre les Unitaires , & a laissé au Lecteur le
soin de compter les voix & de juger. Ce Livre du Docteur lui a attiré beaucoup de par-
tisans ; mais l'a empêché d'être Archevêque
de Cantorbery. Car lorsque la Reine Anne
voulut lui donner ce Poste un Docteur nommé Gibson, qui avoit sans doute ses raisons,
dit à la Reine: MADAME , Mr Clarke est le
plus savant & le plus honnête homme du
Royaume , il ne lui manque qu'une chose. Et
quoi , dit la Reine? C'est d'être Chrétien, dit
le Docteur bénévole. Je crois que Clarke s'est
trompé dans son calcul , & qu'il valoit mieux

être Primat Orthodoxe d'Angleterre que Curé Arien.

Vous voyez quelles révolutions arrivent dans les opinions comme dans les Empires. Le parti d'Arius après trois cens ans de triomphe, & douze siécles d'oubli, renaît enfin de sa cendre; mais il prend très-mal son tems de reparoître dans un âge où tout le monde est rassassié de disputes & de Sectes. Celle-cà est encore trop petite pour obtenir la liberté des Assemblées publiques, elle l'obtiendra sans doute si elle devient plus nombreuse; mais on est si tiéde à présent sur tout cela, qu'il n'y a plus guère de fortune à faire pour une Religion nouvelle ou renouvellée. N'est-ce pas une chose plaisante que Luther, Calvin, Zuingle, tous Ecrivains qu'on ne peut lire, ayent fondé des Sectes qui partagent l'Europe: que l'ignorant Mahomet ait donné une Religion à l'Asie & à l'Afrique; & que Messieurs Newton, Clarke, Locke, le Clerc, &c. les plus grands Philosophes & les meilleures Plumes de leur tems, ayent pû à peine venir à bout d'établir un petit Troupeau qui même diminue tous les jours?

Voilà ce que c'est que de venir au monde à propos. Si le Cardinal de Retz reparoissoit aujourd'hui, il n'ameuteroit pas dix femmes dans Paris.

Si Cromwel renaissoit, lui qui a fait couper la tête à son Roi, & s'est fait Souverain, seroit un simple Marchand de Londres.

DU PARLEMENT

CHAPITRE X.

Les Membres du Parlement d'Angleterre aiment à se comparer aux anciens Romains, autant qu'ils le peuvent.

Il n'y a pas long-tems que Mr Schipping dans la Chambre des Communes commença son discours par ces mots; *La Majesté du Peuple Anglais seroit blessée.* La singularité de l'expression causa un grand éclat de rire; mais sans se déconcerter, il répéta les mêmes paroles d'un air ferme, & on ne rit plus. J'avoue que je ne vois rien de commun entre la Majesté du Peuple Anglais & celle du Peuple Romain, encore moins entre leurs Gouvernemens. Il y a un Sénat à Londres, dont quelques Membres sont soupçonnés, quoiqu'à tort sans doute, de vendre leurs voix dans l'occasion, comme on faisoit à Rome : voilà toute la ressemblance ; d'ailleurs les deux Nations me paroissent entiérement différentes, soit en bien, soit en mal. On n'a jamais connu chez les Romains la folie horrible des guerres de Religion ; cette abomination étoit réservée à des Dévots prêcheurs d'humilité & de patience. Marius & Sylla, Pompée & César, Antoine & Auguste, ne se battoient point pour décider si le Flamen devoit porter sa chemise par-dessus sa robe, ou sa robe par-dessus sa chemise; & si les Poulets sacrés devoient manger & boire, ou bien manger seulement, pour qu'on prît les augures. Les An-

glais se sont fait pendre autrefois réciproquement à leurs Assises , & se sont détruits en
bataille rangée pour des querelles de pareille
espéce. La Secte des Episcopaux & le Presby-
térianisme ont tourné, pour un tems, ces têtes mélancoliques. Je m'imagine que pareille
sottise ne leur arrivera plus ; ils me paroissent
devenir sages à leurs dépens , & je ne leur
vois nulle envie de s'égorger dorénavant pour
des syllogismes. Toutefois qui peut répondre
des hommes ?

Voici une différence plus essentielle entre
Rome & l'Angleterre , qui met tout l'avantage du côté de la derniére , c'est que le fruit
des Guerres civiles à Rome a été l'esclavage ,
& celui des troubles d'Angleterre la liberté.
La Nation Angloise est la seule de la Terre ,
qui soit parvenue à régler le pouvoir des Rois
en leur resistant , & qui d'efforts en efforts ait
enfin établi ce Gouvernement sage, où le Prince tout-puissant pour faire du bien, a les mains
liées pour faire le mal , où les Seigneurs sont
grands sans insolence & sans Vassaux , &
où le Peuple partage le Gouvernement sans
confusion (*).

La Chambre des Pairs & celle des Communes sont les Arbitres de la Nation , le Roi est
le Surarbitre. Cette balance manquoit aux
Romains ; les Grands & le Peuple étoient toujours en division à Rome , sans qu'il y eût un
pouvoir mitoyen qui pût les accorder. Le Sé-

(*) Il faut ici bien soigneusement peser les
termes. Le mot de Roi ne signifie point par-tout
la même chose. En France , en Espagne , il signifie un homme qui par les droits du sang est
le Juge souverain & sans apel de toute la Nation. En Angleterre , en Suéde , en Pologne
il signifie le premier Magistrat.

nat de Rome, qui avoit l'injufte & puniffable
orgueil de ne vouloir rien partager avec les
Plébéïens, ne connoiffoit d'autre fecret pour
les éloigner du Gouvernement, que de les occuper toujours dans les guerres étrangeres;
ils regardoient le Peuple comme une Bête fé-
roce qu'il falloit lâcher fur leurs voifins, de
peur qu'elle ne dévorât fes Maîtres. Ainfi le
plus grand défaut du Gouvernement des Romains en fit des Conquérans; c'eft parce qu'ils
étoient malheureux chez eux qu'ils devinrent les Maîtres du Monde, jufqu'à ce qu'enfin leurs divifions les rendirent efclaves.

Le Gouvernement d'Angleterre n'eft point
fait pour un fi grand éclat, ni pour une fin fi
funefte; fon but n'eft point la brillante folie
de faire des conquêtes, mais d'empêcher que
fes voifins n'en faffent. Ce Peuple n'eft pas
feulement jaloux de fa liberté, il l'eft encore
de celle des autres. Les Anglais étoient achar-
nés contre Louis XIV. uniquement parce
qu'ils lui croyoient de l'ambition. Il en a coûté fans doute pour établir la liberté en Angleterre; c'eft dans des mers de fang qu'on a
noyé l'Idole du Pouvoir defpotique; mais les
Anglais ne croyent point avoir acheté trop
cher leurs Loix. Les autres Nations n'ont pas
verfé moins de fang qu'eux; mais ce fang
qu'elles ont répandu pour la caufe de leur liberté, n'a fait que cimenter leur fervitude.

Ce qui devient une révolution en Angleterre, n'eft qu'une fédition dans les autres Pays.
Une Ville prend les armes pour défendre fes
priviléges, foit en Barbarie, foit en Turquie;
auffi-tôt des Soldats mercenaires la fubju-
guent, des Bourreaux la puniffent, & le refte
de la Nation brife fes chaînes. Les Français
penfent que le Gouvernement de cette Ifle eft
plus orageux que la Mer qui l'environne, &

cela est vrai; mais c'est quand le Roi commence la tempête, c'est quand il veut se rendre le maître du Vaisseau dont il n'est que le premier Pilote. Les Guerres civiles de France ont été plus longues, plus cruelles, plus fécondes en crimes que celles d'Angleterre; mais de toutes ces guerres civiles aucune n'a eu une liberté sage pour objet.

Dans le tems détestable de Charles IX. & de Henri III. Il s'agissoit seulement de savoir si on seroit l'esclave des Guises; pour la derniere guerre de Paris, elle ne mérite que des sifflets. Il me semble que je vois des Ecoliers qui se mutinent contre le Préfet d'un Collége, & qui finissent par être fouetés. Le Cardinal de Retz avec beaucoup d'esprit & de courage mal employés, rebelle sans aucun sejet, factieux sans dessein, Chef de parti sans Armée, cabaloit pour cabaler, & sembloit faire la guerre civile pour son plaisir. Le Parlement de Paris ne savoit ce qu'il vouloit, ni ce qu'il ne vouloit pas. Il levoit des troupes par Arrêt, il les cassoit, il menaçoit, il demandoit pardon; il mettoit à prix la tête du Cardinal Mazarin, & ensuite venoit le complimenter en cérémonie. Nos guerres civiles sous Charles VI. avoient été cruelles, celles de la Ligue furent abominables, celle de la Fronde fut ridicule.

Ce qu'on reproche le plus, & avec raison, aux Anglais, c'est le supplice de Charles I. Monarque digne d'un meilleur sort, qui fut traité par ses vainqueurs, comme il les eût probablement traités s'il avoit vaincu. Après tout, regardez d'un côté Charles I. vaincu en bataille rangée, prisonnier, jugé, condamné dans Westminster, & décapité; & de l'autre, l'Empereur Henri VII. empoisonné par son Chapelain en communiant, Henri III. assassiné par un Moine, trente assassinats médités contre Henri IV. plusieurs exécutés, & le dernier pri-

Tome IV.　　　　　　　　　　*

vant enfin la France de ce grand Roi; pesez
ces attentats, & jugez. La France a sa S. Bar-
thelemy, la Sicile ses Vêpres, la Hollande le
massacre des Dewit, les Espagnols leurs bar-
baries Américaines. La fureur des Anglais est
d'une autre espéce, ils égorgent avec le poi-
gnard de la loi : on a vû les femmes de Henri
VIII. la Reine Marie Stuard, le Roi Charles I.
envoyez sur l'échaffaut par des furieux tran-
quilles, revêtus du manteau de la Justice; les
crimes, comme les vertus, tiennent du terroir
qui influe sur la nature humaine.

****** *************** ***********

SUR LE GOUVERNEMENT,

CHAPITRE XI.

CE mélange dans le Gouvernement d'Angleterre, ce concert entre les Communes,
les Lords & le Roi, n'a pas toujours subsisté,
L'Angleterre a été long-tems esclave, elle l'a
été des Romains, des Saxons, des Danois, des
Français. Guillaume le Conquerant la gouver-
na sur-tout avec un Sceptre de fer. Il disposoit
des biens, de la vie de ses nouveaux Sujets,
comme un Monarque de l'Orient; il défendit
sous peine de mort qu'aucun Anglais osât avoir
du feu & de la lumiere chez lui passé huit heures du soir; soit qu'il prétendît par-là prévenir
leurs assemblées nocturnes, soit qu'il voulût
essayer par une défense si bizarre jusqu'où peut
aller le pouvoir des hommes sur d'autres hommes. Il est vrai qu'avant & après Guillaume le
Conquérant, les Anglais ont eu des Parlemens,
ils s'en vantent, comme si ces Assemblées ap-
pellées alors Parlemens, composées de tyrans
Ecclésiastiques & de pillars nommés Barons,
avoient été les gardiens de la Liberté & de la
Félicité publique.

Les Barbares, qui des bords de la Mer Baltique fondirent dans le reste de l'Europe, apporterent avec eux l'usage de ces Etats ou Parlemens dont on fait tant de bruit, & qu'on connoît si peu ; les Rois alors n'étoient point despotiques, cela est vrai, & c'est précisément par cette raison que les Peuples gémissoient dans une servitude misérable : les chefs de ces Sauvages qui avoient ravagé la France, l'Italie, l'Espagne & l'Angleterre, se firent Monarques. Leurs Capitaines partagérent entr'eux les Terres des vaincus, de-là ces Margraves, ces Lairds, ces Barons, ces Sous-Tyrans, qui disputoient souvent avec des Rois mal affermis les dépouilles des Peuples. C'étoient des Oiseaux de proye combattans contre un Aigle pour succer le sang des Colombes : chaque Peuple avoit cent Tyrans au lieu d'un bon Maître. Des Prêtres se mirent bientôt de la partie ; de tout tems le fort des Gaulois, des Germains, des Insulaires d'Angleterre, avoit été d'être gouvernés par leurs Druïdes, & par les Chefs de leurs Villages, ancienne espèce de Barons, mais moins tyrans que leurs successeurs. Ces Druïdes se disoient médiateurs entre la Divinité & les hommes, ils faisoient des Loix, ils excommunioient, ils condamnoient à la mort. Les Evêques succédérent peu à peu à leur autorité temporelle dans le Gouvernement Goth & Vandale. Les Papes se mirent à leur tête, & avec des Brefs, des Bulles & des Moines, ils firent trembler les Rois, les déposerent, les firent assassiner & tirerent à eux tout l'argent qu'ils purent de l'Europe. L'imbécile Inas, l'un des Tyrans de la Heptarchie d'Angleterre, fut le premier qui dans un Pelerinage à Rome, se soumit à payer le denier de S. Pierre (ce qui étoit environ un écu de notre monnoye) pour chaque

Maifon de fon Territoire. Toute l'Ifle fuivit
bien-tôt cet exemple, l'Angleterre devint petit à petit une Province du Pape ; le S. Pere
y envoyoit de tems en tems fes Légats, pour
y lever des impôts exorbitans ; Jean fans terre
fit enfin une ceffion en bonne forme de fon
Royaume à Sa Sainteté, qui l'avoit excom-
munié, , & les Barons qui n'y trouverent pas
leur compte chafférent ce miférable Roi, &
mirent à fa place Louis VIII. Pere de Saint
Louis Roi de France. Mais ils fe dégoûtérent
bien-tôt de ce nouveau venu, & lui firent re-
paffer la Mer.

Tandis que les Barons, les Evêques, les
Papes déchiroient tous ainfi l'Angleterre, où
tous vouloient commander, le Peuple, la plus
nombreufe, la plus utile, & même la plus
vertueufe partie des hommes, compofée de
ceux qui étudient les Loix & les Sciences, des
Négocians, des Artifans ; le Peuple, dis-je,
étoit regardé par eux comme des Animaux
au-deffous de l'homme. Il s'en falloit bien que
les Communes euffent alors part au Gouver-
ment, c'étoient des Vilains, leur travail, leur
fang apartenoient à leurs Maîtres qui s'apel-
loient Nobles. Le plus grand nombre des hommes étoit en Europe ce qu'ils font encore en
plufieurs endroits du Monde, ferfs d'un Seigneur, efpéce de Bétail qu'on vend & qu'on
achete avec la Terre. Il a fallu des Siécles,
pour rendre juftice à l'humanité, pour fentir
qu'il étoit horrible que le grand nombre fe-
mât, & que le petit recueillît ; & n'eft-ce pas
un bonheur pour les Français que l'autorité
de ces petits Brigands ait été éteinte en France par la puiffance légitime des Rois, & en
Angleterre par celle du Roi & de la Nation ?

Heureufement dans les fecouffes que les

querelles des Rois & des Grands donnoient
aux Empires, les fers des Nations se sont plus
ou moins relâchés, la Liberté est née en Angleterre des querelles des Tyrans. Les Barons
forcèrent Jean sans terre & Henri III à accorder cette fameuse Charte dont le principal
but étoit à la vérité de mettre les Rois dans
la dépendance des Lords ; mais dans laquelle
le reste de la Nation fût un peu favorisée, afin
que dans l'occasion elle se rangeât du parti de
ses prétendus Protecteurs. Cette grande Charte, qui est regardée comme l'origine sacrée
des Libertés Anglaises, fait bien voir elle-même combien peu la Liberté étoit connue ; le
titre seul prouve que le Roi se croyoit absolu
de droit, & que les Barons & le Clergé même ne le forçoient à se relâcher de ce droit
prétendu, que parce qu'ils étoient les plus
forts.

Voici comme commence la grande Charte :
„ Nous accordons de notre libre volonté les
„ Priviléges suivans aux Archevêques, Evê-
„ ques, Abbés, Prieurs & Barons de notre
„ Royaume, &c.

Dans les Articles de cette Charte il n'est pas
dit un mot de la Chambre des Communes,
preuve qu'elle n'existoit pas encore, ou qu'elle existoit sans pouvoir ; on y spécifie les hommes libres d'Angleterre, triste démonstration
qu'il y en avoit qui ne l'étoient pas ; on voit
par l'Article XXXII. que les hommes prétendus libres devoient des services à leur Seigneur. Une telle Liberté tenoit encore beaucoup de l'esclavage.

Par l'Article XXI. le Roi ordonne que ses
Officiers ne pourront dorénavant prendre de
force les Chevaux & les Charettes des hommes libres qu'en payant. Ce Réglement parut au Peuple une vraie Liberté, parce qu'il

êtoit une plus grande Tyrannie. Henri VII.
Ufurpateur heureux & grand Politique, qui
faifoit femblant d'aimer les Barons, mais
qui les haïffoit & les craignoit, s'avifa de procurer l'aliénation de leurs Terres. Par-là les
Vilains qui dans la fuite acquirent du bien par
leurs travaux, acheterent les Châteaux des
illuftres Pairs qui s'etoient ruinés par leur folie, peu à peu toutes les Terres changérent de
maître.

La Chambre des Communes devint de jour
en jour plus puiffante. Les familles des anciens Pairs s'éteignirent avec le tems, & comme il n'y a proprement que les Pairs qui foient
Nobles en Angleterre, dans la rigueur de la
Loi, il n'y auroit plus du tout de Nobleffe en
ce pays-là, fi les Rois n'avoient pas créé de
nouveaux Barons de tems en tems, & confervé le Corps des Pairs qu'ils avoient tant craint
autrefois, pour l'opofer à celui des Communes devenu trop redoutable.

Tous ces nouveaux Pairs qui compofent la
Chambre Haute, reçoivent du Roi leur titre
& rien de plus; prefqu'aucun d'eux n'a la Terre dont il porte le nom. L'un eft Duc de Dor-
fet, & n'a pas un pouce de terre en Dorfethi-
re; l'autre eft Comte d'un Village, qui fait à
peine où ce Village eft fitué. Ils ont du pouvoir dans le Parlement, non ailleurs.

Vous n'entendez point ici parler de haute,
moyenne & baffe Juftice, ni du droit de chaf-
fer fur les Terres d'un Citoyen, lequel n'a pas
la jouiffance de tirer un coup de fufil fur fon
propre champ.

Un homme, parcé qu'il eft Noble, ou Prêtre, n'eft point ici exempt de payer certaines
taxes; tous les impôts font réglés par la Chambre des Communes, qui n'étant que la fecon-

de par son rang, est la premiere par son crédit.

Les Seigneurs & les Evêques peuvent bien
rejetter le Bill des Communes, lorsqu'il s'agit
de lever de l'argent, mais il ne leur est pas
permis d'y rien changer; il faut, ou qu'ils le
reçoivent, ou qu'ils le rejettent sans restric-
tion. Quand le Bill est confirmé par les Lords
& aprouvé par le Roi, alors tout le monde
paye, chacun donne, non selon sa qualité (ce
qui seroit absurde) mais selon son revenu. Il
n'y a point de taille, ni de capitation arbi-
traire, mais une taxe réelle sur les terres, elles ont toutes été évaluées sous le fameux Roi
Guillaume III.

La taxe subsiste toujours la même, quoique
les revenus des terres ayent augmenté; ainsi
personne n'est foulé & personne ne se plaint;
le Païsan n'a point les pieds meurtris par des
sabots, il mange du pain blanc, il est bien vêtu, il ne craint point d'augmenter le nombre
de ses Bestiaux, ni de couvrir son toit de tuil-
les, de peur que l'on ne hausse ses impôts l'année d'après. Il y a ici beaucoup de Païsans qui
ont environ cinq ou six cens Livres Sterling
de revenu, & qui ne dédaignent pas de continuer à cultiver la terre qui les a enrichis, &
dans laquelle ils vivent libres.

SUR LE
COMMERCE

CHAPITRE XII.

LE Commerce qui a enrichi les Citoyens en Angleterre, a contribué à les rendre libres, & cette liberté a étendu le Commerce à son tour; de-là s'est formée la grandeur de l'Etat. C'est le Commerce qui a établi peu à peu les forces navales, par qui les Anglais sont les Maîtres des Mers; ils ont à-présent près de deux cens Vaisseaux de guerre. La postérité aprendra peut-être avec surprise qu'une petite Isle, qui n'a de soi-même qu'un peu de Bled, de Plomb, de l'Etain, de la terre à foulon, & de la Laine grossière, est devenue par son Commerce assez puissante pour envoyer en 1723. trois Flotes à la fois en trois extrémités du Monde: l'une devant Gibraltar, conquise & conservée par ses armes, l'autre à Portobello pour ôter au Roi d'Espagne la jouissance des trésors des Indes; & la troisième dans la Mer Baltique pour empêcher les Puissances du Nord de se battre.

Quand Louis XIV. faisoit trembler l'Italie, & que ses Armées déjà maîtresses de la Savoye & du Piémont, étoient prêtes de prendre Turin, il fallut que le Prince Eugène marchât du fond de l'Allemagne au secours du Duc de Savoye. Il n'avoit point d'argent, sans quoi on ne prend ni ne défend les Villes; il eut recours à des Marchands Anglais. En une demie-heure de tems on lui prêta cinq millions, avec cela il délivra Turin, battit les Français, & écrivit à ceux qui avoient prêté cette somme ce petit billet : ,, Messieurs, j'ai reçu votre argent, & je me flatte de l'avoir employé à votre satisfaction. " Tout cela donne un juste orgueil à un Marchand Anglais, & fait qu'il ose se comparer, non sans quelque raison à un Citoyen Romain ; aussi le cadet d'un Pair du Royaume ne dédaigne point le négoce. Mylord Townshend Ministre d'Etat, a un frere qui se contente d'être Marchand dans la Cité, dans le tems que Mylord Oxford gouvernoit l'Angleterre, son cadet étoit Facteur à Alep, d'où il ne voulut pas revenir, & où il est mort. Cette coûtume, qui pourtant commence trop à se passer, paroît monstrueuse à des Allemands entêtés de leurs quartiers : ils ne sauroient concevoir que le fils d'un Pair d'Angleterre, ne soit qu'un riche & puissant Bourgeois, au lieu qu'en Allemagne tout est Prince. On a vû jusqu'à trente Altesses du même nom, n'ayant pour tout bien que des Armoiries & de l'orgueil.

En France est Marquis qui veut, & quiconque arrive à Paris du fond d'une Province avec de l'argent à dépenser, & un nom en *ac* ou en *ille*, peut dire *un homme comme moi !* *un homme de ma qualité*, & mépriser souverainement un Négociant ; le Négociant entend lui-même parler si souvent avec dédain de sa profession, qu'il est assez sot pour en rougir. Je ne sai pourtant lequel est le plus utile à un Etat, ou un Seigneur bien poudré, qui sait précisément à quelle heure le Roi se léve, à quelle heure il se couche, & qui se donne des airs de grandeur en jouant le rôle d'esclave dans l'Antichambre d'un Ministre ; ou un Négociant qui enrichit son Pays, donne de son cabinet des ordres à Suratte & au Caire, & contribue au bonheur du monde.

❦❦❦❦❦❦❦❦❦❦❦❦❦❦❦

SUR

L'INSERTION

DE LA

PETITE VEROLE.

CHAPITRE XIII.

ON dit doucement dans l'Europe Chrétienne, que les Anglais sont des fous & des enragés ; des fous, parce qu'ils donnent la petite Vérole à leurs enfans pour les empêcher de l'avoir ; des enragés, parce qu'ils communiquent de gayeté de cœur à ces enfans une maladie certaine & affreuse dans la vûe de prévenir un mal incertain. Les Anglais de leur côté disent, les autres Européans sont des lâches & des dénaturés ; ils sont lâches, en ce qu'ils craignent de faire un peu de mal à leurs enfans ; dénaturés, en ce qu'ils les exposent à mourir un jour de la petite Vérole. Pour juger laquelle des deux Nations a raison, voici l'histoire de cette fameuse Insertion dont on parle en France avec tant d'effroi.

Les femmes de Circassie sont de tems immémorial dans l'usage de donner la petite Vérole à leurs enfans, même à l'âge de six mois, en leur faisant une incision au bras,

& en inférant dans cette incision une puftule qu'elles ont foigneufement enlevée du corps d'un autre enfant. Cette puftule fait dans le bras où elle eft infinuée l'effet du levain dans un morceau de pâte ; elle y fermente & répand dans la maffe du fang les qualités dont elle eft empreinte. Les boutons de l'enfant, à qui l'on a donné cette petite Vérole artificielle, fervent à porter la même maladie à d'autres. C'eft une circulation prefque continuelle en Circaffie, & quand malheureufement il n'y a point de petite Vérole dans le pays, on eft auffi embaraffé qu'on l'eft ailleurs dans une mauvaife année.

Ce qui a introduit en Circaffie cette coutume, qui paroît fi étrange à d'autres Peuples, eft pourtant une caufe commune à tous les Peuples de la Terre, c'eft la tendreffe maternelle & l'intérêt.

Les Circaffiens font pauvres, & leurs filles font belles, auffi ce font elles dont ils font le plus de trafic. Ils fourniffent de Beautés les Harems du Grand Seigneur, du Sophi de Perfe, & de ceux qui font affez riches pour acheter & pour entretenir cette marchandife précieufe. Ils élevent ces filles en tout bien & en tout honneur à careffer les hommes, à former des danfes pleines de lafciveté & de moleffe, à rallumer par tous les artifices les plus voluptueux le goût des Maîtres dédaigneux à qui elles font deftinées. Ces pauvres créatures répétent tous les jours leur leçon avec leur mere, comme nos petites filles répétent leur Catéchifme, fans y rien comprendre.

Or il arrivoit fouvent qu'un pere & une mere, après avoir pris bien des peines pour donner une bonne éducation à leurs enfans, fe voyoient tout d'un coup fruftrés de leur efpérance. La petite Vérole fe mettoit dans la

famille, une fille en mouroit, une autre per-
doit un œil, une troisiéme relevoit avec un
gros nez, & les pauvres gens étoient ruinés
sans ressource. Souvent même quand la petite Vérole devenoit épidémique, le Commerce étoit interrompu pour plusieurs années; ce
qui causoit une notable dominution dans les
Serrails de Perse & de Turquie.

Une Nation commerçante est toujours fort
allerte sur ses intérêts, & ne néglige rien des
connoissances qui peuvent être utiles à son
négoce; les Circassiens s'aperçurent que sur
mille personnes il s'en trouvoit à peine une
seule qui fût attaquée deux fois d'une petite
Vérole bien complette; qu'à la vérité on es-
suye quelquefois trois ou quatre petites Véroles legéres, mais jamais deux qui soient dé-
cidées & dangeureuses; qu'en un mot, jamais
on n'a véritablement cette maladie deux fois
en sa vie. Ils remarquerent encore que quand
les petites Véroles sont très-benignes, & que
leur éruption ne trouve à percer qu'une peau
délicate & fine, elles ne laissent aucune im-
pression sur le visage: de ces observations naturelles ils conclurent que si un enfant de six
mois, ou d'un an, avoit une petite Verole
benigne, il n'en mourroit pas, il n'en seroit
pas marqué, & seroit quitte de cette maladie
pour le reste de ses jours.

Il restoit donc pour conserver la vie & la
beauté de leurs enfans, de leur donner la
petite Vérole de bonne heure; c'est ce que
l'on fit en insérant dans le corps d'un enfant
un bouton que l'on prit de la petite Vérole la
plus complette, & en même tems la plus fa-
vorable qu'on put trouver.

L'expérience ne pouvoit pas manquer de
réussir. Les Turcs qui sont gens sensés adop-
terent bien-tôt après cette coutume, & aujourd'hui

jourd'hui il n'y a point de Bacha dans Conſ-
tantinople qui ne donne la petite Vérole à
ſon fils & à ſa fille en les faiſant ſevrer.

Il y a quelques gens qui prétendent que les
Circaſſiens prirent autrefois cette coutume des
Arabes ; mais nous laiſſons ce point d'hiſtoire à éclaircir par quelque ſavant Bénédictin,
qui ne manquera pas de compoſer là-deſſus
pluſieurs Volumes *in-folio* avec les preuves.
Tout ce que j'ai à dire ſur cette matiére, c'eſt
que dans le commencement du Régne de
George I. Madame de Wortley Montaigu,
une des femmes d'Angleterre qui a le plus
d'eſprit, & le plus de force dans l'eſprit,
étant avec ſon mari en Ambaſſade à Conſtan-
tinople, s'aviſa de donner ſans ſcrupule la
petite Vérole à un enfant dont elle étoit ac-
couchée en ce Pays. Son Chapelain eut beau
lui dire que cette experience n'étoit pas Chrétienne, & ne pouvoit réuſſir que chez des In-
fidéles. Le fils de Madame de Wortley s'en
trouva à merveille : Cette Dame de rétour à
Londres fit part de ſon expérience à la Princeſſe de Galles qui eſt aujourdhui Reine. Il
faut avouer que, Titres & Couronnes à part,
cette Princeſſe eſt née pour encourager tous
les Arts, & pour faire du bien aux hommes,
c'eſt un Philoſophe aimable ſur le Throne;
elle n'a jamais perdu ni une occaſion de s'inſ-
truire, ni une occaſion d'exercer ſa généro-
ſité. C'eſt elle qui ayant entendu dire qu'une
fille de Milton vivoit encore, & vivoit dans la
miſére, lui envoya ſur le champ un préſent
conſidérable ; c'eſt elle qui protége le ſavant
Pere le Courayer ; c'eſt elle qui daigna être la
médiatrice entre le Docteur Clark & Mr Leibnitz. Dès qu'elle eut entendu parler de l'Inoculation ou Inſertion de la petite Vérole, elle
en fit faire l'épreuve ſur quatre Criminels con-

Tom. II. H

damnés à mort, à qui elle fauva doublement
la vie; car non-feulement elle les tira de la
potence, mais à la faveur de cette petite Vérole artificielle, elle prévint la naturelle qu'ils
auroient probablement eue, & dont ils feroient morts dans un âge plus avancé.

La Princeffe affurée de l'utilité de cette
épreuve, fit inoculer fes enfans. L'Angleterre
fuivit fon exemple, & depuis ce tems dix
mille enfans de famille, au moins, doivent
ainfi la vie à la Reine & à Madame de Wor-
ley Montaigu, & autant de filles leur doivent
leur beauté.

Sur cent perfonnes dans le monde foixante
au moins ont la petite Vérole; de ces foixante, vingt en meurent dans les années les plus
favorables, & vingt en confervent pour toujours de fâcheux reftes. Voilà donc la cinquiéme partie des hommes que cette maladie
tue ou enlaidit fûrement. De tous ceux qui
font inoculés en Turquie ou en Angleterre,
aucun ne meurt, s'il n'eft infirme & condamné à mort d'ailleurs. Perfonne n'eft marqué, aucun n'a la petite Vérole une feconde
fois, fupofé que l'Inoculation ait été parfaite.
Il eft donc certain que fi quelque Ambaffa-
drice Françaife avoit raporté ce fecret de
Conftantinople à Paris, elle auroit rendu un
fervice éternel à la Nation. Le Duc de Ville-
quier, pere du Duc d'Aumont d'aujourd'hui,
l'homme de France le mieux conftitué & le
plus fain, ne feroit pas mort à la fleur de
fon âge : le Prince Soubife, qui avoit la fanté
la plus brillante, n'auroit pas été emporté à
l'âge de vingt-cinq ans : Monfeigneur, grand-
pere de Louis XV. n'auroit pas été enterré
dans fa cinquantiéme année. Vingt mille hommes morts à Paris de la petite Vérole en 1723,
vivroient encore. Quoi donc! eft-ce que les

Français n'aiment point la vie? Est-ce que leurs femmes ne se soucient point de leur beauté? En vérité nous sommes d'étranges gens! Peut-être dans dix ans prendra-t'on cette méthode Anglaise, si les Curés & les Médecins le permettent; ou bien les Français dans trois mois se serviront de l'Inoculation par fantaisie, si les Anglais s'en dégoûtent par inconstance.

J'aprends que depuis cent ans les Chinois sont dans cet usage; c'est un grand préjugé que l'exemple d'une Nation qui passe pour être la plus sage & la mieux policée de l'Univers. Il est vrai que les Chinois s'y prennent d'une façon différente: ils ne font point d'incision, ils font prendre la petite Vérole par le nez comme du tabac en poudre, cette façon est plus agréable; mais elle revient au même, & sert également à confirmer que si on avoit pratiqué l'Inoculation en France, on auroit sauvé la vie à des milliers d'hommes.

SUR LE
CHANCELIER BACON

CHAPITRE XIV.

IL n'y a pas long-tems que l'on agitoit dans une compagnie célèbre cette question usée & frivole. Quel étoit le plus grand homme qu'il y ait eu sur la Terre, si c'étoit César, Alexandre, Tamerlan, Cromwell, &c.

Quelqu'un répondit que c'étoit sans contre-dit Isaac Newton. Cet homme avoit raison; car si la vraie grandeur consiste à avoir reçu

du Ciel un puiſſant génie, & à s'en être ſervi
pour s'éclairer ſoi-même & les autres, un
homme comme Mr. Newton, tel qu'il s'en
trouve à peine en dix ſiècles, eſt véritablement le grand homme; & ces Politiques &
ces Conquérans, dont aucun ſiècle n'a man-
qué, ne ſont d'ordinaire que d'illuſtres méchans. C'eſt à celui qui domine ſur les eſprits
par la force de la Vérité, non à ceux qui font
des eſclaves par violence, c'eſt à celui qui
connoît l'Univers, non à ceux qui le défigurent, que nous devons nos reſpects.

Puis donc que vous exigez que je vous parle
des hommes célébres qu'a porté l'Angleterre,
je commencerai par les Bacons, les Lockes &
les Newtons, &c. Les Généraux & les Mi-
niſtres viendront à leur tour.

Il faut commencer par le fameux Baron de
Vérulam, connu en Europe ſous le nom de
BACON, qui étoit fils d'un Garde des Sceaux,
& fut long-tems Chancelier ſous le Roi Jacques I. Cependant au milieu des intrigues de
la Cour & des occupations de ſa Charge, qui
demandoient un homme tout entier, il trouva le tems d'être grand Philoſophe, bon Hiſ-
torien, & Ecrivain élégant; & ce qui eſt encore plus étonnant, c'eſt qu'il vivoit dans un
ſiécle où l'on ne connoiſſoit guères l'Art de
bien écrire, encore moins la bonne Philoſophie. Il a été, comme c'eſt l'uſage parmi les
hommes, plus eſtimé après ſa mort que de
ſon vivant. Ses ennemis étoient à la Cour de
Londres, ſes admirateurs étoient les Etrangers.

Lorſque le Marquis d'Effiat amena en Angleterre la Princeſſe Marie, fille de Henri le
Grand qui devoit épouſer le Roi Charles, ce
Miniſtre alla viſiter Bacon; qui lors étant malade au lit le reçut les rideaux fermés, Vous

reffemblez aux Anges, lui dit d'Effiat ; on entend toujours parler d'eux , on les croit bien
fupérieurs aux hommes , & on n'a jamais la
confolation de les voir.

Vous favez comment Bacon fut accufé d'un
crime qui n'eft guères d'un Philofophe , de
s'être laiffé corrompre par argent. Vous favez
comment il fut condamné par la Chambre des
Pairs à une amende d'environ quatre cens mille livres de notre monnoye , à perdre fa di-
gnité de Chancelier & de Pair. Aujourd'hui
les Anglais révérent fa mémoire , au point
qu'à peine avouent-ils qu'il ait été coupable.
Si vous me demandez ce que j'en penfe , je
me fervirai pour vous répondre d'un mot que
j'ai oüi dire à Mylord Bolingbroke. On parloit en fa préfence de l'avarice dont le Duc
de Marlborough avoit été accufé , & on en
citoit des traits , fur lefquels on apelloit au
témoignage de Mylord Bolingbroke, qui ayant
été d'un parti contraire , pouvoit peut - être
avec bienféance dire ce qui en étoit. C'etoit
un fi grand homme , répondit-il , que j'ai oublié fes vices.

Je me bornerai donc à vous parler de ce
qui a mérité au Chancelier Bacon l'eftime de
l'Europe.

Le plus fingulier , & le meilleur de fes Ouvrages , eft celui qui eft aujourd'hui le moins
lû , & le plus inutile ; je veux parler de fon
Novum Scientiarum Organum. C'eft l'échaffaut avec lequel on a bâti la nouvelle Philofophie , & quand cet Edifice a été élevé , au
moins en partie , l'échaffaut n'a plus été d'aucun ufage.

Le Chancelier Bacon ne connoiffoit pas encore la Nature, mais il favoit & indiquoit tous
les chemins qui ménent à elle. Il avoit méprifé
fé de bonne heure ce que les Univerfités apel-

loient la Philofophie, & il faifoit tout ce qui
dépendoit de lui, afin que ces Compagnies
inftituées pour la perfection de la Raifon humaine, ne continuaffent pas de la gâter par
leurs *quiddités*, leurs horreurs du vuide, leurs
formes fubftantielles, & tous ces mots impertinens, que non feulement l'ignorance ren-
doit refpectables, mais qu'un mélange ridicule avec la Religion avoit rendu facrés.

Il eft le Pere de la Philofophie expérimentale. Il eft bien vrai qu'avant lui on avoit découvert des fecrets étonnans : on avoit inventé la Bouffole, l'Imprimerie, la gravure
des Eftampes, la Peinture à l'huile, les Gla-
ces, l'Art de rendre en quelque façon la vûe
aux Vieillards par les Lunettes qu'on apelle
Beficles, la Poudre à canon, &c. On avoit
cherché, trouvé & conquis un nouveau Monde. Qui ne croiroit que ces fublimes découvertes euffent été faites par les plus grands Philofophes, & dans des tems bien plus éclairés
que le nôtre ? Point du tout, c'eft dans le tems
de la plus ftupide barbarie que ces grands
changemens ont été faits fur la Terre. Le hazard feul a produit prefque toutes ces inventions, & il y a même bien de l'aparence que
ce qu'on apelle Hazard a eu grande part dans
la découverte de l'Amé ique, du moins a-t'on
toujours cru que Chriftophe Colomb n'entre-
prit fon voyage que fur la foi d'un Capitaine
de Vaiffeau, qu'une tempête avoit jetté jufqu'à la hauteur des Ifles Caraïbes. Quoi qu'il
en foit, les hommes favoient aller au bout
du Monde ; ils favoient détruire des Villes
avec un tonnerre artificiel, plus terrible que
le tonnerre véritable ; mais ils ne connoif-
foient pas la circulation du Sang, la péfanteur de l'Air, les loix du mouvement, la Lumiére, le nombre de nos Planétes, &c. Et un

homme qui foutenoit une Thèfe fur les Caté-
gories d'Ariftote, fur l'Univerfel *à parte rei*,
ou telle autre fottife, étoit regardé comme
un prodige.

Les inventions les plus étonnantes & les
plus utiles ne font pas celles qui font le plus
d'honneur à l'Efprit humain. C'eft à un inftinct méchanique, qui eft chez la plûpart des
hommes, que nous devons la plûpart des
Arts, & nullement à la faine Philofophie.

La découverte du Feu, l'Art de faire du
Pain, de fondre & de préparer les Métaux,
de bâtir des Maifons, l'invention de la Na-
vette, font d'une toute autre néceffité que
l'Imprimerie & la Bouffole; cependant ces
Arts furent inventés par des hommes encore
fauvages.

Quel prodigieux ufage les Grecs & les Romains ne firent-ils pas depuis des Méchaniques! Cependant on croyoit de leur tems qu'il
y avoit des Cieux de Cryftal, & que les Etoiles étoient des petites Lampes qui tomboient
quelquefois dans la Mer; & un de leurs plus
grands Philofophes après bien des recherches
avoit trouvé que les Aftres étoient des cail-
loux qui s'étoient détachés de la Terre.

En un mot, perfonne avant le Chancelier
Bacon n'avoit connu la Philofophie expérimentale, & de toutes les épreuves phyfiques
qu'on a faites depuis lui, il n'y en a prefque
pas une qui ne foit indiquée dans fon Livre.
Il en avoit fait lui-même plufieurs. Il fit des
efpèces de Machines Pneumatiques par lefquelles il devina l'élafticité de l'Air. Il a tourné tout autour de la découverte de fa péfanteur. Il y touchoit; cette vérité fut faifie par
Torricelli. Peu de tems après, la Phyfique
expérimentale commença tout d'un coup à
être cultivée à la fois dans prefque toutes les

H 4

parties de l'Europe. C'étoit un tréfor caché dont Bacon s'étoit douté, & que tous les Philofophes encouragés par fa promeffe s'efforcerent de déterrer.

On voit dans fon Livre en termes exprès cette Attraction nouvelle dont Mr Nevvton paffe pour l'Inventeur.

Il faut chercher, dit Bacon, s'il n'y auroit point une efpèce de force Magnétique qui opere entre la Terre & les chofes pefantes, entre la Lune & l'Océan, entre les Planetes, &c. En un autre endroit il dit : Il faut ou que les corps graves foient pouffés vers le centre de la Terre, ou qu'ils en foient mutuellement attirés ; & en ce dernier cas, il eft évident que plus les corps en tombant s'aprocheront de la Terre, plus fortement ils s'attireront. Il faut, pourfuit-il, expérimenter fi la même Horloge à poids ira plus vîte fur le haut d'une Montagne, ou au fond d'une Mine. Si la force des poids diminue fur la Montagne & augmente dans la Mine, il y a aparence que la Terre a une vraie attraction.

Ce précurfeur de la Philofophie a été auffi un Ecrivain élégant, un Hiftorien, un bel Efprit.

Ses Effais de Morale font très-eftimés, mais ils font faits pour inftruire, plûtôt que pour plaire : & n'étant ni la Satire de la Nature humaine, comme les Maximes de la Rochefoucault, ni l'Ecole du Scepticifme, comme Montagne, ils font moins lus que ces deux Livres ingénieux.

Sa Vie de Henri VII. a paffé pour un chef-d'œuvre ; mais comment fe peut-il faire que quelques perfonnes ofent comparer un fi petit Ouvrage avec l'Hiftoire de notre illuftre Mr de Thou ?

En parlant de ce fameux Impofteur Perkin,

fils d'un Juif converti, qui prit si hardiment le nom de Richard IV. Roi d'Angleterre, encouragé par la Duchesse de Bourgogne, & qui disputa la Couronne à Henri VII. voici comme le Chancelier Bacon s'exprime : ,, En-
,, viron ce tems le Roi Henri fut obsédé
,, d'esprits malins par la magie de la Duches-
,, se de Bourgogne ; qui évoqua des Enfers
,, l'ombre d'Edouard IV. pour venir tour-
,, menter le Roi Henri. Quand la Duchesse
,, de Bourgogne eut instruit Perkin, elle com-
,, mença à délibérer par quelle région du Ciel
,, elle feroit paroître cette Comette, & elle
,, résolut qu'elle éclateroit d'abord sur l'ho-
,, rison de l'Irlande.

Il me semble que notre sage de Thou ne donne guères dans ce Phœbus, qu'on prenoit autrefois pour du sublime, mais qu'à présent on nomme avec raison galimatias.

SUR Mʀ LOCKE.

CHAPITRE XV.

JAmais il ne fut peut-être un esprit plus sa-ge, plus méthodique, & un Logicien plus exact que Mr Locke ; cependant il n'étoit pas grand Mathématicien. Il n'avoit jamais pû se soumettre à la fatigue des calculs, ni à la sé-cheresse des vérités Mathématiques, qui ne présentent d'abord rien de sensible à l'esprit ; & personne n'a mieux prouvé que lui, qu'on pouvoit avoir l'esprit Géomettre, sans le se-cours de la Géométrie. Avant lui de grands

H 5

Philofophes avoient décidé pofitivement, ce que c'eft que l'Ame de l'homme, mais puif-qu'ils n'en favoient rien du tout, il eft bien jufte qu'ils ayent tous été d'avis différens.

Dans la Gréce, berceau des Arts & des Er-reurs, & où l'on pouffa fi loin la grandeur & la fottife de l'Efprit humain, on raifonnoit comme chez nous fur l'Ame.

Le divin Anaxagoras, à qui on dreffa un Autel, pour avoir apris aux hommes que le Soleil étoit plus grand que le Péloponéfe, que la neige étoit noire, & que les Cieux étoient de pierre, affirma que l'Ame étoit un Efprit aërien, mais cependant immortel. Dio-gène, un autre que celui qui devint Cynique, après avoir été faux Monnoyeur, affuroit que l'Ame étoit une portion de la fubftance même de Dieu; & cette idée au moins étoit brillan-te. Epicure la compofoit de parties comme le corps.

Ariftote, qu'on a expliqué de mille façons, parce qu'il étoit inintelligible, croyoit, fi l'on s'en raporte à quelques-uns de fes Difciples, que l'Entendement de tous les hommes étoit une feule & même Subftance.

Le divin Platon, Maître du divin Ariftote, & le divin Socrate, Maître du divin Platon, difoient l'Ame corporelle & éternelle. Le Dé-mon de Socrate lui avoit apris fans doute ce qui en étoit. Il y a des gens à la vérité qui pré-tendent qu'un homme qui fe vantoit d'avoir un Génie familier, étoit indubitablement un fou, ou un fripon; mais ces gens-là font trop difficiles.

Quant à nos Peres de l'Eglife, plufieurs dans les premiers fiècles, ont cru l'Ame hu-maine, les Anges & Dieu corporels. Le mon-de fe rafine toujours. S. Bernard, felon l'a-veu du Pere Mabillon, enfeigna à propos de l'Ame, qu'après la mort elle ne voyoit pas Dieu dans le Ciel; mais qu'elle converfoit feulement avec l'Humanité de Jefus-Chrift. On ne le crut pas cette fois fur fa parole, l'avanture de la Croifade avoit un peu décrédité fes oracles. Mille Scolaftiques font venus enfuite, comme le Docteur irréfragable (*a*), le Docteur fubtil (*b*), le Docteur Angélique (*c*), le Docteur Séraphique (*d*), le Docteur Chérubique, qui tous ont été bien fûrs de connoître l'Ame très-clairement; mais qui n'ont pas laiffé d'en parler, comme s'ils avoient voulu que perfonne n'y entendît rien. Notre Defcartes, né non pour découvrir les erreurs de l'Antiquité, mais pour fubftituer les fiennes, & entraîné par cet Efprit fyftématique qui aveugle les plus grands hommes, s'imagina avoir démontré que l'Ame étoit la même chofe que la Penfée, comme la Matiére, felon lui, eft la même chofe que l'Etendue. Il affura bien que l'on penfe toujours, & que l'Ame arrive dans le corps pourvûe de toutes les notions métaphyfiques, connoiffant Dieu, l'efpace infini, ayant toutes les idées abftraites, remplie enfin de belles connoiffances, qu'elle oublie malheureufement en fortant du ventre de la mere.

Le P. MALLEBRANCHE de l'Oratoire dans fes Illufions fublimes, n'admet point les idées innées, mais il ne doutoit pas que nous ne viffions tout en Dieu, & que Dieu, pour ainfi dire, ne fût notre Ame.

Tant de Raifonneurs ayant fait le Roman de l'Ame, un Sage eft venu qui en a fait modeftement l'Hiftoire. Mr Loche a développé à l'Homme la Raifon humaine, comme un

(*a*) *Hales.*   (*c*) *S. Thomas.*
(*b*) *Scot.*   (*d*) *S. Bonaventure.*

H 6

excellent Anatomiste explique les ressorts du Corps humain ; il s'aide par tout du flambeau de la Physique, il ose quelquefois parler affirmativement, mais il ose aussi douter. Au lieu de définir tout d'un coup ce que nous ne connoissons pas, il examine par degrez ce que nous voulons connoître, il prend un enfant au moment de sa naissance, il suit pas à pas les progrès de son Entendement, il voit ce qu'il a de commun avec les Bêtes, & ce qu'il a au-dessus d'elles. Il consulte sur-tout son propre témoignage, la conscience de sa pensée.

Je laisse, dit-il, à discuter à ceux qui en savent plus que moi, si notre Ame existe avant ou après l'organization de notre corps ; mais j'avoue qu'il m'est tombé en partage une de ces ames grossiéres qui ne pensent pas toujours ; & j'ai même le malheur de ne pas concevoir qu'il soit plus nécessaire à l'Ame de penser toujours, qu'au corps d'être toujours en mouvement.

Pour moi je me vante de l'honneur d'être en ce point aussi stupide que Mr Locke. Personne ne me fera jamais croire que je pense toujours, & je ne me sens pas plus disposé que lui à imaginer que quelques semaines après ma conception, j'étois une fort savante Ame, sachant alors mille choses que j'ai oubliées en naissant, & ayant fort inutilement possédé dans l'*uterus* des connoissances qui m'ont échapé, dès que j'ai pû en avoir besoin, & que je n'ai jamais bien pû raprendre depuis.

Mr Locke, après avoir ruiné les idées innées, après avoir bien renoncé à la vanité de croire qu'on pense toujours, ayant bien établi que toutes nos idées nous viennent par les Sens, ayant examiné nos idées simples, cel-

les qui font compofées, ayant fuivi l'Efprit
de l'homme dans toutes fes opérations, ayant
fait voir combien les Langues que les hommes
parlent font imparfaites, & quel abus nous
faifons des termes à tous momens ; il vient
enfin à confidérer l'étendue ou plutôt le néant
des connoiffances humaines. Ce fut dans ce
Chapitre qu'il ofa avancer modeftement ces
paroles : ,, Nous ne ferons peut-être jamais
,, capables de connoître fi un être purement
,, matériel penfe ou non. '' Ce difcours fage
parut à plus d'un Théologien une déclaration
fcandaleufe, que l'Ame eft matérielle & mortelle. Quelques Anglais dévots à leur maniére
fonnerent l'allarme. Les fuperftitieux font
dans la Société ce que les poltrons font dans
une Armée ; ils ont & donnent des terreurs
paniques. On cria que Mr Locke vouloit ren-
verfer la Religion ; il ne s'agiffoit pourtant
pas de Religion dans cette affaire : c'étoit
une queftion purement philofophique, très-
indépendante de la Foi & de la Révelation.
Il ne faloit qu'examiner fans aigreur s'il y a
de la contradiction à dire, la Matiére peut
penfer, & fi Dieu peut communiquer la Penfée à la Matiére. Mais les Théologiens com-
mencent trop fouvent par dire que Dieu eft
outragé, quand on n'eft pas de leurs avis ; c'eft
trop reffembler aux mauvais Poëtes, qui
crioient que Defpréaux parloit mal du Roi,
parce qu'il fe mocquoit d'eux. Le Docteur
Stillingfleet s'eft fait une réputation de Théologien modéré, pour n'avoir pas dit pofitivement des injures à Mr Locque. Il entra en
lice contre lui, mais il fut battu, car il raifonnoit en Docteur, & Locke en Philofophe
inftruit de la force & de la foibleffe de l'Efprit humain, & qui fe battoit avec des armes
dont il connoiffoit la trempe.

Si j'ofois parler aprés Mr Locke, fur un fujet fi délicat, je dirois : Les hommes difpu-
tent depuis long tems fur la nature & fur
l'immortalité de l'Ame; à l'égard de fon immortalité, il eft impoffible de la démontrer,
puifqu'on difpute encore fur fa nature, &
qu'affûrément il faut connoître à fond un
Etre créé, pour décider s'il eft immortel ou
non. La Raifon humaine eft fi peu capable
de démontrer par elle-même l'immortalité
de l'Ame, que la Religion a été obligée de
nous la révéler. Le bien commun de tous les
hommes demande qu'on croye l'Ame immortelle : la Foi nous l'ordonne, il n'en faut
pas davantage, & la chofe eft prefque décidée. Il n'en eft pas de même de fa nature;
il importe peu à la Religion de quelle Subftance foit l'Ame, pourvû qu'elle foit vertueufe. C'eft une Horloge qu'on nous a donné à gouverner; mais l'Ouvrier ne nous a
pas dit de quoi le reffort de cette Horloge eft
compofé.

Je fuis Corps & je penfe, je n'en fai pas
davantage. Si je ne confulte que mes foibles
lumiéres, irai-je attribuer à une caufe inconnue ce que je puis fi aifément attribuer à
la feule caufe feconde que je connos un peu?
Ici tous les Philofophes de l'Ecole m'arrê-
tent en argumentant, & difent : Il n'y a
dans le Corps que de l'étendue & de la folidité, & il ne peut avoir que du mouvement
& de la figure. Or, du mouvement, de la
figure, de l'étendue & de la folidité ne peuvent faire une penfée ; donc l'Ame ne peut
pas être matiére. Tout ce grand raifonnement répété tant de fois, fe réduit uniquement à ceci : Je ne connois que très-peu de
chofe de la Matiére, j'en devine imparfaitement quelques propriétés : Or je ne fai point

du tout si ces propriétés peuvent être jointes à la pensée ; donc, parce que je ne sai rien du tout, j'assûre positivement que la Matiére ne sauroit penser. Voilà nettement la maniére de raisonner de l'Ecole.

Mr Locke diroit avec simplicité à ces Mes-sieurs: Confessez du moins que vous êtes aussi ignorans que moi ; votre imagination ni la mienne ne peuvent concevoir comment un corps a des idées ; & comprenez-vous mieux comment une Substance, telle qu'elle soit, a des idées ? Vous ne concevez ni la Matiére ni l'Esprit, comment osez-vous assûrer quelque chose ? Que vous importe que l'Ame soit un de ces Etres incompréhensibles qu'on apelle Matiére, ou un de ces Etres incompréhen-sibles qu'on apelle Esprit ? Quoi ! Dieu, le Créateur de tout, ne peut-il pas éterniser ou anéantir votre Ame à son gré, quelle que soit sa substance ?

Le Superstitieux vient à son tour, & dit qu'il faut brûler pour le bien de leurs Ames, ceux qui soupçonnent qu'on peut penser avec la seule aide du Corps ; mais que diroit-il, si c'étoit lui-même qui fût coupable d'irréli-gion ? En effet, quel est l'homme qui osera assûrer, sans une impiété absurde, qu'il est impossible au Créateur de donner à la Ma-tiére la pensée & le sentiment ? Voyez, je vous prie, à quel embarras vous êtes réduits, vous qui bornez ainsi la puissance du Créa-teur. Les Bêtes ont les mêmes organes que nous, les mêmes perceptions ; elles ont de la mémoire, elles combinent quelques idées. Si Dieu n'a pas pû animer la Matiére, & lui donner le sentiment, il faut de deux choses l'une, ou que les Bêtes soient de pures ma-chines, ou qu'elles ayent une Ame spiri-tuelle.

Il me paroît démontré que les Bêtes ne peuvent être de simples Machines, voici ma preuve: Dieu leur a fait précisément les mêmes organes de sentiment que les nôtres ; donc si elles ne sentent point, Dieu a fait un ouvrage inutile : or Dieu, de votre aveu même, ne fait rien en vain; donc il n'a point fabriqué tant d'organes de sentiment pour qu'il n'y eût point de sentiment ; donc les Bêtes ne sont point de pures Machines. Les Bêtes, selon vous, ne peuvent pas avoir une ame spirituelle ; donc malgré vous il ne reste autre chose à dire, sinon que Dieu a donné aux organes des Bêtes, qui sont matiére, la faculté de sentir & d'apercevoir, que vous apellez Instinct dans elles. Eh ! qui peut empêcher Dieu de communiquer à nos organes plus déliés cette faculté de sentir, d'apercevoir & de penser, que nous apellons Raison humaine ? De quelque côté que vous vous tourniez, vous êtes obligés d'avouer votre ignorance, & la puissance immense du Créateur. Ne vous révoltez donc plus contre la sage & modeste Philosophie de Locke : loin d'être contraire à la Religion, elle lui serviroit de preuve, si la Religion en avoit besoin ; car quelle Philophie plus religieuse que celle qui n'affirmant que ce qu'elle conçoit clairement, & sachant avouer sa foiblesse, vous dit qu'il faut recourir à Dieu dès qu'on examine les premiers principes ?

D'ailleurs, il ne faut jamais crandre qu'aucun sentiment Philosophique puisse nuire à la Religion d'un Pays. Nos Mystères ont beau être contraires à nos démonstrations ; ils n'en sont pas moins révérés par nos Philosophes Chrétiens, qui savent que les objets de la Raison & de la Foi sont de différente nature,

Jamais les Philosophes ne feront une Secte de Religion ; pourquoi ? C'est qu'ils n'écrivent point pour le Peuple , & qu'ils sont sans enthousiasme. Divisez le Genre humain en vingt parts , il y en a dix-neuf composées de ceux qui travaillent de leurs mains , & qui ne sauront jamais , s'il y a eu un Mr Locke au monde ; dans la vingtiéme partie qui reste, combien trouve-t'on peu d'hommes qui lisent ? & parmi ceux qui lisent , il y en a vingt qui lisent des Romans , contre un qui étudie en Philosophie. Le nombre de ceux qui pensent est excessivement petit , & ceux-là ne s'avisent pas de troubler le monde.

Ce n'est ni Montagne , ni Locke , ni Bayle , ni Spinosa , ni Hobbes , ni Mylord Shaftsbury , ni Mr Collins , ni Mr Toland , ni Flud , ni Beker , ni Mr le Comte de Boulainviliers , &c. qui ont porté le flambeau de la Discorde dans leur Patrie ; ce sont pour la plûpart des Théologiens , qui ayant eu d'abord l'ambition d'être Chefs de Sectes , ont eu bien-tôt celle d'être Chefs de partis. Que dis-je ? tous ces Livres des Philosophes modernes mis ensemble , ne feront jamais dans le monde autant de bruit seulement , qu'en a fait autrefois la dispute des Cordeliers sur la forme de leurs Manches & de leurs Capuchons.

SUR
DESCARTES
ET
NEWTON.

CHAPITRE XVI.

UN Français qui arrive à Londres, trouve les choses bien changées en Philosophie comme dans tout le reste. Il a laissé le Monde plein, il le trouve vuide. A Paris on voit l'Univers composé de Tourbillons, de Matiére subtile; à Londres on ne voit rien de cela. Chez vous c'est la pression de la Lune qui cause le flux de la Mer: chez les Anglais c'est la Mer qui gravite vers la Lune; de façon que quand vous croyez que la Lune devroit nous donner Marée haute, ces Messieurs croyent qu'on doit avoir Marée basse, ce qui malheureusement ne peut se vérifier. Car il auroit fallu pour s'en éclaircir examiner la Lune & les Marées au premier instant de la Création.

Vous remarquerez encore que le Soleil, qui en France n'entre pour rien dans cette affaire, y contribue ici environ pour son quart. Chez vos Cartésiens tout se fait par une impulsion, qu'on ne comprend guère; chez Mr Newton c'est par une attraction dont on ne connoît pas mieux la cause. A Paris vous vous figu-

rez la Terre faite comme un Melon ; à Londres elle eſt aplatie des deux côtés. La Lumiére pour un Cartéſien exiſte dans l'air ; pour
un Newtonien elle vient du Soleil en ſix minutes & demie. Votre Chimie fait toutes ſes
oṕerations avec des Acides, des Alkalis, &
de la Matiére ſubtile ; l'Attraction domine
juſques dans la Chimie Angloiſe.

L'Eſſence même des choſes a totalement
changé. Vous ne vous accordez ni ſur la définition de l'Ame, ni ſur celle de la Matiére.
Deſcartes aſſûre que l'Ame eſt la même choſe
que la Penſée, & Mr Locke lui prouve aſſez
bien le contraire.

Deſcartes aſſure encore que l'étendue ſeule
fait la Matiére, Newton y ajoûte la ſolidité.

Voilà de furieuſes contrariétés !

Non noſtrum inter vos tantas componere lites.

Ce fameux Newton, ce Deſtructeur du Sy-
ſtême Cartéſien, mourut au mois de Mars de
l'an paſſé 1727. Il a vécu honoré de ſes com-
patriotes, & a été enterré comme un Roi qui
auroit fait du bien à ſes Sujets.

On a lû avec avidité, & l'on a traduit en
Anglois l'Eloge de Mr Newton, que Mr de
Fontenelle a prononcé dans l'Académie des
Sciences. Mr de Fontenelle eſt le Juge des
Philoſophes, on attendoit en Angleterre ſon
jugement comme une déclaration ſolemnelle
de la ſupériorité de la Philoſophie Angloiſe.
Mais quand on a vû qu'il comparoit Deſcartes à Newton, toute la Société Royale de
Londres s'eſt ſoulevée ; loin d'acquieſcer au
jugement, on a critiqué le Diſcours. Pluſieurs
même (& ceux-là ne ſont pas les plus Philoſophes) ont été choqués de cette comparaiſ-
ſon, ſeulement parce que Deſcartes étoit
Français.

Il faut avouer que ces deux grands Hommes ont été bien différens l'un de l'autre dans leur conduite, dans leur fortune, & dans leur Philofophie.

Defcartes étoit né avec une imagination brillante & forte, qui en fit un homme fingulier dans la vie privée, comme dans fa maniére de raifonner; cette imagination ne put fe cacher même dans fes Ouvrages Philofophiques, où l'on voit à tous momens des comparaifons ingénieufes & brillantes. La Nature en avoit presque fait un Poëte; & en effet il compofa pour la Reine de Suéde un divertiffement en vers, que pour l'honneur de fa mémoire on n'a pas fait imprimer.

Il effaya quelque tems du métier de la guerre, & depuis étant devenu tout-à-fait Philofophe, il ne crut pas indigne de lui de faire l'amour. Il eut de fa Maîtreffe une fille nommée *Francine*, qui mourut jeune, & dont il regretta beaucoup la perte. Ainfi il éprouva tout ce qui appartient à l'humanité.

Il crût long-tems qu'il étoit néceffaire de fuir les hommes, & fur-tout fa Patrie, pour philofopher en liberté.

Il avoit raifon; les hommes de fon tems n'en favoient pas affez pour l'éclairer, & n'étoient guères capables que de lui nuire.

Il quitta la France, parce qu'il cherchoit la Vérité qui y étoit perfécutée alors par la miférable Philofophie de l'Ecole; mais il ne trouva pas plus de raifon dans les Univerfités de la Hollande où il fe retira. Car dans le tems qu'on condamnoit en France les feules propofitions de fa Philofophie qui fuffent vrayes, il fut auffi perfécuté par les prétendus Philofophes de Hollande, qui ne l'entendoient pas mieux, & qui voyant de plus près fa gloire, haïffoient davantage fa personne. Il fut obligé de sortir d'Utrecht : il essuya l'accusation d'Athéisme, derniere ressource des calomniateurs, & lui, qui avoit employé toute la sagacité de son esprit à chercher de nouvelles preuves de l'existence d'un Dieu, fut soupçonné de n'en point reconnoître.

Tant de persécutions supoſoient un très-grand mérite & une réputation éclatante; aussi avoit-il l'un & l'autre. La Raison perça même un peu dans le monde à travers les ténèbres de l'Ecole, & les préjugés de la superstition populaire. Son nom fit enfin tant de bruit, qu'on voulut l'attirer en France par des récompenses. On lui proposa une pension de mille écus. Il vint sur cette espérance, paya les frais de la Patente qui se vendoit alors, n'eut point la pension, & s'en retourna philosopher dans sa solitude de Nort-Hollande, dans le tems que le grand Galilée, à l'âge de 80. ans, gémiſſoit dans les prisons de l'Inquisition, pour avoir démontré le mouvement de la Terre.

Enfin, il mourut à Stockolm d'une mort prématurée, & causée par un mauvais régime, au milieu de quelques Savans ses ennemis, & entre les mains d'un médecin qui le haïſſoit.

La carriére du Chevalier Newton a été toute différente. Il a vécu 85. ans toujours tranquile, heureux & honoré dans sa Patrie.

Son grand bonheur a été non-seulement d'être né dans un Pays libre, mais dans un tems où les impertinences Scholastiques étant bannies, la Raison seule étoit cultivée, & le monde ne pouvoit être que son écolier, & non son ennemi.

Une oposition singuliére dans laquelle il se trouve avec Descartes, c'est que dans le cours d'une si longue vie, il n'a eu ni passion ni foiblesse. Il n'a jamais aproché d'aucune femme : c'est ce qui m'a été confirmé par le Médecin & le Chirurgien entre les bras de qui il est mort : on peut admirer en cela Newton, mais il ne faut pas blâmer Descartes.

L'opinion publique en Angleterre sur ces deux Philosophes, est que le premier étoit un Rêveur, & que l'autre étoit un Sage.

Très-peu de personnes à Londres lisent Descartes dont effectivement les Ouvrages sont devenus inutiles ; très-peu lisent aussi Newton, parce qu'il faut être fort savant pour le comprendre. Cependant tout le monde parle d'eux, on n'accorde rien au Français, & on donne tout à l'Anglais. Quelques gens croyent que si l'on ne s'en tient plus à l'horreur du Vuide, si l'on sçait que l'Air est pésant, si l'on se sert de Lunettes d'aproche, on en a l'obligation à Newton ; il est ici l'Hercule de la Fable, à qui les ignorans attribuoient tous les faits des autres Héros.

Dans une Critique qu'on a faite à Londres du Discours de Mr de Fontenelle, on a osé avancer que Descartes n'étoit pas un grand Géométre. Ceux qui parlent ainsi, peuvent se reprocher de battre leur nourrice. Descartes a fait un aussi grand chemin du point où il a trouvé la Géométrie jusqu'au point où il l'a poussée, que Newton en a fait après lui. Il est le premier qui ait enseigné la maniere de donner les équations algébraïques des Courbes. Sa Géométrie, graces à lui, devenue commune, étoit de son tems si profonde, qu'aucun Professeur n'osa entreprendre de l'expliquer, & qu'il n'y avoit guères en Hollande que Scotten, & en France que Fermat, qui l'entendissent.

Il porta cet esprit de Géométrie & d'invention dans la Dioptrique qui devint, entre ses mains, un art tout nouveau, & s'il s'y trompa en quelque chose, c'est qu'un homme qui découvre de nouvelles Terres, ne peut tout d'un coup en connoître toutes les propriétés. Ceux qui viennent après lui, & qui rendent ces Terres fertiles, lui ont au moins l'obligation de la découverte. Je ne nierai pas que tous les autres Ouvrages de Mr Descartes fourmillent d'erreurs.

La Géométrie étoit un Guide que lui-même avoit en quelque façon formé, & qui l'auroit conduit sûrement dans sa Physyque; cependant il abandonna à la fin ce Guide, & se livra à l'Esprit de Systême. Alors sa Philosophie ne fut plus qu'un Roman ingénieux tout au plus, & vraisemblable pour les Philosophes du même tems. Il se trompa sur la nature de l'Ame, sur les loix du mouvement, sur la nature de la Lumiére. Il admit des idées innées, il inventa de nouveaux Elémens, il créa un Monde, il fit l'Homme à sa mode; & on dit avec raison que l'Homme de Descartes n'est en effet que celui de Descartes fort éloigné de l'Homme véritable.

Il poussa ses erreurs métaphysiques jusqu'à prétendre que deux & deux font quatre; parce que Dieu l'a voulu ainsi; mais ce n'est point trop dire qu'il étoit estimable, même dans ses égaremens. Il se trompa, mais ce fut au moins avec méthode, & de conséquence en conséquence. Il détruisit les chiméres absurdes dont on infatuoit la Jeunesse depuis 2000 ans. Il aprit aux hommes de son tems à raisonner, & à se servir contre lui-même de ses armes. S'il n'a pas payé en bonne monnoye, c'est beaucoup d'avoir décrié la fausse.

Je ne crois pas qu'on ose à la vérité comparer en rien sa Philosophie avec celle de Newton; la première est un Essai, la seconde est un Chef-d'œuvre. Mais celui qui nous a mis sur la voye de la vérité, vaut peut-être celui qui a été depuis au bout de cette cariére.

Descartes donna la vûe aux aveugles : ils virent les fautes de l'Antiquité & les siennes; la route qu'il ouvrit est depuis lui devenüe immense. Le petit Livre de Rohault a fait pendant quelque tems une Physique compléte ; aujourd'hui tous les Recueils des Académies de l'Europe ne font pas même un commencement de Systême. En aprofondissant cet abîme, il s'est trouvé infini.

✼✼✼✼✼✼✼✼✼✼✼✼✼✼✼✼✼✼

HISTOIRE
DE
L'ATTRACTION.

CHAPITRE XVII.

JE n'entrerai point ici dans une explication Mathématique de ce qu'on apelle l'Attraction, ou la Gravitation : je me borne à l'Histoire de cette nouvelle propriété de la Matiére devinée long-tems avant Newton & demontrée par lui ; c'est dónner en quelque façon l'Histoire d'une création nouvelle.

Copernic, ce Christophe Colomb de l'Astronomie, avoit à peine apris aux hommes le le véritable ordre de l'Univers, si long-tems défiguré, il avoit à peine fait voir que la Terre tourne, & sur elle-même, & dans un espace

pace immenfe, lorfque tous les Docteurs firent à peu près les mêmes objections que leurs dévanciers avoient faites contre les Antipodes. S. Auguftin en niant ces Antipodes avoit dit : *Eh quoi ! ils auroient donc la tête en bas,* & ils tomberoient dans le Ciel ? Les Docteurs difoient à Copernic : Si la Terre tournoit fur elle-même, toutes fes parties fe détacheroient & tomberoient dans le Ciel. Il eft certain que la Terre tourne , répondoit Copernic , & que fes parties ne s'envolent pas ; il faut donc qu'une Puiffance les dirige toutes vers le Centre de la Terre , & probablement , dit - il , cette propriété exifte dans tous les Globes , dans le Soleil, dans la Lune , dans les Etoiles ; c'eft un attribut donné à la Matiére par la divine Providence. C'eft ainfi qu'il s'explique dans fon premier Livre *des Révolutions céleftes* , fans avoir ofé, ni peut-être pû aller plus loin.

Kepler, qui fuivit Copernic , & qui perfectionna l'admirable découverte du vrai Syftême du Monde , aprocha un peu du Syftême de la Péfanteur univerfelle : on voit dans fon Traité de l'Étoile de Mars, des veines encore mal formées de cette Mine dont Newton a tiré fon Or. Kepler admet non-feulement une tendance de tous les Corps terreftres au centre , mais auffi des Aftres les uns vers les autres. Il ofe entrevoir & dire, que fi la Terre & la Lune n'étoient pas retenues dans leurs Orbites, elles s'aprocheroient l'une de l'autre, elles s'uniroient. Cette vérité étonnante étoit obfcurcie chez lui de tant de nuages & de tant d'erreurs , qu'on a dit qu'il l'avoit devinée par inftinct.

Cependant le grand Galilée parlant d'un principe plus méchanique, examinoit quelle eft la chûte des Corps fur la Terre. Il trouvoit

Tom. IV. I

que si un Corps tombe dans le premier tems, par exemple, d'une seule toise, il parcourt trois toises dans le second tems, & que dans le troisiéme tems il parcourt cinq toises; & qu'ainsi, puisque 5, 3 & 1 font 9, & qu'au bout de ce troisiéme tems le Corps a parcouru en tout 9 toises, il se trouve que 9 étant le quarré de 3, les espaces parcourus sont toujours comme le quarré des tems.

Il s'agissoit ensuite de savoir trois choses, 1. Si les Corps tomboient également vîte sur la Terre, l'abstraction faite de la résistance de l'Air ? 2. Quel espace parcouroient ces corps en effet dans une minute ? 3. Si, à quelque distance que ce fût du centre de notre Globe, les chûtes seroient les mêmes ? Voilà en partie ce que le Chancelier Bacon proposoit d'examiner.

Il est bien singulier que Descartes, le plus grand Géométre de son tems, ne se soit pas servi de ce fil dans le Labyrinthe qu'il s'étoit bâti lui-même. On ne trouve nulle trace de ces vérités dans ses Ouvrages : aussi n'est-il pas surprenant qu'il se soit égaré.

Il voulut créer un Univers. Il fit une Philosophie comme on fait un bon Roman: tout parut vraisemblable & rien ne fut vrai. Il imagina des Élémens, des Tourbillons, qui sembloient rendre une raison plausible de tous les Mystères de la Nature; mais en Philosophie, il faut se défier de ce qu'on croit entendre trop aisément, aussi-bien que des choses qu'on n'entend pas.

La Pésanteur, la chûte accellérée des Corps sur la Terre, la révolution des Planettes dans leurs Orbites, leurs rogations autour de leur axe, tout cela n'est que du mouvement. Or, *disoit Descartes*, le mouvement ne peut être conçu que par impulsion; donc tous ces Corps

font pouffés. Mais par quoi le font-ils ? Tout
l'espace est plein, donc il est rempli d'une matiére très-subtile , puisque nous ne l'aperce-
vons pas ; donc cette matiére va d'Occident en Orient, puisque c'est d'Occident en
Orient que toutes les Planettes font entraî-
nées. Ainsi de supositions en supositions ,
& de vraisemblances en vraisemblances , on
a imaginé un vaste Tourbillon de Matiére
subtile , dans lequel les Planettes font entraî-
nées autour du Soleil : on a créé encore un
autre Tourbillon particulier qui nage dans le
grand, & qui tourne journellement autour de
la Planette. Quand tout cela est fait , on prétend que la péfanteur dépend de ce mouvement journalier ; car , dit-on, la Matiére subtile qui tourne autour de notre petit Tourbillon, doit avoir incomparablement plus de
force centrifuge , & repousser par conséquent
tous les Corps vers la Terre. Voilà la cause de
la péfanteur dans le Syftême Cartéfien.

Mr Newton semble anéantir sans ressource
tous ces Tourbillons grands & petits, & celui qui emporte les Planetes autour du Soleil,
& celui qui fait tourner chaque Planete sur
elle-même.

Premiérement , à l'égard du prétendu petit
Tourbillon de la Terre , il est prouvé qu'il
doit perdre petit à petit son mouvement ; il
est prouvé que si la Terre nage dans un fluide,
ce fluide doit être de la même denfité que la
Terre ; & si ce fluide est de la même denfité,
tous les corps que nous remuons, doivent
éprouver une réfistance extrême. De plus,
tout solide , mû dans un fluide aussi denfe que
lui, perd toute sa vîtesse avant d'avoir parcouru trois de ses diamétres ; & cela seul détruit sans ressource tout Tourbillon.

2. A l'égard des grands Tourbillons , ils

I 2

font encore plus chimériques ; il eſt impoſſible de les accorder avec les regles de Kepler
dont la vérité eſt démontrée. Mr Newton fait
voir que la révolution du fluide , dans lequel
Jupiter eſt ſupoſé entraîné , n'eſt pas avec la
révolution du fluide de la Terre , comme la
ré olution de Jupiter eſt avec celle de la Terre. Il prouve que les Planétes faiſant leurs révolutions dans des Ellipſes , & par conſéquent
étant bien plus éloignées les unes des autres
dans leurs Aphélies , & un peu plus proches
dans leurs Périhélies , la Terre , par exemple,
devroit aller plus vîte , quand elle eſt plus près
de Venus & de Mars , puiſque le fluide qui
l'emporte étant alors plus preſſé , doit avoir
plus de mouvement ; & cependant c'eſt alors
même que le mouvement de la Terre eſt plus
ralenti.

Il prouve qu'il n'y a point de matiére cé-
leſte qui aille d'Occident en Orient , puiſque
les Cometes traverſent ces eſpaces , tantôt de
l'Orient à l'Occident , tantôt du Septentrion
au Midi.

Enfin , pour mieux trancher encore , s'il eſt
poſſible , toute difficulté , il prouve , & même
par des expériences, que le Plein eſt impoſſible,
& il nous ramene le Vuide qu'Ariſtoté & Deſcartes avoient banni du Monde.

Ayant par toutes ces raiſons , & par beaucoup d'autres encore , renverſé les Tourbillons du Cartéſianiſme , il deſeſpéroit de pouvoir connoître jamais s'il y a un principe ſecret dans la Nature qui cauſe à la fois le mouvement de tous les Corps céleſtes , & qui fait
la péſanteur ſur la Terre. S'étant rétiré en
1666. à cauſe de la peſte , à la campagne près
de Cambridge, un jour qu'il ſe promenoit dans
ſon Jardin , & qu'il voyoit des fruits tomber
d'un Arbre , il ſe laiſſa aller à une méditation

profonde sur cette Péfanteur, dont tous les Philofophes ont cherché si long-tems la caufe en vain, & dans laquelle le vulgaire ne foupçonne pas même de myftére; il fe dit à lui-même, de quelque hauteur dans notre Hémifphére que tombaffent ces corps, leur chûte feroit certainement dans la progreffion découverte par Galilée, & les efpaces parcourus par eux feroient comme les quarrés des tems. Ce pouvoir qui fait defcendre les corps graves, eft le même, fans aucune diminution fenfible, à quelque profondeur qu'on foit dans la Terre, & fur la plus haute Montagne; pourquoi ce pouvoir ne s'étendroit-il pas jufqu'à la Lune? Et s'il eft vrai qu'il pénétre jufques-là, n'y a-t'il pas grande aparence que ce pouvoir la retient dans fon Orbite, & détermine fon mouvement? Mais fi la Lune obéit à ce principe, tel qu'il foit, n'eft-il pas encore très-raifonnable de croire que les autres Planetes y font également foumifes? Si ce pouvoir exifte, ce qui eft prouvé d'ailleurs, il doit augmenter en raifon renverfée des quarrés des diftances. Il n'y a donc plus qu'à examiner le chemin que feroit un corps grave en tombant fur la Terre d'une hauteur médiocre, & le chemin que feroit dans le même tems un corps qui tomberoit de l'Orbite de la Lune; pour en être inftruit, il ne s'agit plus que d'avoir la mefure de la Terre, & la diftance de la Lune à la Terre.

Voila comment Mr Newton raifonna. Mais on n'avoit alors en Angleterre que de très-fauffes mefures de notre Globe. On s'en rapportoit à l'eftime incertaine des Pilotes, qui comptoient foixante milles d'Angleterre pour un dégré, au lieu qu'il en faloit compter près de foixante & dix. Ce faux calcul ne s'accordant pas avec les conclufions que Mr Newv-

I 5

on vouloit tirer, il les abàndonna. Un Philofophe médiocre & qui n'auroit eu que de la
vanité, eût fait quadrer comme il eût pû la
mefure de la Terre avec fon Syftême; Mr
Nevvton aima mieux abandonner alors fon
projet. Mais depuis que Mr Picart eut me-
furé la Terre exactement, en traçant cette
Méridienne qui fait tant d'honneur à la France, Mr Nevvton reprit fes premiéres idées,
& il trouva fon compte avec le calcul de Mr
Picart.

C'eft une chofe qui me paroît toujours admirable, qu'on ait découvert de fi fublimes
vérités avec l'aide d'un quart de Cercle, &
d'un peu d'Arithmétique.

La circonférence de la Terre eft de cent
vingt-trois millions, deux cens quarante-neuf
mille fix cens pieds; de cela feul peut fuivre
le Syftême de l'Attraction.

Dès qu'on connoît la circonférence de la
Terre, on connoît celle de l'Orbite de la Lune, & le diamétre de cet Orbite. La révolution de la Lune dans cet Orbite fe fait en
vingt-fept jours, fept heures, quarante-trois
minutes; donc il eft démontré que la Lune
dans fon mouvement moyen, parcourt cent
quatre-vingt-fept mille neuf cens foixante
pieds de Paris par minute. Et par un Théore-
me connu, il eft démontré que la force centrale qui feroit tomber un corps de la hauteur
de la Lune, ne le feroit tomber que de quinze pieds de Paris dans la premiére minute.
Maintenant fi la régle par laquelle les corps
péfent, gravitent, s'attirent en raifon inverfe
des quarrés des diftances, eft vraye, fi c'eft le
même pouvoir qui agit fuivant cette régle
dans toute la Nature, il eft évident que la
Terre étant éloignée de la Lune de foixante
demi-diamétres, un corps grave doit tomber

sur la Terre de quinze pieds dans la premiére seconde, & de cinquante-quatre mille pieds dans la premiére minute.

Or est-il qu'un corps grave tombe en effet de quinze pieds dans la premiére seconde, & parcourt dans la premiére minute cinquante-quatre mille pieds, lequel nombre est le quarré de soixante multiplié par quinze. Donc les corps pésent en raison inverse des quarrés des distances; donc le même pouvoir fait la pésanteur sur la Terre, & retient la Lune dans son Orbite, étant démontré que la Lune pése sur la Terre, qui est le centre de son mouvement particulier. Il est démontré d'ailleurs que la Terre & la Lune pésent sur le Soleil qui est le centre de leur mouvement annuel.

Les autres Planetes doivent être soumises à cette loi générale, & si cette loi existe, ces Planetes doivent suivre les régles trouvées par Kepler. Toutes ces régles, tous ces raports, sont en effet gardés par les Planetes avec la derniére exactitude. Donc le pouvoir de la gravitation fait péser toutes les Planetes vers le Soleil, de même que notre Globe.

Enfin, la réaction de tout corps étant proportionelle à l'action, il demeure certain que la Terre pése à son tour sur la Lune, & que le Soleil pése sur l'une & sur l'autre : que chacun des Satellites de Saturne pése sur les quatre, & les quatre sur lui; tous cinq sur Saturne, Saturne sur tous : qu'il en est ainsi de Jupiter; & que tous ces Globes sont attirés par le Soleil réciproquement attiré par eux.

Ce pouvoir de gravitation agit à proportion de la matiére que renferment les corps. C'est une vérité que Mr Nevvton a démontrée par des expériences. Cette nouvelle découverte a servi à faire voir que le Soleil, centre de toutes les Planetes, les attire toutes en raifon directe de leurs maffes combinées avec leur éloignement. De-là s'élevant par degrès jufqu'à des connoiffances qui fembloient n'être pas faites pour l'efprit humain, il ofe calculer combien de matiére contient le Soleil, & combien il s'en trouve dans chaque Planete.

Son feul principe des loix de la gravitation rend raifon de toutes les inégalités aparentes dans le cours des Globes céleftes. Les variations de la Lune deviennent une fuite néceffaire de ces loix. Le flux & le reflux de la Mer eft encore un effet très-fimple de cette attraction. La proximité de la Lune dans fon plein, & quand elle eft nouvelle, & fon éloignement dans fes quartiers combinés avec l'action du Soleil, rendent une raifon fenfible de l'élévation & de l'abaiffement de l'Océan.

Après avoir rendu compte par fa fublime Théorie du cours & des inégalités des Planetes, il affujetit les Cometes au frein de la même loi.

Il prouve que ce font des corps folides qui fe meuvent dans la fphére de l'action du Soleil, & décrivent une éclipfe fi excentrique & fi aprochante de la parabole, que certaines Cometes doivent mettre plus de cinq cens ans dans leur révolution.

Le favant Mr Halley croit que la Comete de 1680, eft la même qui parut du tems de Jules Céfar. Celle-là fur-tout fert plus qu'une autre à faire voir que les Cometes font des corps durs & opaques; car elle defcendit fi près du Soleil, qu'elle n'en étoit éloignée que d'une fixiéme partie de fon difque; elle put par conféquent aquérir un degré de chaleur deux mille fois plus violent que celui du fer le plus enflâmé. Elle auroit été diffoute & confommée en peu de tems, fi elle n'avoit

pas été un corps opaque. La mode commençoit alors de deviner le cours des Cometes. Le
célébre Mathématicien Jacques Bernouilli
conclut par son Système, que cette fameuse
Comete de 1680, reparoîtroit le 17 Mai 1729.
Aucun Astronome de l'Europe ne se coucha
cette nuit du 17 Mai, mais la fameuse Comete ne parut point. Il y a au moins plus d'a-
dresse, s'il n'y a pas plus de sûreté, à lui donner cinq cens soixante & quinze ans pour revenir. Pour Mr Whiston, il a sérieusement
affirmé que du tems du Déluge, il y avoit eu
une Comete qui avoit inondé notre Globe,
& il a eu l'injustice de s'tonner qu'on se soit
un peu moqué de cette idée. L'Antiquité pensoit à peu près dans le goût de Mr Whiston;
elle croyoit que les Cometes étoient toujours
les avant-couriéres de quelque grand malheur
sur la Terre. Mr Newton au contraire soup-
çonne qu'elles sont très-bienfaisantes, & que
les fumées qui en sortent, ne servent qu'à secourir & à vivifier les Planetes, qui s'imbi-
bent dans leur cours de toutes ces particules
que le Soleil a détachées des Cometes. Ce
sentiment est du moins plus probable que l'autre. Ce n'est pas tout, si cette force de gravitation, d'attraction, agit dans tous les Globes célestes; elle agit sans doute sur toutes les
parties de ces Globes. Car si les corps s'attirent en raison de leurs masses, ce ne peut être
qu'en raison de la quantité de leurs parties,
& si ce pouvoir est logé dans le tout, il l'est
sans doute dans la moitié, il l'est dans le
quart, dans la huitiéme partie, ainsi jusqu'à
l'infini.

Ainsi voilà l'attraction qui est le grand ressort qui fait mouvoir toute la Nature. Mr
Newton avoit bien prévû, après avoir démontré l'existence de ce principe, qu'on se révol-

I 5

reroit contre son seul nom ; dans plus d'un endroit de son Livre il précautionne son Lecteur contre ce nom même. Il l'avertit de ne le pas confondre avec les qualités occultes des Anciens, & de se contenter de connoître qu'il y a dans tous les corps une force centrale qui agit d'un bout de l'Univers à l'autre, sur les corps les plus proches, & sur les plus éloignés, suivant les Loix immuables de la Méchanique.

Il est étonnant qu'après les protestations solemnelles de ce grand homme, Mr Saurin & Mr de Fontenelle lui ayent reproché nettement les chiméres du Péripatétisme : Mr. Saurin dans les Mémoires de l'Académie de 1709, & Mr de Fontenelle dans l'Eloge même de Mr Nevvton.

Presque tous les Français, Savans & autres, ont répété ce reproche. On entend dire par-tout, pourquoi Mr Nevvton ne s'est-il pas servi du mot d'Impulsion que l'on comprend si bien, plutôt que du terme d'Attraction qu'on ne comprend pas ?

Mr Nevvton auroit pû répondre à ces Critiques : Premiérement, vous n'entendez pas plus le mot d'Impulsion que celui d'Attraction ; & si vous ne concevez pas pourquoi un corps tend vers le centre d'un autre corps, vous n'imaginez pas plus par quelle vertu un corps en peut pousser un autre.

Secondement, je n'ai pû admettre l'impulsion, car il faudroit pour cela que j'eusse connu qu'une Matiére céleste pousse en effet les Planetes ; or, non-seulement je ne connois point cette matiére, mais j'ai prouvé qu'elle n'existe pas.

Troisiémement, je ne me sers du mot d'Attraction que pour exprimer en effet que j'ai découvert dans la Nature, effet certain & in-

difputable d'un principe inconnu, qualité in-
hérente dans la Matiére, dont de plus habiles
que moi trouveront, s'ils peuvent, la caufe.

Que nous avez-vous donc apris, infifte-t'on
encore ? & pourquoi tant de calculs, pour nous
dire ce que vous-même ne comprenez pas ?

Je vous ai apris (pourroit continuer Mr
Nevvton) que la méchanique des forces cen-
trales font feules mouvoir les Planetes & les
Cometes dans des proportions marquées. Je
fuis, continueroit-il, dans un cas bien différent des Anciens ; ils voyoient, par exemple,
l'eau monter dans les pompes, & ils difoient
l'eau monte, parce qu'elle a horreur du vuide.
Mais moi, je fuis dans le cas de celui qui auroit
remarqué le premier que l'eau monte dans les
pompes, & qui laifferoit à d'autres le foin d'expliquer la caufe de cet effet. L'Anatomifte qui
a dit le premier que le bras fe remue, parce
que les mufcles fe contractent, enfeigna aux
hommes une vérité inconteftable ; lui en au-
ra-t'on moins d'obligation, parce qu'il n'a
pas fu pourquoi les mufcles fe contractent ?
La caufe du reffort de l'air eft inconnue, mais
celui qui a découvert ce reffort, a rendu un
grand fervice à la Phyfique. Le reffort que
j'ai découvert étoit plus caché & plus univerfel ; ainfi on doit m'en favoir plus de gré. J'ai
découvert une nouvelle propriété de la Matiére, un des fecrets du Créateur, j'en ai calculé, j'en ai démontré les effets, peut on me
chicanner fur le nom que je lui donne ?

Ce font les Tourbillons qu'on peut apeller
une qualité occulte, puifqu'on n'a jamais prouvé leur exiftence : l'Attraction au contraire eft
une chofe réelle, puifqu'on en démontre les
effets, & qu'on en calcule les proportions. La
caufe de cette caufe eft dans le fein de Dieu.

Procedes huc, & non ibis amplius.

I 6

SUR L'OPTIQUE

DE

Mr. NEWTON.

CHAPITRE XVIII.

UN nouvel Univers a été découvert par les Philosophes du dernier Siécle, & ce Monde nouveau étoit d'autant plus difficile à connoître, qu'on ne se doutoit pas même qu'il existât. Il sembloit aux plus sages que c'étoit une témérité insensée d'oser seulement songer qu'on pût deviner par quelles loix les Corps célestes se meuvent, & comment la Lumiére agit. Galilée par ses découvertes astronomiques, Kepler par ses calculs, Descartes au moins en partie dans sa Dioptrique, & Newton dans tous ses Ouvrages, ont vû la méchanique des ressorts du Monde. Dans la Géométrie on a assujetti l'infini au calcul, la circulation du sang dans les Animaux & de la séve dans les Végétables ont changé pour nous la Nature. Une nouvelle maniére d'exister a été donnée au corps dans la Machine pneumatique. Les objets se sont raprochés de nos yeux à l'aide des Télescopes. Enfin, ce que Mr Newton a découvert sur la Lumiére, est digne de tout ce que la curiosité des hommes pouvoit attendre de plus hardi, après tant de nouveautés.

Jusqu'à Antonio de Dominis, l'Arc-en-ciel

avoit paru un miracle inexplicable. Ce Philofophe devina & expliqua que c'étoit un effet néceffaire de la pluye & du Soleil. Defcartes rendit fon nom immortel par un expofé encore plus mathématique de ce Phénomène fi naturel ; il calcula les réflexions & les réfractions de la lumiére dans les goutes de pluye,& cette fagacité eut alors quelque chofe de divin.

Mais qu'auroit-il dit , fi on lui avoit fait connoître qu'il fe trompoit fur la nature de la lumiére , qu'il n'avoit aucune raifon d'affûrer que c'étoit un corps globuleux , s'étendant par tout l'Univers , qui n'attend pour être mis en action que d'être pouffé par le Soleil , ainfi qu'un long bâton qui agit à un bout , quand il eft preffé par l'autre ; qu'il eft tres-vrai qu'elle eft dardée par le Soleil , & qu'enfin la lumiére eft tranfmife du Soleil à la Terre en près de fept minutes, quoiqu'un boulet de canon confervant toujours fa vîteffe , ne puiffe faire ce chemin qu'en vingt-cinq années ? Quel eût été fon étonnement fi on lui eût dit : Il eft faux que la lumiére fe réfléchiffe régulierement en rebondiffant fur les corps folides : Il eft faux que les corps foient tranfparens,quand ils ont des pores larges ; & il viendra un homme qui démontrera ces paradoxes , & qui anatomifera un feul raïon de lumiére avec plus de dextérité , que le plus habile Artifte ne diffé-que le corps humain !

Cet homme eft venu. Mr Newton avec le feul fecours du Prifme a démontré aux yeux, que la lumiére eft un amas de raïons colorés , qui tous enfemble donnent la couleur blanche ; un feul raïon eft divifé par lui en fept raïons , qui viennent tous fe placer, fur un linge ou fur un papier blanc,dans leur ordre,l'un au-deffus de l'autre & à d'inégales diftances.

Le premier eſt couleur de feu, le ſecond citron, le troiſiéme jaune, le quatriéme vert, le cinquiéme bleu, le ſixiéme indigo, le ſeptiéme violet. Chacun de ces raïons tamiſé enſuite par cent autres priſmes ne changera jamais la couleur qu'il porte, de même qu'un or épuré ne s'altére plus dans les creuſets; & pour ſurabondance de preuve que chacun de ces raïons élémentaires porte en ſoi ce qui fait ſa couleur à nos yeux, prenez un petit morceau de bois jaune, par exemple, & expoſez le au raïon couleur de feu, & le bois ſe teint à l'inſtant en couleur de feu; expoſez-le au raïon vert, il prend la couleur verte, & ainſi du reſte.

Quelle eſt donc la cauſe des couleurs dans la Nature? Rien autre choſe que la diſpoſition des corps à réfléchir les raïons d'un certain ordre, & à abſorber tous les autres.

Quelle eſt donc cette ſecrette diſpoſition? Il démontre que c'eſt uniquement l'épaiſſeur des petites parties conſtituante, dont un corps eſt compoſé. Et comment ſe fait cette réflexion? On penſoit que c'étoit parce que les raïons rebondiſſoient comme une balle ſur la ſurface d'un corps ſolide. Point du tout. Mr Newton a apris aux Philoſophes étonnés, que la lumiére ſe réfléchit, non des ſurfaces mêmes, mais ſans toucher aux ſurfaces; qu'elle rejaillit du ſein des pores; & enfin du vuide même. Il leur a apris que les corps ſont opaques en partie, parce que leurs pores ſont larges, que plus les pores d'un corps ſont petits, plus le corps eſt tranſparent; ainſi le papier qui réfléchit la lumiere quand il eſt ſec, la tranſmet quand il eſt huilé, parce que l'huile rempliſſant ſes pores, les rend beaucoup plus petits.

C'eſt-là qu'examinant l'extrême poroſité des corps, chaque partie ayant ſes pores, & cha-

que partie de ses parties ayant les siens , il fait
voir qu'on n'est point assuré qu'il y ait un pouce cubique de Matiére solide dans l'Univers ;
tant notre esprit est éloigné de concevoir ce
que c'est que la Matiére. Ayant ainsi décom-
posé la lumiére , & ayant porté la sagacité de
ses découvertes jusqu'à démontrer le moyen
de connoître la couleur composée par les
couleurs primitives, il fait voir que ces raïons
élémentaires, séparés par le moyen du prisme,
ne sont arrangés dans leur ordre , que parce
qu'ils sont réfractés en cet ordre même ; &
c'est cette proprieté inconnue jusqu'à lui de se
rompre dans cette proportion , c'est cette réfraction inégale des rayons , ce pouvoir de
réfracter le rouge moins que la couleur orangée , &c. qu'il nomme réfrangibilité. Les
rayons les plus réfléxibles sont les plus réfrangibles, de-là il fait voir que le même pouvoir cause la réfléxion & la réfraction de la
lumiére.

Tant de merveilles ne sont que le commencement de ses découvertes ; il a trouvé le secret de voir les vibrations & les secousses de
lumiére qui vont & viennent sans fin , & qui
transmettent la lumiére ou la réfléchissent selon l'épaisseur des parties qu'elles rencontrent. Il a osé calculer l'épaisseur des particules d'air nécessaire entre deux verres posés
l'un sur l'autre, l'un plat, l'autre convexe d'un
côté , pour opérer telle transmission ou réfléxion , & pour faire telle ou telle couleur.

De toutes ces combinaisons , il trouve en
quelle proportion la lumiére agit sur les corps,
& les corps agissent sur elle.

Il a si bien vû la lumiere , qu'il a déterminé
à quel point l'art de l'augmenter , & d'aider
nos yeux par des Télescopes , doit se borner.

Descartes , par une noble confiance bien

pardonnable à l'ardeur que lui donnoient les commençemens d'un Art presque découvert par lui, espéroit voir dans les Astres avec des Lunettes d'aproche, des objets aussi petits que ceux qu'on discerne sur la Terre.

Newton a montré qu'on ne peut plus perfectionner les Lunettes à cause de cette réfraction & de cette réfrangibilité même, qui en nous raprochant les objets, écartent trop les rayons élementaires; il a calculé dans ces verres la proportion de l'écartement des rayons rouges & des rayons bleus, & portant la démonstration dans des choses dont on ne soupçonnoît pas même l'existence, il examine les inégalités que produit la figure du verre, & celle que fait la réfrangibilité. Il trouve que le verre objectif de la Lunette étant convexe d'un côté, & plat de l'autre, si le côté plat est tourné vers l'objet, le défaut qui vient de la construction & de la position du verre, est cinq mille fois moindre que le défaut qui vient par la réfrangibilité; & qu'ainsi ce n'est pas la figure des verres qui fait qu'on ne peut perfectionner les Lunettes d'aproche, mais qu'il faut s'en prendre à la nature même de la lumiere.

Voilà pourquoi il inventa un Télescope qui montre les objets par réflexion, & non point par réfraction.

Il étoit encore peu connû en Europe quand il fit cette Découverte. J'ai vû un petit Livre composé environ ce tems-là, dans lequel en parlant du Télescope de Newton, on le prend pour un Lunetier: *Artifex quidam Anglus nomine Newton.* La Renommmée l'a bien vengé depuis.

que partie de ſes parties ayant les ſiens, il fait
voir qu'on n'eſt point aſſuré qu'il y ait un pouce cubique de Matiére ſolide dans l'Univers;
tant notre eſprit eſt éloigné de concevoir ce
que c'eſt que la Matiére. Ayant ainſi décom-
poſé la lumiere, & ayant porté la ſagacité de
ſes découvertes juſqu'à trouver le moyen
de connoître la couleur compoſée par les couleurs primitives, il fait voir que ces rayons élémentaires, ſéparés par le moyen du priſme,
ne ſont arrangés dans leur ordre, que parce
qu'ils ſont réfractés en cet ordre même; & c'eſt
cette propriété inconnue juſqu'à lui de ſe rompre dans cette proportion, c'eſt cette réfraction inégale des rayons, ce pouvoir de réfracter le rouge moins que la couleur orangée,
&c. qu'il nomme réfrangibilité. Les rayons les
plus réfléxibles ſont les plus réfrangibles; de
là il fait voir que le même pouvoir cauſe la
réfléxion & la réfraction de la lumiere.

Tant de merveilles ne ſont que le commencement de ſes découvertes; il a trouvé le ſecret de voir les vibrations & les ſecouſſes de
lumiére qui vont & viennent ſans fin, & qui
tranſmettent la lumiére ou la réfléchiſſent ſelon l'épaiſſeur des parties qu'elles rencontrent.
Il a oſé calculer l'épaiſſeur des particules
d'air néceſſaire entre deux verres poſés l'un
ſur l'autre, l'un plat, l'autre convexe d'un
côté, pour opérer telle tranſmiſſion ou réfléxion, & pour faire telle ou telle couleur.

De toutes ces combinaiſons, il trouve en
quelle proportion la lumiére agit ſur les corps,
& les corps agiſſent ſur elle.

Il a ſi bien vû la lumiere, qu'il a déterminé
à quel point l'art de l'augmenter, & d'aider
nos yeux par des Téleſcopes, doit ſe borner.

Il eſt tout naturel d'imputer des erreurs à
ceux qui ont trouvé des vérités. Une de ces

vérités contre laquelle on s'eſt le plus récrié,
c'eſt la rapidité de la lumiere que le Soleil &
les Etoiles dardent dans l'Univers ; cette cour-
ſe ſi précipitée révolte des Phyloſophes qui ſe
repoſoient de tout ſur la Matiere ſubtile de
Deſcartes. Comment fait-on, diſent-ils, un
chemin de trente-trois millions de lieues dans
ſept minutes & demi ? Mais il n'y a là que l'i-
magination de révoltée, l'eſprit ne doit pas
l'être ; n'eſt-il pas démontré que pluſieurs bou-
les ſou-doubles, contiguës, étant rangées en
ligne droite, & la premiere étant pouſſée, la
derniere peut avoir un mouvement cent mille
fois plus rapide que la premiere ? Oſera-t'on
après cela décider que Dieu n'a pû donner un
cours impétueux à la lumiere ? On eſt ſurpris
des ſept à huit minutes ; mais ſi le Soleil étoit
deux fois auſſi gros qu'il eſt, & qu'il tournât
deux fois auſſi rapidement, la lumiere viendroit probablement en deux minutes.

Quand Newton l'an 1675. eut fait, redou-
blé, conſtaté ſes expériences d'optique, un
Italien indigné que de telles découvertes euſſent été faites chez des Anglo-Saxons, & chez
des hérétiques, écrivit qu'il étoit honteux de
recevoir la loi d'un Anglais. C'eſt dommage
que l'Inquiſition ne s'en ſoit mêlé ; mais depuis
l'avanture de Galilée, ce Tribunal n'oſe plus
juger les Phyſiciens.

Ce grand homme fut long-tems combattu ou ignoré.
Il exiſte un Livre dans lequel on le prend pour un Lunetier. L'Auteur, en parlant du Téleſcope de réflexion
que Newton a inventé, s'exprime ainſi : *Artifex quidam
nomine Neuuton.* Un certain Ouvrier nommé Newton :
la Renommée l'a bien vengé depuis.

Le Docteur Clarke avouoit à qui vouloit l'entendre,
que dans le tems qu'il n'étoit encore que Chapelain &
pauvre, il traduiſit l'Optique de Newton en Latin, &
que l'Auteur fit préſent au Traducteur de douze mille
livres de notre monnoye. Le Lunetier agiſſoit en Roi.

HISTOIRE
DE L'INFINI.

CHAPITRE XIX.

LEs premiers Géométres se sont aperçûs, sans doute, dès l'onziéme ou douziéme proposition, que s'ils marchoient sans s'égarer, ils étoient sur le bord d'un abîme, & que les petites vérités incontestables qu'ils trouvoient, étoient entourées de l'Infini. On l'entrevoyoit, dès qu'on songeoit qu'un côté d'un quarré ne peut jamais mesurer la diagonale, ou que des circonférences de Cercles différens passeront toujours entre un Cercle & sa tangente, &c. Quiconque cherchoit seulement la racine du nombre 6. voyoit bien que c'étoit un nombre entre deux & trois ; mais quelque division qu'il pût faire, cette racine dont il aprochoit toujours ne se trouvoit jamais. Si l'on considéroit une ligne droite coupant une autre ligne droite perpendiculairement, on les voyoit se couper en un point indivisible ; mais si elles se coupoient obliquement, on étoit forcé, ou d'admettre un point plus grand qu'un autre ; ou de ne rien comprendre dans la nature des points & dans le commencement de toute grandeur.

La seule inspection d'un Cone droit étonnoit l'esprit ; car sa base qui est un Cercle, contient un nombre infini de lignes. Son sommet est quelque chose qui diffère infiniment

de la ligne. Si on coupoit ce Cone parallele-
ment à fon axe, on trouvoit une figure qui s'a-
prochoit toujours de plus en plus des côtés du
triangle formé par le Cone, fans jamais le ren-
contrer. L'Infini étoit par-tout : comment
connoître l'air d'un Cercle ? comment celle
d'une courbe quelconque.

Avant Apollonius, le Cercle n'avoit été étu-
dié que comme mefure des angles , & comme
pouvant donner certaines moyennes propor-
tionelles. Ce qui prouve en paffant que les
Egyptiens , qui avoient enfeigné la Géométrie
aux Grecs , avoient été de très-médiocres
Géometres , quoiqu'affez bons Aftronomes.
Apollonius entra dans le détail des Sections
coniques. Archiméde confidéra le Cercle comme une figure d'une infinité de côtés , & donna le raport du Diametre à la circonférence,
tel que l'Efprit humain peut le donner. Il quarra la parabole ; Hypocrate de Chio quarra les
lunules du Cercle.

La duplication du cube , la trifection de
l'angle , inabordables à la Géométrie ordinaire , & la quadrature du Cercle impoffible
à toute Géométrie , furent l'inutile objet des
recherches des Anciens. Ils trouverent quelques fecrets fur leur route, comme les Chercheurs de la Pierre Philofophale. On connoît
la Ciffoïde de Dioclès , qui aproche de fa dire-
ctrice fans jamais l'atteindre, la Concoïde de
Nicomède qui eft dans le même cas, la Spirale
d'Archimède. Tout cela fut trouvé fans Algèbre , fans ce calcul qui aïde fi fort l'Efprit
humain , & qui femble le conduire fans l'é-
clairer.

Que deux Arithméticiens , par exemple,
ayent un compte à faire , que le premier le
faffe de tête, voyant toujours fes nombres préfens à fon efprit : & que l'autre opére fur le

papier par une regle de routine, mais sûre,
dans laquelle il ne voit jamais la vérité qu'il
cherche qu'après le résultat, & comme un
homme qui y est arrivé les yeux fermés ; voilà
à peu près la différence qui est entre un Géométre sans calcul, qui considére des figures &
voit leurs raports, & un Algébriste qui cherche ces raports, par des opérations qui ne parlent point à l'esprit. Mais on ne peut aller loin
avec la premiere méthode : elle est peut-être
réservée pour des Etres supérieurs à nous. Il
nous faut des secours qui aident & qui prou-
vent notre foiblesse. A mesure que la Géométrie s'est étendue, il a fallu plus de ces secours.

Hariot Anglais, Viette Poitevin, & sur-
tout le fameux Descartes, employérent les
signes, les lettres. Descartes soumit les courbes à l'Algèbre, & réduisit tout en équations
Algébraïques.

Du tems de Descartes, Cavalliero Religieux
d'un Ordre des Jésuates, qui ne subsiste plus,
donna au Public en 1635. la Géométrie des
indivisibles : Géométrie toute nouvelle, dans
laquelle les plans sont composés d'une infinité
de lignes : & les solides d'une infinité de plans.
Il est vrai qu'il n'osoit pas plus prononcer le
mot d'Infini en Mathématiques, que Descartes
en Physique. Ils se servoient l'un & l'autre du
terme adouci d'*Indéfini ;* cependant Roberval en France avoit les mêmes idées, & il y
avoit alors à Bruges un Jésuite qui marchoit à
pas de Géant dans cette carriére par un chemin différent. C'étoit Grégoire de S. Vincent,
qui, en prenant pour but une erreur, &
croyant avoir trouvé la Quadrature du Cercle, trouva en effet des choses admirables.
Il réduisit l'Infini même à des raports finis,
il connut l'Infini en petit & en grand. Mais

ces recherches étoient noyées dans trois *in-folio* : elles manquoient de méthode, &, qui pis est, une erreur palpable qui terminoit le Livre, nuisit à toutes les vérités qu'il contenoit.

On cherchoit toujours à quarrer des courbes. Descartes se servoit des tangentes : Fermat, Conseiller de Toulouse, employoit sa régle *de maximis & minimis*; régle qui méritoit plus de justice que Descartes ne lui en rendit, Wallis Anglais en 1655. donna hardiment l'Arithmétique des infinis, des suites infinies en nombre.

Mylord Brounker se servit de cette suite pour quarrer une hyperbole. Mercator de Holstein eut grande part à cette invention; mais il s'agissoit de faire sur toutes les courbes ce que le Lord Brounker avoit si heureusement tenté. On cherchoit une méthode générale d'assujettir l'Infini à l'Algébre, comme Descartes y avoit assujetti le Fini : c'est cette méthode que trouva Newton à l'âge de vingt-trois ans; aussi admirable en cela que notre jeune Mr Cléraut; qui à l'âge de treize ans, vient de faire imprimer un Traité de la mesure des Courbes à double courbure. La méthode de Newton a deux parties, le calcul différentiel, & le calcul intégral.

Le différentiel consiste à trouver une quantité plus petite qu'aucune assignable, laquelle prise une infinité de fois, égale la quantité donnée; & c'est ce qu'en Angleterre on apelle la méthode des fluentes ou des fluxions.

L'intégral consiste à prendre la somme totale des quantités différentielles.

Le célèbre Philosophe Leibnitz & le profond Mathématicien Bernouilli ont tous deux révendiqué, l'un le calcul différentiel, l'autre le calcul intégral; il faut être capables d'inventer des chofes fi fublimes , pour ofer s'en attribuer l'honneur. Pourquoi trois grands Mathématiciens cherchant tous la vérité ne l'auront-ils pas trouvée ? Torricelli ; la Loubére, Defcartes , Roberval , Pafcal , n'ont-ils pas tous démontré , chacun de leur côté , les propriétés de la Cicloïde , nommée alors la Roulette ? N'a-t'on pas vû fouvent des Orateurs , traitant le même fujet , employer les mêmes penfées fous des termes différens ? Les fignes dont Newton & Leibnitz fe fervoient étoient différens, & les penfées étoient les mêmes.

Quoi qu'il en foit , l'Infini commença alors à être traité par le calcul. On s'accoutuma infenfiblement à recevoir des infinis plus grands les uns que les autres. Cet Edifice fi hardi effraya un des Architectes. Leibnitz n'ofa apeller ces Infinis que des incomparables ; mais Mr de Fontenelles vient enfin d'établir ces différens ordres d'Infinis fans aucun ménagement , & il faut qu'il ait été bien fûr de fon fait pour l'avoir ofé.

****

DE LA CHRONOLOGIE

DE NEWTON,

Qui fait le Monde moins vieux de 500 ans.

CHAPITRE XX.

IL me refte à vous parler d'un autre Ouvrage plus à la portée du Genre Humain, mais qui fe fent toujours de cet efprit créateur que

Mr Newton portoit dans toutes ses recherches. C'est une Chronologie toute nouvelle;
car dans tout ce qu'il entreprenoit, il falloit
qu'il changeât les idées reçûes par les autres
hommes.

Accoutumé à débrouiller des cahos, il a
voulu porter au moins quelque lumiére dans
celui des Fables anciennes confondues avec
l'Histoire, & fixer une Chronologie incertaine. Il est vrai qu'il n'y a point de famille, de
Ville, de Nation, qui ne cherche à reculer
son origine. De plus, les premiers Historiens
sont les plus négligens à marquer les dates.
Les Livres étoient moins communs mille fois
qu'aujourd'hui; par conséquent étant moins
exposés à la critique, on trompoit le monde
plus impunément; & puisqu'on a évidemment
suposé des faits, il est assez probable qu'on a
aussi suposé des dates.

En général, il parut à Mr Newton que le
Monde étoit de cinq cens ans plus jeune que
les Chronologistes ne le disent. Il fonde son
idée sur le cours ordinaire de la Nature, &
sur les Observations astronomiques.

On entend ici par le cours de la Nature, le
tems de chaque génération des hommes. Les
Egyptiens s'étoient servis les premiers de cette maniére incertaine de compter, quand ils
voulurent écrire les commencemens de leur
Histoire. Ils comptoient 341 générations depuis Menès jusqu'à Sethon; & n'ayant pas de
dates fixes, ils évaluérent trois générations
à 100 ans. Ainsi ils comptérent du régne de
Menès au régne de Sethon 11340 années.

Les Grecs, avant de compter par Olympia-
des, suivirent la méthode des Egyptiens, &
étendirent un peu la durée des générations,
poussant chaque génération jusqu'à quarante
années.

Or en cela les Egyptiens & les Grecs se trompérent dans leur calcul. Il est bien vrai que, selon le cours ordinaire de la Nature, trois générations font environ cent à six vingt ans; mais il s'en faut bien que trois régnes tiennent ce nombre d'années. Il est très-évident, qu'en général les hommes vivent plus long-tems que les Rois ne régnent. Ainsi un homme qui voudra écrire l'Histoire, sans avoir des dates précises, & qui saura qu'il y a eu neuf Rois chez une Nation, aura grand tort s'il compte 300 ans pour ces neuf Rois. Chaque génération est d'environ 30 ans, chaque régne est d'environ vingt, l'un portant l'autre. Prenez les 30 Rois d'Angleterre depuis Guillaume le Conquérant jusqu'à George I. ils ont ré-gné 648 ans, ce qui, reparti sur les 30 Rois, donne à chacun 21 ans & demi de régne. Soixante-trois Rois de France ont régné, l'un portant l'autre, chacun à peu près vingt ans. Voilà le cours ordinaire de la Nature. Donc les Anciens se sont trompés, quand ils ont égalé en général la durée des régnes à la du-rée des générations; donc ils ont trop comp-té; donc il est à propos de retrancher un peu de leur calcul.

Les observations astronomiques semblent prêter encore un plus grand secours à notre Philosophe. Il paroît plus fort en combattant sur son terrain.

Vous savez que la Terre, outre son mou-vement annuel qui l'emporte autour du Soleil d'Occident en Orient dans l'espace d'une an-née, a encore une révolution singuliére tout-à-fait inconnue jusqu'à ces derniers tems. Ses poles ont un mouvement très-lent de rétro-gradation d'Orient en Occident, qui fait que chaque jour leur position ne répond pas préci-sément au même point du Ciel. Cette différence infenfible en une année, devient affez forte avec le tems ; & au bout de 72 ans, on trouve que la différence eft d'un dégré, c'eft-à-dire, de la 360 partie de tout le Ciel. Ainfi après 72 années le Colure de l'Equinoxe du Printems qui paffoit par une Fixe, répond à une autre Fixe. De là vient que le Soleil, au lieu d'être dans la partie du Ciel où étoit le Belier du tems d'Hipparque, fe trouve répondre à cette partie du Ciel où étoit le Taureau ; & que les Gemeaux font à la place où le Taureau étoit alors. Tous les Signes ont changé de place ; cependant nous retenons toujours de la maniére de parler des Anciens. Nous difons que le Soleil eft dans le Belier au Printems, par la même condefcendance que nous difons que le Soleil tourne.

Hipparque fut le premier chez les Grecs, qui s'apperçut de quelque changement dans les Conftellations, par raport aux Equinoxes, ou plutôt qui l'aprit des Egyptiens. Les Philofophes attribuerent ce mouvement aux Etoiles ; car alors on étoit bien loin d'imaginer une telle révolution dans la Terre. On la croyoit dans tous fens immobile. Ils créérent donc un Ciel où ils attachérent toutes les Etoiles, & donnérent à ce Ciel un mouvement particulier qui le faifoit avancer vers l'Orient, pendant que toutes les Etoiles fembloient faire leur route journaliere d'Orient en Occident. A cette erreur ils en ajoutérent une feconde bien plus effentielle. Ils crurent que le Ciel prétendu des Etoiles fixes avançoit d'un degré vers l'Orient en cent années. Ainfi ils fe trompérent dans leur calcul aftronomique, auffi bien que dans leur Syftême phyfique. Par exemple, un Aftronome auroit dit alors, l'Equinoxe du Printems a été du tems d'un tel Obfervateur dans un tel Signe à une telle Etoile. Il a fait

deux

deux degrés de chemin depuis cet Obſervateur juſqu'à nous : or deux degrés valent 200 ans ; donc cet Obſervateur vivoit 200 ans avant moi. Il eſt certain qu'un Aſtronome qui auroit raiſonné ainſi, ſe ſeroit trompé juſtement de cinquante-quatre ans. Voilà pourquoi les Anciens doublement trompés, compoſérent leur grande Année du Monde, c'eſt-à-dire, de la révolution de tout le Ciel d'environ 36000 ans. Mais les Modernes ſavent que cette révolution imaginaire du Ciel, des Etoiles, n'eſt autre choſe que la révolution des roles de la Terre qui ſe fait en 25900 ans. Il eſt bon de remarquer ici en paſſant, que Mr. Newton, en déterminant la figure de la Terre, a très-heureuſement expliqué la raiſon de cette révolution.

Tout ceci poſé, il reſte pour fixer la Chronologie, de voir par quelle Etoile le Colure des Equinoxes coupe aujourd'hui l'Ecliptique au Printems, & de ſavoir s'il ne ſe trouve point quelque Ancien qui nous ait dit en quel point l'Ecliptique étoit coupé de ſon tems, par le même Colure des Equinoxes.

Clément Aléxandrin raporte que Chiron, qui étoit de l'Expédition des Argonautes, obſerva les Conſtellations au tems de cette fameuſe Expédition, & fixa l'Equinoxe du Printems au milieu du Belier, l'Equinoxe d'Automne au milieu de la Balance, le Solſtice de notre Eté au milieu du Cancre, & le Solſtice d'Hiver au milieu du Capricorne.

Long-tems après l'Expédition des Argonautes, & un an avant la guerre du Péloponnèſe, Meton obſerva que le point du Solſtice d'Eté paſſoit par le ſixiéme degré du Cancre.

Or chaque Signe du Zodiaque eſt de 30 degrés. Du tems de Chiron, le Solſtice étoit à la moitié du Signe, c'eſt à-dire, au quinziéme degré ; un an avant la Guerre du Péloponné-

Tom. IV.   K

se , il étoit au huitiéme ; donc il avoit retardé
de sept degrés (un degré vaut 72 ans), donc
du commencement de la Guerre du Péloponn-
nèse , à l'entreprise des Argonautes , il n'y a
que sept fois 72 ans , qui font 504 ans , & non
pas 700 annéés , comme le disoient les Grécs.
Ainsi en comparant l'état du Ciel d'aujour-
d'hui à l'état où il étoit alors , nous voyons
que l'Expédition dès Argonautes doit être pla-
cée 209 ans avant Jesus-Christ,& non pas environ 1400 ans ; & que par conséquent , le
Monde est moins vieux d'environ 500 ans
qu'on ne pensoit. Par-là toutes les Epoques
font rapprochées,& tout est fait plus tard qu'on
ne le dit. Je ne sai si ce Systême ingénieux sera une grande fortune , & si l'on voudra se
résoudre sur ces idées à reformer la Chronologie du Monde. Peut-être les Savans trouve-
roient-ils que c'en seroit trop , d'accorder à un
même homme l'honneur d'avoir perfectionné à la fois la Phisique , la Géométrie,& l'Histoire ; ce seroit une espèce de Monarchie universelle dont l'amour propre s'accommode
mal-aisément. Aussi dans le tems que de très-
grands Philosophes l'attaquoient sur l'Attraction , d'autres combattoient son Systême
Chronologique. Le tems qui devroit faire voir
à qui la victoire est dûe , ne fera peut-être
que laisser la dispute indécise.

Il est bon , avant de quitter Newton , d'a-
vertir que l'Infini , l'Attraction & le Cahos de
la Chronologie , ne font pas les seuls abîmes
où il ait fouillé. Il s'est avisé de commenter
l'Apocalypse. Il y trouve que le Pape est l'An-
techrist , & il explique ce Livre incompréhensible à peu près comme tous ceux qui s'en font
mêlés. Aparemment qu'il a voulu par ce Commentaire consoler la race humaine de la su-
périorité qu'il a sur elle.

DE
LA TRAGÉDIE.

CHAPITRE XXI.

LEs Anglais avoient déja un Théatre auffi-
bien que les Efpagnols, quand les Français n'avoient encore que des trétaux. Shakefpear, qui paffoit pour le Corneille des Anglais, fleuriffoit à peu près dans le tems de
Lopez de Vega; il créa le Théatre, il avoit
un génie plein de force & de fécondité, de
naturel & de fublime, fans la moindre étincelle de bon goût, & fans la moindre connoiffance des régles. Je vais vous dire une
chofe hazardée, mais vraie, c'eft que le mérite de cet Auteur a perdu le Théatre Anglais;
il y a de fi belles Scènes, des morceaux fi
grands & fi terribles répandus dans fes Farces monftrueufes qu'on appelle Tragédies,
que ces Piéces ont toujours été jouées avec un
grand fuccès. Le tems, qui feul fait la réputation des hommes, rend à la fin leurs défauts refpectables. La plûpart des idées bizarres & gigantefques de cet Auteur ont acquis, au bout de 150 ans, le droit de paffer
pour fublimes. Les Auteurs modernes l'ont
prefque tous copié. Mais ce qui réuffiffoit en
Shakefpear, eft fifflé chez eux, & vous croyez
bien que la vénération qu'on a pour cet Ancien, augmente à mefure que l'on méprife les
Modernes. On ne fait pas refléxion qu'il ne
faudroit pas l'imiter, & le mauvais fuccès

K 2

des Copiftes fait feulement qu'on le croit inimitable. Vous favez que dans la Tragédie du
More de Venife , Piéce très - touchante, un
mari étrangle fa femme fur le Théatre , &
que quand la pauvre femme eft étranglée,
elle s'écrie qu'elle meurt très - injuftement,
Vous n'ignorez pas que dans Hamlet, des
Foffoveurs creufent une foffe en buvant, en
chantant des Vaudevilles, & en faifant fur
les têtes des morts qu'ils rencontrent , des
plaifanteries convenables à gens de leur métier; mais ce qui vous furprendra , c'eft qu'on
a imité ces fottifes. Sous le régne de Charles
II. qui étoit celui de la politeffe , & l'âge des
Beaux-Arts , Otwai, dans fa Venife fauvée,
introduit le Sénateur Antonio & fa Courtifanne Naki au milieu des horreurs de la
Confpiration du Marquis de Bedemar. Le
vieux Sénateur Antonio fait auprès de fa
Courtifanne toutes les fingeries d'un vieux
débauché impuiffant & hors du bon fens. Il
contrefait le Taureau & le Chien , il mord les
jambes de fa Maîtreffe qui lui donne des
coups de pieds & des coups de fouet. On a
retranché de la Piéce d'Otway ces bouffon-
neries faites pour la plus vile canaille ; mais
on a laiffé dans le Jules Céfar de Shakefpear
les plaifanteries des Cordonniers & des Save-
tiers Romains, introduits fur la Scéne avec
Caffius & Brutus. Vous vous plaindrez fans
doute que ceux qui jufqu'à préfent vous ont
parlé du Théatre Anglais , & fur-tout de ce
fameux Shakefpear , ne vous ayent encore
fait voir que fes erreurs , & que perfonne n'ait
traduit aucun de ces endroits frapans qui de-
mandent grace pour toutes fes fautes. Je vous
répondrai qu'il eft bien aifé de raporter en
profe les fottifes d'un Poëte , mais très-diffi-
cile de traduire fes beaux Vers. Tous les Gri-

mauds qui s'érigent en Critiques des Ecrivains célèbres, compilent des Volumes. J'aimerois mieux deux pages qui nous fiffent connoître quelque beauté ; car je maintiendrai toujours avec tous les gens de bon goût, qu'il y a plus à profiter dans douze vers d'Homére & de Virgile, que dans toutes les Critiques qu'on a faites de ces deux grands Hommes.

J'ai hazardé de traduire quelques morceaux des meilleurs Poëtes Anglais, en voici un de Shakefpear. Faites grace à la copie en faveur de l'Original, & fouvenez - vous toujours quand vous voyez une traduction, que vous ne voyez qu'une foible Eftampe d'un beau Tableau. J'ai choifi le Monologue de la Tra-gédie de Hamlet qui eft fu de tout le monde, & qui commence par ces vers :

To be, or not to be ! that is the Queftion ! &c.

C'eft Hamlet, Prince de Dannemarck, qui parle.

Demeure, il faut choifir & paffer à linftant
De la vie à la mort, ou de l'être au néant.
Dieux cruels, s'il en eft, éclairez mon cou-
    rage.
Faut-il vieillir courbé fous la main qui m'ou-
    trage,
Suporter, ou finir mon malheur & mon fort ?
Qui fuis-je ? Qui m'arrête ? & qu'eft-ce que la
    Mort ?
C'eft la fin de nos maux, c'eft mon unique
    azile ;
Après de longs tranfports, c'eft un fommeil
    tranquile.

On s'endort, & tout meurt, mais un affreux
  réveil
Doit succéder peut-être aux douceurs du
  sommeil.
On nous menace, on dit que cette courte Vie
De tourmens éternels est aussi-tôt suivie.
O Mort ! moment fatal ! affreuse Eternité !
Tout cœur à ton seul nom se glace épouvanté.
Eh ! qui pourroit sans toi suporter cette vie:
De nos Prêtres menteurs bénir l'hypocrisie:
D'une indigne Maîtresse encenser les erreurs:
Ramper sous un Ministre, adorer ses hau-
  teurs ;
Et montrer les langueurs de son ame abattue
A des Amis ingrats qui détournent la vûe ?
La Mort seroit trop douce en ces extrêmités,
Mais le scrupule parle, & nous crie : Arrêtez;
Il défend à nos mains cet heureux homicide,
Et d'un Héros guerrier, fait un Chrétien ti-
  mide, &c.

Ne croyez pas que j'aye rendu ici l'Anglais
mot pour mot ; malheur aux faiseurs de traductions litérales, qui traduisant chaque parole énervent le sens. C'est bien là qu'on peut
dire que la lettre tue, & que l'esprit vivifie.

Voici encore un passage d'un fameux Tragique Anglais, c'est Dryden Poëte du tems de
Charles II. Auteur plus fécond que judicieux,
qui auroit une réputation sans mélange, s'il
n'avoit fait que la dixiéme partie de ses Ouvrages.

Ce morceau commence ainsi :

When I confider Life 'tis all a Cheat,
Yet fool'd by Hope Men favour the Deceit, &c.

De defleins en regrets, & d'erreurs en defirs
Les mortels infenfés promenent leur folie :
Dans les malheurs préfens, dans l'efpoir des
    plaifirs.
Demain, demain, dit-on, va combler tous
    nos vœux.
Demain vient, & nous laiffe encor plus mal-
    heureux.
Quelle eft l'erreur, hélas ! du foin qui nous
    dévore,
Nul de nous ne voudroit recommencer fon
    cours.
De nos premiers momens nous maudiffons
    l'aurore,
Et de la nuit qui vient, nous attendons encore
Ce qu'ont en vain promis les plus beaux de nos
    jours, &c.

C'eft dans ces morceaux détachés que les
Tragiques Anglais ont jufques ici excellé.
Leurs Piéces prefque toutes barbares, dé-
pourvûes de bienféance, d'ordre & de vrai-
femblance, ont des lueurs étonnantes au milieu de cette nuit. Le ftile eft trop empoulé,
trop hors de la nature, trop copié des Ecrivains Hébreux, fi remplis de l'enflure Afiatique ; mais il faut avouer que les échaffes du
ftile figuré, fur lefquelles la Langue Anglaife
eft guindée, élevent l'efprit bien haut, quoique par une marche irréguliere. Le premier
              K 4

Anglais qui ait fait une Piéce raisonnable, &
écrite d'un bout à l'autre avec élégance, c'est
l'illustre Mr Addisson. Son Caton d'Utique est
un Chef-d'œuvre pour la diction, & pour la
beauté des vers. Le rôle de Caton est à mon
gré fort au-dessus de celui de Cornélie dans le
Pompée de Corneille ; car Caton est grand
sans enflure, & Cornélie, qui d'ailleurs n'est
pas un personnage néceffaire, vise quelquefois
au galimathias. Le Caton de Mr Addison me
paroît le plus beau personnage qui soit sur aucun Théatre, mais les autres rôles de la Piéce
n'y répondent pas ; & cet ouvrage si bien écrit
est défiguré par une intrigue froide d'amour,
qui répand sur la Piéce une langueur qui la tue.

La coutume d'introduire de l'amour, à tort
& à travers, dans les Ouvrages dramatiques,
passa de Paris à Londres vers l'an 1660. avec
nos rubans & nos perruques. Les femmes qui
y parent les spectacles, comme ici, ne veulent plus souffrir qu'on leur parle d'autres choses que d'amour. Le sage Addison eut la molle
complaisance de plier la sévérité de son caractére aux mœurs de son tems, & gâta un
Chef-d'œuvre pour avoir voulu plaire.

Depuis lui les Piéces sont devenues plus ré-
guliéres, le Peuple plus difficile, les Auteurs
plus corrects & moins hardis. J'ai vû des Pièces nouvelles fort sages, mais froides. Il semble que les Anglais n'ayent été faits jusqu'ici
que pour produire des beautés irréguliéres.
Les monstres brillans de Shakespear plaisent
mille fois plus que la sagesse moderne. Le génie poëtique des Anglais ressemble jusqu'à présent à un Arbre touffu planté par la Nature,
jettant au hazard mille rameaux, & croissant
inégalement avec force. Il meurt, si vous
voulez forcer sa Nature, & le tailler en Arbre des Jardins de Marli.

When I confider Life 'tis all a Cheat,
Yet fool'd by Hope Men favour the Deceit, &c.

De deffeins en regrets, & d'erreurs en défirs,
Les mortels infenfés promenent leur folie :
Dans des malheurs préfens, dans l'efpoir des
     plaifirs,
Nous ne vivons jamais, nous attendons la vie.
Demain, demain, dit-on, va combler tous
     nos vœux.
Demain vient, & nous laiffe encor plus mal-
     heureux.
Quelle eft l'erreur, hélas ! du foin qui nous
     dévore,
Nul de nous ne voudroit recommencer fon
     cours.
De nos premiers momens nous maudiffons
     l'aurore,
Et de la nuit qui vient, nous attendons encore
Ce qu'ont en vain promis les plus beaux de nos
     jours, &c.

   Voici un morceau de fon Montézume, dans
lequel cet infortuné Monarque réfute les argumens du Jacobin qui veut le rendre Chrétien
pour le préparer doucement au fupplice qu'on
lui deftine.

Ceffez de nous vanter vos faibles avantages,
Nous avons comme vous nos Martyrs & nos
     Sages
Il en eft en tout tems, il en eft en tous lieux ;
Toute Secte eut fes Saints, tout Empire a fes
     Dieux,
Nous naiffons ignorans ; l'erreur de notre
     mere,
Sucée avec le lait nous en devient plus chere ;
Au joug des préjugés le tems nous endurcit,
La Nourrice commence, & le Prêtre finit,
On fe fait de l'erreur une trifte fcience,
L'âge mûr eft chez nous la dupe de l'enfance.
   Tome IV.

La fuperftition qui commence au berceau,
Tirannife la vie, & nous fuit au tombeau,

Dans la même piéce Pizare dit à Montézume:

L'envoyé du Très-Haut, le maître de ma loi,
Le Pape a tranfporté ton Empire à mon Roi.

L'Empereur Mexiquain répond :

Le Pape eft l'ennemi du Dieu qu'il repréfente,
S'il autorife ainfi ton audace infolente;
Et c'eft un infenfé s'il donne mes Etats,
Dont il n'eft point le maître, & qu'il ne con-
noît pas.

C'eft dans ces morceaux détachés que les
Anglais déployent leur hardieffe, & quelquefois leur licence.

Leurs piéces prefque toutes barbares, dé-
pourvûes d'ordre, de bienféance, de vraifem-
blance, de naturel, ainfi que la plûpart des
Tragédies Efpagnoles, ont pourtant des lueurs
étonnantes au milieu de cette nuit.

Autrefois on ne connaiffoit l'amour fur aucun Théâtre tragique de l'Europe. Malheureufement pour les Critiques qui condamnent
l'amour, il n'étoit banni de la Scéne que dans
les tems de barbarie. La coutume de l'introduire à tort & à travers dans les Poëmes Dramatiques paffa de Paris à Londres vers l'an
1660. avec nos rubans & nos perruques. Le
Sage Addiffon a rendu depuis par fon Caton le
Théâtre plus régulier; mais un amour languif-
fant dépare fa Piéce fublime. Les Anglais font
froids depuis qu'ils obfervent les régles. Leur
génie Poétique a reffemblé jufqu'à préfent à un
arbre touffu planté par la nature, jettant au hazard mille rameaux, croiffant avec inégalité,
mais avec force : il meurt fi vous voulez le tailler en arbre des Jardins de Marly.

SUR

LA COMEDIE.

CHAPITRE XXII.

JE ne sai comment le sage & ingénieux Mr de Muralt, dont nous avons les Lettres sur les Anglais & sur les Français, s'est borné, en parlant de la Comédie, à critiquer un Comique nommé Shadwell. Cet Auteur étoit assez méprisé de son tems. Il n'étoit point le Poëte des honnêtes gens. Ses Piéces goûtées pendant quelques représentations par le Peuple, étoient dédaignées par tous les gens de bon goût, & ressembloient à tant de Piéces que j'ai vû en France attirer la foule & révolter les Lecteurs, & dont on a pû dire, *tous Paris les condamne, & tout Paris les court.* Mr de Muralt auroit dû, ce semble, nous parler d'un Auteur excellent qui vivoit alors, c'étoit Mr Wicherley qui fut long-tems l'Amant déclaré de la Maîtresse la plus illustre de Charles II. Cet homme qui passoit sa vie dans le plus grand monde, en connoissoit parfaitement les vices & les ridicules ; & les peignoit du pinceau le plus ferme, & des couleurs les plus vraies. Il a fait un Misantrope qu'il a imité de Moliére. Tous les traits de Wicherley sont plus forts & plus hardis que ceux de notre Misantrope ; mais aussi ils ont moins de finesse & de bienséance. L'Auteur Anglais a corrigé le seul défaut qui soit dans la Piéce de Moliére ; ce défaut est le manque d'intrigue & d'intérêt.

La Piéce Anglaife eft intéreffante, & l'intrigue eft ingénieufe : elle eft trop hardie, fans
doute, pour nos mœurs; c'eft un Capitaine
de Vaiffeau plein de valeur, de franchife &
de mépris pour le Genre humain. Il a un ami
fage & fincére dont il fe défie, & une Maîtreffe dont il eft tendrement aimé, fur laquelle il ne daigne pas jetter les yeux; au contraire, il a mis toute fa confiance dans un
un faux ami qui eft le plus indigne homme qui
refpire, & il a donné fon cœur à la plus co-
quette & à la plus perfide de toutes les femmes. Il eft bien affuré que cette femme eft
une Pénélope, & ce faux ami un Caton. Il
part pour s'aller battre contre les Hollandais,
& laiffe tout fon argent, fes pierreries, &
tout ce qu'il a au monde à cette femme de
bien, & recommande cette femme elle-même,
à cet ami fidéle fur lequel il compte fi fort.
Cependant le véritable honnête homme, dont
il fe défie tant, s'embarque avec lui, & la
Maîtreffe qu'il n'a pas feulement daigné regarder, fe déguife en Page, & fait le voyage,
fans que le Capitaine s'aperçoive de fon fexe
de toute la Campagne.

Le Capitaine ayant fait fauter fon vaiffeau
dans un combat, revient à Londres, fans fecours, fans vaiffeau & fans argent, avec fon
Page & fon ami, ne connoiffant ni l'amitié de
l'un ni l'amour de l'autre. Il va droit chez la
perle des femmes, qu'il compte retrouver
avec fa caffette & fa fidélité. Il la trouve
mariée avec l'honnête fripon à qui il s'étoit
confié, & on ne lui a pas plus gardé fon dé-
pôt que le refte. Mon homme a toutes les
peines du monde à croire qu'une femme de
bien puiffe faire de pareils tours; mais pour
l'en convaincre mieux, cette honnête Dame devient amoureufe du petit Page, &

veut le prendre à force; mais comme il faut
que juſtice ſe faſſe, & que dans une Piéce de
Théatre, le vice ſoit puni, & la vertu récom-
penſée, il ſe trouve à la fin du compte que le
Capitaine ſe met à la place du Page, couche
avec ſon Infidelle, fait cocu ſon traître ami,
lui donne un coup d'épée au travers du corps,
reprend ſa Caſſette, & épouſe ſon Page. Vous
remarquerez qu'on a encore lardé cette Piéce
d'une Comteſſe de Pimbeſche, vieille plai-
deuſe, parente du Capitaine, laquelle eſt
bien la plus plaiſante créature & le meilleur
caractére qui ſoit au Théatre.

Wicherley a encore tiré de Moliére une
Piéce non moins ſinguliére, & non moins
hardie, c'eſt une eſpéce d'École des femmes.

Le principal perſonnage de la Piéce eſt un
drôle de bonnes fortunes, la terreur des maris de Londres, qui pour être plus ſûr de ſon
fait, s'aviſe de faire courir le bruit, que dans ſa
derniére maladie les Chirurgiens ont trouvé à
propos de le faire Eunuque. Avec cette belle
réputation les maris lui amenent leurs femmes, & le pauvre drôle n'eſt plus embaraſſé que
du choix. Il donne ſur-tout la préférence à
une petite Campagnarde qui a beaucoup d'innocence & de tempéramment, & qui fait ſon
mari cocu avec une bonne foi qui vaut mieux
que la malice des Dames les plus expertes.
Cette Piéce n'eſt pas, ſi vous voulez, l'École
des bonnes mœurs, mais en vérité c'eſt l'École de l'eſprit & du bon comique.

Un Chevalier Vanbrugh a fait des Comédies encore plus plaiſantes, mais moins ingénieuſes. Ce Chevalier étoit un homme de
plaiſir, & par-deſſus cela Poëte & Archi-
tecte. On prétend qu'il écrivoit avec autant
de délicateſſe & d'élégance qu'il bâtiſſoit groſ-
ſiérement. C'eſt lui qui a bâti le fameux Châ-

K 6

teau de Blenheim, péfant & durable monument de notre malheureufe bataille d'Hoch-
ftet, Si les apartemens étoient feulement auffi
larges que les murailles font épaiffes, ce Château feroit affez commode.

On a mis dans l'Épitaphe de Vanbrugh,
qu'on fouhaitoit que la Terre ne lui fût point
legére, attendu que de fon vivant il l'avoit fi
inhumainement chargée.

Ce Chevalier ayant fait un tour en France
avant la belle guerre de 1701, fut mis à la
Baftille, & y refta quelque tems fans avoir
jamais pû favoir ce qui lui avoit attiré cette
diftinction de la part de notre Miniftére. Il
fit une Comédie à la Baftille, & ce qui eft à
mon fens fort étrange, c'eft qu'il n'y a dans
cette Piéce aucun trait contre le Pays dans lequel il effuya cette violence.

Celui de tous les Anglais qui a porté le plus
loin la gloire du Théatre comique, eft feu
Mr Congréve. Il n'a fait que peu de Piéces,
mais toutes font excellentes dans leur genre.
Les régles du Théatre y font rigoureufement
obfervées. Elles font pleines de caractéres
nuancés avec une extrême fineffe ; on n'y
effuye pas la moindre mauvaife plaifanterie ;
vous y voyez par-tout le langage des honnêtes gens avec des actions de fripon, ce qui
prouve qu'il connoiffoit bien le monde, &
qu'il vivoit dans ce qu'on apelle la bonne
compagnie.

Ses Piéces font les plus fpirituelles & les
plus exactes, celles de Vanbrugh les plus
gayes, & celles de Wicherley les plus fortes.
Il eft à remarquer, qu'aucun de ces Beaux-
Efprits n'a mal parlé de Moliére ; il n'y a que
les mauvais Auteurs Anglais qui ayent dit
du mal de ce grand Homme. Ce font les
mauvais Muficiens d'Italie qui méprifent Lul-

ly ; mais un Buononcini l'estime & lui rend juftice.

L'Angleterre a encore de bons Poëtes Comiques, tels que le Chevalier Steele, & Mr Cibber excellent Comédien, & d'ailleurs Poëte du Roi ; titre qui paroît ridicule, mais qui ne laiffe pas de donner mille écus de rente & de beaux priviléges. Notre grand Corneille n'en a pas eu tant.

Au refte, ne me demandez pas que j'entre ici dans le moindre détail de ces Piéces Anglaifes dont je fuis fi grand Partifan, ni que je vous raporte un bon mot ou une plaifanterie des Wicherleys & des Congréves : on ne rit point dans une traduction. Si vous voulez connoître la Comédie Anglaife, il n'y a d'autre moyen pour cela que d'aller à Londres, d'y refter trois ans, d'aprendre bien l'Anglais, & de voir la Comédie tous les jours. Je n'ai pas grand plaifir en lifant Plaute & Ariftophane ; pourquoi ? c'eft que je ne fuis ni Grec, ni Romain. La fineffe des bons mots, l'allufion, l'à propos, tout cela eft perdu pour un étranger.

Il n'en eft pas de même dans la Tragédie. Il n'eft queftion chez elle que de grandes paffions, & de fottifes héroïques confacrées par de vieilles erreurs de Fables ou d'Hiftoire. Oedipe, Electre, apartiennent aux Efpagnols, aux Anglais, & à nous comme aux Grecs. Mais la bonne Comédie eft la peinture parlante des ridicules d'une Nation, & , fi vous ne connoiffez pas la Nation à fond, vous ne pouvez guéres juger de la peinture.

SUR LES SEIGNEURS

QUI CULTIVENT

LES LETTRES.

CHAPITRE XXIII.

IL a été un tems en France où les Beaux-Arts étoient cultivés par les premiers de l'État. Les Courtisans sur-tout s'en mêloient malgré la dissipation, le goût des riens, la passion pour l'intrigue, toutes Divinités du Pays. Il me paroît qu'on est actuellement à la Cour dans tout un autre goût que celui des Lettres ; peut - être dans peu de tems la mode de penser reviendra-t'elle. Un Roi n'a qu'à vouloir, on fait de cette Nation-ci tout ce qu'on veut. En Angleterre communément on pense, & les Lettres y sont plus en honneur qu'ici. Cet avantage est une suite nécessaire de la forme de leur Gouvernement. Il y a à Londres environ huit cens personnes qui ont le droit de parler en public, & de soutenir les intérêts de la Nation. Environ cinq ou six mille prétendent au même honneur à leur tour. Tout le reste s'érige en Juge de tous ceux-ci, & chacun peut faire imprimer ce qu'il pense sur les affaires publiques ; ainsi toute la Nation est dans la nécessité de s'instruire. On n'entend parler que des Gouvernemens d'Athènes & de Rome. Il faut bien, malgré qu'on en ait, lire les Auteurs qui en ont traité. Cette étude conduit naturellement aux Belles-Lettres. En général les hommes ont l'esprit de leur état. Pourquoi d'ordinaire nos Magistrats, nos Avocats, nos Médecins, & beaucoup d'Ecclésiastiques, ont-ils plus de Lettres, de goût & d'esprit que l'on n'en trouve dans toutes les autres professions ? C'est que réellement leur état est d'avoir l'esprit cultivé, comme celui d'un Marchand est de connoître son négoce. Il n'y a pas long-tems qu'un Seigneur Anglais fort jeune me vint voir à Paris, en revenant d'Italie. Il avoit fait en vers une description de ce Pays-là aussi poliment écrite que tout ce qu'ont fait le Comte de Rochester & nos Chaulieux, nos Sarasins & nos Chapelles. La Traduction que j'en ai faite est si loin d'atteindre à la force & à la bonne plaisanterie de l'Original, que je suis obligé d'en demander sérieusement pardon à l'Auteur, & à ceux qui entendent l'Anglais. Cependant comme je n'ai pas d'autre moyen de faire connoître les vers de Mylord Harvey, les voici dans ma Langue.

> Qu'ai-je donc vû dans l'Italie ?
> Orgueil, Astuce, & Pauvreté,
> Grands Complimens, peu de Bonté,
> Et beaucoup de Cérémonie.
>
> L'extravagante Comédie,
> Que souvent l'Inquisition (*)
> Veut qu'on nomme Religion ;
> Mais qu'ici on nomme folie.

(*) *Il entend sans doute les Farces que certains Prédicateurs jouent dans les Places publiques.*

La Nature en vain bienfaifante
Veut enrichir ces Lieux charmans,
Des Prêtres la main défolante
Étouffe fes plus beaux préfens.

Les Monfignors, foi-difant Grands,
Seuls dans leurs Palais magnifiques
Y font d'illuftres fainéans,
Sans argent & fans domeftiques.

Pour les Petits, fans liberté,
Martyrs du joug qui les domine,
Ils ont fait vœu de pauvreté,
Priant Dieu par oifiveté,
Et toujours jeûnant par famine.

Ces beaux lieux du Pape bénis
Semblent habités par les Diables ;
Et les Habitans miférables
Sont damnés dans le Paradis.

SUR LE COMTE
DE ROCHESTER
ET Mʀ WALLER.

CHAPITRE XXIV.

Tout le monde connoît la réputation du Comte de Rochefter. Mr de St Evremond en a beaucoup parlé, mais il ne nous a fait connoître du fameux Rochefter que l'homme de plaifir, l'homme à bonnes fortunes. Je voudrois faire connoître en lui l'homme de génie & le grand Poëte. Entre autres Ouvrages qui brilloient de cette imagination ardente qui n'apartenoit qu'a lui, il a fait quelques Satires fur les mêmes fujets que notre célébre Defpreaux avoit choifis. Je ne fai rien de plus utile pour fe perfectionner le goût, que la comparaifon des grands Génies qui fe font exercés fur les mêmes matiéres. Voici comme Mr Defpreaux parle contre la Raifon humaine dans fa Satire fur l'Homme.

Cependant à le voir plein de vapeurs legéres,
Soi-même fe bercer de fes propres chiméres,
Lui feul de la Nature eft la bafe & l'apui,
Et le dixiéme Ciel ne tourne que pour lui.
De tous les Animaux il eft ici le Maître;

Qui pourroit le nier, pourfuis-tu? Moi peut-
    être.

Ce Maître prétendu qui leur donne des loix,
Ce Roi des Animaux, combien a-t'il de Rois!

   Voici à peu près comme s'exprime le Comte
de Rochefter dans fa *Satire fur l'Homme.
Mais il faut que le Lecteur fe reffouvienne
toujours que ce font ici des traductions libres des Poëtes Anglais, & que la gêne de
notre Langue, ne peuvent donner l'équiva-
lent de la licence impétueufe du ftile Anglais.

Cet efprit que je hais, cet efprit plein d'erreur,
Ce n'eft pas ma Raifon, c'eft la tienne, Doc-
    teur,
C'eft la Raifon frivole, inquiéte, orgueilleufe,
Des fages Animaux, rivale dédaigneufe,
Qui croit entr'eux & l'Ange occuper le mi-
    lieu,
Et penfe être ici bas l'image de fon Dieu.
Vil atôme imparfait, qui croit, doute, difpute,
Rampe, s'éleve, tombe, & nie encore fa chûte.
Qui nous dit, je fuis libre, en nous montrant
    fes fers,
Et dont l'œil trouble & faux croit percer l'U-
    nivers.
Allez, révérends Fous, bienheureux Fanati-
    ques,
Compilez bien l'Amas de vos Riens Scholaf-
    tiques,
Peres de Vifions, & d'Enigmes facrés,

Auteurs du Labyrinthe, où vous vous égarez;
Allez obscurément éclaircir vos mystéres,
Et courez dans l'Ecole adorer vos chiméres.
Il est d'autres erreurs, il est de ces Dévots
Condamnés par eux-mêmes à l'ennui du
 repos.
Ce mystique encloîtré, fier de son indolence,
Tranquile au sein de Dieu, qu'y peut-il faire ?
 Il pense.
Non, tu ne penses point, misérable, tu dors:
Inutile à la Terre, & mis au rang des morts.
Ton esprit énervé croupit dans la molesse.
Réveille-toi, sois homme, & sors de ton
 yvresse.
L'homme est né pour agir, & tu prétens
 penser ?

 Que ces idées soient vraies ou fausses, il est
toujours certain qu'elles sont imprimées avec
une énergie qui fait le Poëte. Je me garderai
bien d'examiner la chose en Philosophe, &
de quitter ici le pinceau pour le compas : mon
unique but dans cette Lettre est de faire connoître le génie des Poëtes Anglais, & je vais
continuer sur ce ton.
 On a beaucoup entendu parler du célébre
Waller en France. La Fontaine, St Evremond
& Bayle ont fait son éloge ; mais on ne connoît de lui que son nom. Il eut à peu près à
Londres la même réputation que Voiture eut
à Paris, & je crois qu'il la méritoit mieux.
Voiture vint dans un tems où l'on sortoit de
la barbarie, & où l'on étoit encore dans l'i-
gnorance. On vouloit avoir de l'esprit, & on

n'en avoit point encore. On cherchoit des tours au lieu de penfées. Les faux brillans fe trouvent plus aifément que les pierres précieufes. Voiture, né avec un génie frivole & facile, fut le premier qui brilla dans cette aurore de la Litérature Françaife. S'il étoit venu après les grands Hommes qui ont illuftré le fiécle de Louis XIV ou il auroit été inconnu, ou on n'auroit parlé de lui que pour le méprifer, ou il auroit corrigé fon ftile. Mr Defpreaux le loue, mais c'eft dans fes prémiéres Satires, c'eft dans le tems que le goût de Defpreaux n'étoit pas encore formé : il étoit jeune, & dans l'âge où l'on juge des hommes, par la réputation & non pas par eux-mêmes. D'ailleurs, Defpreaux étoit fouvent bien injufte dans fes louanges & dans fes cenfures. Il louoit Segrais que perfonne ne lit : il infultoit Quinault que tout le monde fait par cœur ; & il ne dit rien de la Fontaine. Waller, meilleur que Voiture, n'étoit pas encore parfait. Ses Ouvrages galans refpirent la grace, mais la négligence les fait languir, & fouvent les penfées fauffes les défigurent. Les Anglais n'étoient pas encore parvenus de fon tems à écrire avec correction. Ses Ouvrages férieux font pleins d'une vigueur qu'on n'attendroit pas de la moleffe de fes autres Piéces. Il a fait un éloge funébre de Cromwell, qui avec fes défauts paffe pour un Chef-d'œuvre. Pour entendre cet Ouvrage, il faut fçavoir que Cromwell mourut le jour d'une tempête extraordinaire. La Piéce commence ainfi :

Il n'eft plus, c'en eft fait, foumettons - nous
    au fort,
Le Ciel a fignalé ce jour par des tempêtes,

Et la voix du tonnerre éclatant fur nos têtes
Vient d'annoncer fa mort.

Par fes derniers foupirs il ébranle cette Ifle,
Cette Ifle que fon bras fit trembler tant de
fois,
Quand dans le cours de fes Exploits,
Il brifoit la tête des Rois,
Et foumettoit un Peuple à fon joug feul docile.

Mer, tu t'en es troublée; ô Mer, tes flots émus
Semblent dire en grondant aux plus lointains
rivages
Que l'effroi de la Terre & ton Maître n'eft
plus.
Tel au Ciel autrefois s'envola Romulus,
Tel il quitta la Terre, au milieu des orages,
Tel d'un Peuple guerrier il reçut les homages;
Obéi dans fa vie, à fa mort adoré,
Pon Palais fut un Temple, &c.

C'eft à propos de cet éloge de Cromwell
que Waller fit au Roi Charles II. cette réponfe qu'on trouve dans le Dictionnaire de
Bayle. Le Roi, à qui Waller venoit, felon
l'ufage des Rois & des Poëtes, de préfen-
ter une Piéce farcie de louanges, lui repro-
cha qu'il avoit mieux fait pour Cromwell.
Waller répondit: *Sire, nous autres Poëtes nous
réuffiffons mieux dans les fictions que dans les
vérités.* Cette réponfe n'étoit pas fi fincére que
celle de l'Ambaffadeur Hollandais, qui, lorfque le même Roi fe plaignoit que l'on avoit
moins d'égards pour lui que pour Cromwell,

répondit, *Ah! Sire, ce Cromvvel étoit toute autre chose.* Mon but n'est pas de faire un Commentaire sur le caractére de Waller, ni de personne. Je ne considere les gens après leur mort que par leurs Ouvrages ; tout le reste est pour moi anéanti. Je remarque seulement, que Waller, né à la Cour avec soixante mille livres de rente, n'eut jamais le sot orgueil, ni la nonchalance d'abandonner son talent. Les Comtes de Dorset & de Roscommon, les deux Ducs de Buckingham, Milord Halifax, & tant d'autres, n'ont pas crû déroger en devenant de très-grands Poëtes & d'illustres Ecrivains. Leurs Ouvrages leur font plus d'honneur que leurs noms. Ils ont cultivé les Lettres comme s'ils en eussent attendu leurs fortunes. Ils ont de plus rendu les Arts respectables aux yeux du Peuple, qui en tout a besoin d'être mené par les Grands, & qui pourtant se régle moins sur eux en Angleterre qu'en aucun lieu du Monde.

SUR Mʀ POPE,

ET QUELQUES AUTRES
POETES FAMEUX.

CHAPITRE XXV.

JE voulois vous parler de Mr Prior un des plus aimables Poëtes d'Angleterre, que vous avez vû ici Plenipotentiaire & Envoyé-Extraordinaire en 1712. Je comptois vous donner auſſi quelque idée des Poéſies de Mylord Roſcommon, de Mylord Dorſet;mais je ſens qu'il me ſaudroit faire un gros Livre , & qu'après bien de la peine , je ne vous donnerois qu'une idée fort imparfaite de tous ces Ouvrages. La Poéſie eſt une eſpèce de Muſique , il faut l'entendre pour en juger. Quand je vous traduis quelques morceaux de ces poéſies étrangéres , je vous note imparfaitement leur Muſique : mais je ne puis exprimer le goût de leur chant.

Il y a ſur-tout un Poëme Anglais que je déſeſpérerois de vous faire connoître , il s'apelle *Hudibras*. Le ſujet eſt la Guerre civile , & la Secte des Puritains tournée en ridicule. C'eſt Don Quichotte , c'eſt notre Satire Ménippée fondus enſemble. C'eſt de tous les Livres que j'ai jamais lûs, celui où j'ai trouvé le plus d'eſprit , mais c'eſt auſſi le plus intraduiſible. Qui croiroit qu'un Livre qui ſaiſit tous les ridicules du Genre Humain , & qui a plus de penſées que de mots, ne pût ſouffrir la traduction ? C'eſt que preſque tout y fait alluſion à des avantures particuliéres. Le plus grand ridicule tombe ſur tout ſur les Théologiens que peu de gens du monde entendent Il faudroit à tout moment un Commentaire ; & la plaiſanterie expliquée ceſſe d'être plaiſanterie. Tout Commentateur de bons mots eſt un ſot. Voila pourquoi on n'entendra jamais bien en France les Livres de l'ingénieux Docteur Swift , qu'on apelle le Rabelais d'Angleterre. Il a l'honneur d'être Prêtre comme Rabelais , & de ſe moquer de tout comme lui. Mais on lui fait grand tort , ſelon mon petit ſens , de l'apeller de ce nom. Rabelais dans ſon extravagant & inintelligible Livre , a répandu une extrême gaieté & une plus grande impertinence. Il a prodigué l'érudition,les or-

dures, & l'ennui. Un bon Conte de deux pages est acheté par des Volumes de sottises. Il
n'y a que quelques personnes d'un goût bizarre qui se piquent d'entendre & d'estimer tout
cet Ouvrage. Le reste de la Nation rit des
plaisanteries de Rabelais, & méprise le Livre ; on le regarde comme le premier des Bou-
fons. On est fâché qu'un homme qui avoit tant
d'esprit en ait fait un si misérable usage. C'est
un Philosophe yvre, qui n'a écrit que dans le
tems de son yvresse.

Mr Svvift est Rabelais dans son bon sens,
& vivant en bonne compagnie. Il n'a pas à la
vérité la gaieté du premier ; mais il a toute la
finesse, la raison, le choix, le bon goût qui
manque à notre Curé de Meudon. Ses vers
sont d'un goût singulier & presque inimitable.
La bonne plaisanterie est son partage en vers
& en prose ; mais pour le bien entendre, il
faut faire un petit voyage dans son pays.

Vous pouvez plus aisément vous former
quelque idée de Mr. Pope. C'est, je crois, le
Poëte le plus élégant, le plus correct, & ce
qui est encore beaucoup, le plus harmonieux
qu'ait eu l'Angleterre. Il a réduit les siffle-
mens aigres de la Trompette Anglaise aux sons
doux de la Flute. On peut le traduire, parce
qu'il est extrêmement clair, & que ses sujets
pour la plûpart sont généraux, & du ressort
de toutes les Nations.

On connoîtra bien-tôt en France son Essai
sur la Critique, par la Tradition en vers qu'en
fait M. l'Abé du Renel.

Voici un morceau de son Poëme de la Bou-
cle de Chevéux que je viens de traduire avec
ma liberté ordinaire : car encore une fois, je
ne sai rien de pis que de traduire un Poëme
mot pour mot.

Umbriel

Umbriel à l'inftant , vieil Gnome rechigné ,
Va d'une aîle péfante & d'un air renfrogné
Chercher en murmurant la Caverne profonde
Où loin des doux raïons que répand l'œil du
    Monde ,
La Déeffe aux vapeurs a choifi fon féjour :
Les triftes Aquilons y fifflent à l'entour ,
Et le foufflemal fain de leur aride halaine
Y porte aux environs la fiévre & la migraine.
Sur un riche Sofa , derriére un Paravent ,
Loin des flambeaux , du bruit , des parleurs
    & du vent.
La quinteufe Déeffe inceffamment repofe ,
Le cœur gros de chagrin , fans en favoir la
    caufe ;
N'ayant penfé jamais , l'efprit toujours trou-
    blé ,
L'œil chargé , le teint pâle , & l'hypocondre
    enflé.
La médifante Envie eft affife auprès d'elle ,
Vieil Spectre féminin , décrépite pucelle ,
Avec un air dévot déchirant fon prochain ,
Et chanfonnant les gens , l'Evangile à la main.
Sur un lit plein de fleurs négligemment pan-
    chée ,
Une jeune Beauté non loin d'elle eft couchée;
C'eft l'Affectation qui graffaie en parlant ,
Ecoute fans entendre,& lorgne en regardant.
Qui rougit fans pudeur , & rit de tout fans
    joye ,

Tom. IV.   L

De cent maux différens prétend qu'elle eſt la
     proye ,
Et pleine de ſanté ſous le rouge & le fard,
Se plaint avec molleſſe , & ſe pâme avec art.

Si vous liſiez ce morceau dans l'Original au
lieu de le lire dans cette foible traduction,
vous le compareriez à la deſcription de la
Moleſſe dans le Lutrin. En voilà bien honnê-
tement pour les Poëtes Anglais. Je vous ai
touché un petit mot de leurs Philoſophes.
Pour de bons Hiſtoriens je ne leur en connois pas encore. Il a fallu qu'un Français ait
écrit leur Hiſtoire. Peut-être le génie Anglais,
qui eſt ou froid ou impétueux , n'a pas encore ſaiſi cette éloquence naïve, & cet air noble & ſimple de l'Hiſtoire, Peut-être auſſi l'Eſprit de parti qui fait voir trouble a décrédité
tous leurs Hiſtoriens. La moitié de la Nation
eſt toujours l'ennemie de l'autre. J'ai trouvé
des gens qui m'ont aſſuré que Mylord Marlborough étoit un poltron, & que Mr. Pope étoit
un ſot ; comme en France quelques Jeſuites
trouvent Paſcal un petit eſprit, & quelques
Janſéniſtes diſent que le Pere Bourdalouen'é-
toit qu'un bavard.

Marie Stuart eſt une ſainte Héroïne pour
les Jacobites ; pour les autres c'eſt une débau-
chée, adultére, homicide. Ainſi en Angleterre on a des Factums, & point d'Hiſtoire. Il
eſt vrai qu'il y a à préſent un Mr Gordon excellent Traducteur de Tacite , très-capable
d'écrire l'Hiſtoire de ſon Païs. Mais Mr Ra-
pin de Thoyras l'a prévenu. Enfin , il me paroît que les Anglais n'ont point de ſi bons
Hiſtoriens que nous ; qu'ils n'ont point de véritables Tragédies ; qu'ils ont des Comédies
charmantes , & des morceaux de Poéſie ad-

mirables, & des Philosophes qui devroient
être les Précepteurs du Genre Humain,

Les Anglais ont beaucoup profité des Ouvrages de notre Langue. Nous devrions à notre
tour emprunter d'eux après leur avoir prêté.
Nous ne sommes venus, les Anglais & nous,
qu'après les Italiens qui en tout ont été nos
Maîtres, & que nous avons surpassés en quelques choses. Je ne sai à laquelle des trois Nations il faudra donner la préférence; mais heureux celui qui sait sentir leurs différens méri-
tes, & qui n'a point la sottise de n'aimer que
ce qui vient de son Pays.

SUR

LA SOCIETE ROYALE,

ET SUR

LES ACADEMIES.

CHAPITRE XXVI.

LEs Anglais ont eu quelque tems avant
nous une Académie des Sciences, mais
elle n'est pas si bien réglée que la nôtre, & cela par la seule raison peut-être qu'elle est ancienne : car si elle avoit été formée après l'A-
cadémie de Paris, elle en auroit adopté quelques sages Loix, & eût perfectionné les autres.

La Société Royale de Londres manque de
deux choses les plus nécessaires aux hommes;

L 2

des récompenses & des régles C'est une petite fortune sûre à Paris pour un Géometre, pour un Chimiste, qu'une place à l'Académie. Au contraire, il en a coûté à Londres pour être de la Société Royale. Quiconque dit en Angleterre, j'aime les Arts, & veux être de la Société, en est dans l'instant. Mais en France pour être Membre & Pensionnaire de l'Académie, ce n'est pas assez d'être amateur, il faut être savant, disputer la place contre des concurrens d'autant plus redoutables, qu'ils sont animés par la gloire, par l'intérêt, par la difficulté même, & par cette inflexibilité d'esprit que donne d'ordinaire l'étude opiniâtre des Sciences de calcul.

L'Académie des Sciences est sagement bornée à l'étude de la Nature, & en vérité c'est un champ assez vaste pour occuper cinquante ou soixante personnes. Celle de Londres a mêlé long-tems indifféremment la Littérature à la Phisique. Il me semble qu'il est mieux d'avoir une Académie particuliére pour les Belles-Lettres, afin que rien ne soit confondu, & qu'on ne voye point une Dissertation sur les coëffures des Romains à côté d'une centaine de courbes nouvelles.

Puisque la Société de Londres a peu d'ordre & nul encouragement, & que celle de Paris est sur un pied tout opposé, il n'est pas étonnant que les Mémoires de notre Académie soient supèrieurs aux leurs. Des Soldats bien disciplinés & bien payés, doivent à la longue l'emporter sur des Volontaires. Il est vrai que la Société Royale a eu un Newton, mais elle ne l'a pas produit. Il y avoit même peu de ses Confreres qui l'entendissent. Un génie comme Mr Nevvton apartenoit à toutes les Académies de l'Europe, parce que toutes avoient beaucoup à aprendre de lui.

mirables, & des Philofophes qui devroient être les Précepteurs du Genre Humain.

Les Anglais ont beaucoup profité des Ouvrages de notre Langue. Nous devrions à notre tour emprunter d'eux après leur avoir prêté. Nous ne fommes venus, les Anglais & nous, qu'après les Italiens qui en tout ont été nos Maîtres, & que nous avons furpaffés en quelques chofes. Je ne fai à laquelle des trois Nations il faudra donner la préférence ; mais heureux celui qui fait fentir leurs différens merites, & qui n'a point l'amour propre mal entendu de n'aimer que ce qui vient de fon Pays.

SUR
LA SOCIETÉ ROYALE,
ET SUR
LES ACADÉMIES.

CHAPITRE XXVI.

LEs Anglais ont eu quelque tems avant nous une Académie des Sciences, mais elle n'eft pas fi bien réglée que la nôtre, & cela par la feule raifon peut-être qu'elle eft ancienne : car fi elle avoit été formée après l'Académie de Paris, elle en auroit adopté quelques fages Loix, & eût perfectionné les autres.

Tome IV.

La Société Royale de Londres manque de deux choses les plus néceſſaires aux hommes, de récompenſes & de régles. C'eſt une petite fortune ſûre à Paris pour un Géometre, pour un Chimiſte, qu'une place à l'Académie. Au contraire, il en coute à Londres pour être de la Société Royale. Quiconque dit en Angleterre, j'aime les Arts, & veut être de la Société, en eſt dans l'inſtant. Mais en France pour être Membre & Penſionnaire de l'Académie, ce n'eſt pas aſſez d'être amateur, il faut être ſavant, diſputer la place contre des concurrens d'autant plus redoutables, qu'ils ſont animés par la gloire, par l'intérêt, par la difficulté même, & par cette infléxibilité d'eſprit que donne d'ordinaire l'étude opiniâtre des Sciences de calcul.

L'Académie des Sciences eſt ſagement bornée à l'étude de la Nature, & en vérité c'eſt un champ aſſez vaſte pour occuper cinquante ou ſoixante perſonnes. Celle de Londres a mêlé long-tems indifféremment la Littérature à la Phiſique. Il me ſemble qu'il eſt mieux d'avoir une Académie particuliere pour les Belles Lettres, afin que rien ne ſoit confondu, & qu'on ne voye point une Diſſertation ſur les cœ̈ffures des Romains à côté d'une centaine de courbes nouvelles.

Quoique la Société Royale de Londres manque d'encouragemens, c'eſt elle cependant qui nous a fait connaître la nature de la lumiere, les loix de la péſanteur, la réfraction dans le vuide, l'étendue de l'électricité, l'aberration de la lumiere, le ſecret du Phosfore, la machine Hidraulique à feu, le calcul de l'infini, &c. Cette Compagnie auroit-elle mieux fait ſi elle eût été bien payée?

Le fameux Docteur Svvift forma le deſſein,
dans les derniéres années du régne de la Reine Anne, d'établir une Académie pour la Langue, à l'exemple de l'Académie Françaiſe. Ce
projet étoit apuyé par le Comte d'Oxford,
Grand Tréſorier, & encore plus par le Vi-
comte de Bolingbroke Secretaire d'Etat, qui
avoit le don de parler ſur le champ dans le
Parlement, avec autant de pureté que Svvift
écrivoit dans ſon Cabinet, & qui auroit été le
protecteur & l'ornement de cette Académie.
Les Membres qui la devoient compoſer étoient
des hommes dont les Ouvrages dureront autant que la Langue Anglaiſe. C'étoient ce Docteur Svvift, Mr Prior, que nous avons vû
ici Miniſtre public, & qui en Angleterre a la
même réputation que la Fontaine a parmi
nous : c'étoient Mr Pope, le Boileau d'Angleterre, Mr Congreve qu'on peut en apeller
le Moliére ; pluſieurs autres dont les noms
m'échapent ici, auroient tous fait fleurir cette Compagnie dans ſa naiſſance. Mais la Reine mourut ſubitement, les Wihgs ſe mirent
dans la tête de faire pendre les Protecteurs de
l'Académie ; ce qui, comme vous voyez bien,
fut mortel aux Belles-Lettres. Les Membres
de ce Corps auroient eu un grand avantage
ſur les premiers qui compoſerent l'Académie
Françaiſe. Svvift, Prior, Congreve, Dryden,
Pope, Addiſon, &c. avoient fixé la Langue
Anglaiſe par leurs Ecrits, au lieu que Chapelain, Colletet, Caſſaigne, Faret, Cotin, nos
premiers Académiciens, étoient l'oprobre de
de notre Nation, & que leurs noms ſont devenus ſi ridicules, que ſi quelque Auteur paſ-
ſable avoit le malheur de s'apeller aujour-
d'hui Chapelain ou Cotin, il ſeroit obligé de
changer de nom.

Il auroit fallu ſur-tout que l'Académie An-

glaife fe fût propofé des ocupations toutes différentes de la nôtre. Un jour un Bel-Efprit de
ce pays-là me demanda les Mémoires de l'A-
cadémie Françaife. Elle n'écrit point de Mémoires, lui répondis-je ; mais elle a fait imprimer foixante ou quatre-vingt Volumes de
complimens. Il en parcourut un ou deux. Il
ne put jamais entendre ce ftile, quoiqu'il entendît fort bien tous nos bons Auteurs. Tout
ce que j'entrevois, me dit-il, dans ces beaux
Difcours, c'eft que le Récipiendaire ayant affuré que fon prédéceffeur étoit un grand homme, que le Cardinal de Richelieu étoit un
très-grand homme, le Chancelier Seguier un
affez grand homme ; le Directeur lui répond
la même chofe, & ajoute que le Récipiendaire pourroit bien auffi être une efpéce de grand
homme, & que pour lui Directeur il n'en
quitte pas fa part.

Il eft aifé de voir par quelle fatalité prefque
tous ces Difcours Académiques ont fait fi peu
d'honneur à ce Corps. *Vitium eft temporis po-
tiùs quàm hominis.* L'ufage s'eft infenfible-
mant établi, que tout Académicien répéteroit
ces Eloges à fa réception : ça a été une efpèce
de loi d'ennuyer le public. Si l'on cherche enfuite pourquoi les plus grands Génies qui font
entrés dans ce Corps ont fait quelquefois les
plus mauvaifes Harangues, la raifon en eft
encore bien aifée ; c'eft qu'ils ont voulu briller, c'eft qu'ils ont voulu traiter nouvellement
une matiére toute ufée. La néceffité de parler, l'embarras de n'avoir rien à dire, & l'envie d'avoir de l'efprit, font trois chofes capables de rendre ridicule même le plus grand
homme. Ne pouvant trouver des penfées nouvelles, ils ont cherché des tours nouveaux,
& ont parlé fans penfer, comme des gens qui
mâcheroient à vuide, & feroient femblant

de manger , en périssant d'inanition.

Au lieu que c'est une loi dans l'Académie Française de faire imprimer tous ces Discours par lesquels seuls elle est connue , ce devroit être une loi de ne les imprimer pas.

L'Académie des Belles Lettres s'est proposé un but plus sage & plus utile: c'est de présenter au public un Recueil de Mémoires remplis de recherches & de critiques curieuses. Ces Mémoires sont déja estimés chez les Etrangers. On souhaiteroit seulement que quelques matiéres y fussent plus aprofondies , & qu'on n'en eût point traité d'autres. On se seroit, par exemple , fort bien passé de je ne sai quelle Dissertation sur les prérogatives de la Main droite sur la Main gauche , & de quelques auques autres recherches qui sous un titre moins ridicule , n'en sont guéres moins frivoles.

L'Académie des Sciences dans ses recherches plus difficiles , & d'une utilité plus sensible , embrasse la connoissance de la Nature & la perfection des Arts. Il est à croire que des études si profondes & si suivies , des calculs si exacts , des découvertes si fines , des vues si grandes, produiront enfin quelque chose qui servira au bien de l'Univers.

C'est dans les siécles les plus barbares que se sont faites les plus utiles découvertes. Il semble que le partage des tems les plus éclairés , & des Compagnies les plus savantes, soit de raisonner sur ce que des ignorans ont inventé. On fait aujourd'hui après les longues disputes de Mr Huygens & de Mr Renaud la détermination de l'angle le plus avantageux d'un gouvernail de Vaisseau avec la quille ; mais Christophe Colomb avoit découvert l'Amérique sans rien soupçonner de cet angle.

Je suis bien loin d'inférer de-là qu'il faille s'en tenir seulement à une pratique aveugle, mais il feroit heureux que les Phyficiens & les Géometres joigniffent autant qu'il eft poffible la pratique à la fpéculation.

Faut-il que ce qui fait plus d'honneur à l'Efprit humain, foit fouvent ce qui eft le moins utile! Un homme avec les quatre régles d'Arithmetique & du bon fens devient un grand Negociant, un Jaques Cœur, un Delmer, un Bernard, tandis qu'un pauvre Algébrifte paffe fa vie à chercher dans les nombres des raports & des propriétés étonnantes, mais fans ufage, & qui ne lui aprendront pas ce que c'eft que le Change. Tous les Arts font à peu près dans ce cas. Il y a un point, paffé lequel les recherches ne font plus que pour la curiofité. Ces vérités ingénieufes & inutiles reffemblent à des Etoiles, qui placées trop loin de nous, ne nous donnent point de clarté.

Pour l'Académie Françoife, quel fervice ne rendroit-elle pas aux Lettres, à la Langue, & la Nation, fi au lieu de faire imprimer tous les ans des complimens, elle faifoit imprimer les bons Ouvrages du fiécle de Louis XIV. épurés de toutes les fautes du langage qui s'y font gliffées? Corneille & Mo iére en font pleins, La Fontaine en fourmille. Celles qu'on ne pourroit pas corriger feroient au moins marquées. L'Europe qui lit ces Auteurs, aprendroit par eux notre Langue avec sûreté. Sa pureté feroit à jamais fixée. Les bons Livres Français imprimés avec foin aux dépens du Roi, feroient un des plus glorieux Monumens de la Nation. J'ai oüi dire que Mr Defpréaux avoit fait autrefois cette propofition, & qu'elle a été renouvellée par un homme dont l'efprit, la fageffe, la faine critique font connus; mais cette idée a eu le fort de beaucoup d'autres projets utiles, d'être aprouvée & d'être négligée.

REMARQUES
SUR LES PENSÉES
DE
Mr PASCAL.

CHAPITRE XXVII.

Voici des Remarques critiques que j'ai faites depuis long-tems sur les Penſées de Mr Paſchal. Ne me comparez point ici, je vous prie, à Ezechias, qui voulut faire brûler tous les Livres de Salomon. Je reſpecte le génie & l'éloquence de Paſchal; mais plus je les reſpecte, plus je ſuis perſuadé qu'il auroit lui-même corrigé beaucoup de ces penſées qu'il avoit jettées au hazard ſur le papier, pour les examiner enſuite; & c'eſt en admirant ſon génie que je combats quelques-unes de ſes idées.

Il me paroît qu'en général l'eſprit dans lequel M. Paſcal écrivit ces Penſées, étoit de montrer l'homme dans un jour odieux. Il s'acharne à nous peindre tous méchans & malheureux. Il écrit contre la Nature humaine, à peu près comme il écrivoit contre les Jeſuites. Il impute à l'eſſence de notre nature ce qui n'appartient qu'à certains hommes : il dit éloquemment des injures au Genre humain. J'oſe prendre le parti de l'Huma-

L 5

nité contre ce Misantrope sublime. J'ose assûrer que nous ne sommes ni si méchans, ni si
malheureux qu'il le dit : je suis de plus très-
persuadé que s'il avoit suivi dans le Livre qu'il
méditoit, le dessein qui paroît dans ses pensées, il auroit fait un Livre plein de paralo-
gismes éloquens & de faussetés admirablement déduites. Je crois même que tous ces
Livres qu'on a fait depuis peu pour prouver
la Religion Chrétienne, sont plus capables de
scandaliser que d'édifier. Ces Auteurs préten-
dent-ils en savoir plus que Jesus-Christ & ses
Apôtres ? C'est vouloir soutenir un Chêne en
l'entourant de roseaux ; on peut écarter ces
roseaux inutiles sans craindre de faire tort à
l'Arbre. J'ai choisi avec discrétion quelques
pensées de Pascal. J'ai mis les réponses au
bas. Au reste, on ne peut trop répéter ici combien il seroit absurde & cruel de faire une
affaire de parti de cette critique des Pensées
de Pascal. Je n'ai de parti que la vérité. Je
pense qu'il est très-vrai que ce n'est pas à la
Métaphysique de prouver la Religion Chrétienne, & que la Raison est autant au-dessous
de la Foi, que le fini est au dessus de l'infini.
Je suis Métaphysicien avec Locke, mais Chrétien avec Saint Paul.

I. PENSÉE DE PASCAL.

*Les grandeurs & les miséres de l'Homme sont
tellement visibles, qu'il faut nécessairement
que la véritable Religion nous enseigne qu'il y
a en lui quelque grand principe de grandeur,
& en même tems quelque grand principe de
misére. Car il faut que la véritable Religion
connoisse à fond notre nature, c'est-à-dire,
qu'elle connoisse tout ce qu'elle a de grand &
tout ce qu'elle a de misérable, & la raison de
l'un & de l'autre : il faut encore qu'elle nous*

rende raison des étonnantes contrariétés qui
s'y rencontrent.

1. Cette manière de raisonner paroit fauſſe
& dangéreuſe ; car la Fable de Prométhée &
de Pandore, les Androgines de Platon, les
Dogmes des anciens Egyptiens, & ceux de
Zoroaſtre rendroient auſſi-bien raiſon de ces
contrariétés apparentes. La Religion Chrétienne n'en demeurera pas moins vraie,
quand même on n'en tireroit pas ces conclu-
ſions ingénieuſes qui ne peuvent ſervir qu'à
faire briller l'eſprit. Il eſt néceſſaire pour qu'u-
ne Religion ſoit vraie, qu'elle ſoit révélée, &
point du tout qu'elle rende raiſon de ces contrariétés prétendues ; elle n'eſt pas plus faite
pour vous enſeigner la Métaphyſique que l'Aſ-
tronomie.

II.

Qu'on examine ſur cela toutes les Religions
du monde, & qu'on voye s'il y en a une autre
que la Chrétienne qui y ſatisfaſſe ; era-ce celle
qu'enſeignoient les Philoſophes qui nous pro-
poſent pour tout bien, un bien qui eſt en nous?
Eſt-ce là le vrai bien ?

II. Les Philoſophes n'ont point enſeigné de
Religion : ce n'eſt pas leur Philoſophie qu'il
s'agit de combattre. Jamais Philoſophe ne
s'eſt dit inſpiré de Dieu ; car dès-lors il eût
ceſſé d'être Philoſophe & il eût fait le Prophéte. Il ne s'agit pas de ſavoir ſi Jeſus-Chriſt
doit l'emporter ſur Ariſtote ; il s'agit de p ou-
ver que la Religion de Jeſus-Chriſt eſt la véritable, & que celles de Mahomet, des Payens,
& toutes les autres ſont fauſſes.

III.

Et cependant ſans ce Myſtére le plus incom-
préhenſible de tous, nous ſommes incompré-
henſibles à nous-mêmes. Le nœud de notre con-
dition prend ſes retours & ſes plis dans l'abime

L 6

du Péché originel ; de sorte que l'homme est plus inconcevable sans ce Mystére, que ce Mystére est inconcevable à l'homme.

I I I. Est ce raisonner que de dire: *L'Homme est inconcevable, sans ce Mystére inconcevable ?* Pourquoi vouloir aller plus loin que l'Ecriture ? N'y a-t-il pas de la témérité à croire qu'elle a besoin d'apui, & que ces idées Philosophiques peuvent lui en donner ?

Qu'auroit répondu Mr Pascal à un homme qui lui auroit dit : Je sai que le Mystére du péché originel est l'objet de ma foi & non de ma raison. Je conçois fort bien sans Mystére ce que c'est que l'Homme ; je vois qu'il vient au monde comme les autres Animaux ; que l'accouchement des meres est plus douloureux a mesure qu'elles sont plus délicates ; que quelquefois des femmes & des animaux femelles meurent dans l'enfantement ; qu'il y a quelquefois des enfans mal organisés qui vivent privés d'un ou deux sens & de la faculté du raisonnement ; que ceux qui sont les mieux organisés sont ceux qui ont les passions les plus vives ; que l'amour de soi-même est égal chez tous les hommes, & qu'il leur est aussi nécessaire que les cinq sens ; que cet amour propre nous est donné de Dieu pour la conservation de notre Etre, & qu'il nous a donné la Religion pour régler cet amour propre ; que nos idées sont justes, ou inconséquentes, obscures ou lumineuses, selon que nos organes sont plus ou moins solides, plus ou moins déliés, & selon que nous sommes plus ou moins passionnés ; que nous dépendons en tout de l'air qui nous environne, des alimens que nous prenons, & que dans tout cela il n'y a rien de contradictoire.

L'homme n'est pas une énigme, comme vous vous le figurez, pour avoir le plaisir de

rende raifon des étonnantes contrariétés qui s'y rencontrent.

I. Cette maniere de raifonner paroît fauffe & dangereufe; car la Fable de Promethée & de Pandore, les Androgines de Platon, les Dogmes des anciens Egyptiens, & ceux de Zoroaftre rendoient auffi-bien raifon de ces contrariétés apparentes. La Religion Chrétienne n'en demeurera pas moins vraie, quand même on n'en tireroit pas ces conclufions ingénieufes qui ne peuvent fervir qu'à faire briller l'efprit. Il eft néceffaire pour qu'une Religion foit vraie, qu'elle foit révélée, & point du tout qu'elle rende raifon de ces contrariétés prétendues; elle n'eft pas plus faite pour vous enfeigner la Métaphyfique que l'Aftronomie.

I I.

Qu'on examine fur cela toutes les Religions du monde, & qu'on voye s'il y en a une autre que la Chrétienne qui y fatisfaffe; fera-ce celle qu'enfeignoient les Philofophes qui nous propofent pour tout bien, un bien qui eft en nous? Eft-ce là le vrai bien?

II. Les Philofophes n'ont point enfeigné de Religion: ce n'eft pas leur Philofophie qu'il s'agit de combattre. Jamais Philofophe ne s'eft dit infpiré de Dieu; car dès-lors il eût ceffé d'être Philofophe & il eût fait le Prophéte. Il ne s'agit pas de favoir fi Jefus-Chrift doit l'emporter fur Ariftote; il s'agit de prouver que la Religion de Jefus-Chrift eft la véritable, & que celles de Mahomet, des Payens, & toutes les autres font fauffes.

I I I.

Et cependant fans ce Myftére le plus incompréhenfible de tous, nous fommes incompréhenfibles à nous-mêmes. Le nœud de notre condition prend fes retours & fes plis dans l'abime

Tome IV.

du péché originel ; de sorte que l'homme est
plus inconcevable sans ce Mystére, que ce My-
stére est inconcevable à l'homme.

III. Une chose que je ne connois pas ne servira pas certainement à m'en faire connaître une
autre. Si dans l'obscurité je me mets un ban-
deau sur les yeux, pourrai-je mieux voir? Le
péché originel est un Mystére; donc la raison
ne peut le prouver.

Qu'auroit répondu Mr Pascal à un homme
qui lui auroit dit: Je sai que le Mystére du
péché originel est l'objet de ma foi & non de
ma raison. Je conçois fort bien sans Mystére
ce que c'est que l'homme; je vois qu'il vient
au monde comme les autres animaux; que
l'accouchement des meres est plus douloureux à mesure qu'elles sont plus délicates,
que quelquefois des femmes & des animaux
femelles meurent dans l'enfantement; qu'il
y a quelquefois des enfans mal organisés qui
vivent privés d'un ou deux sens & de la faculté du raisonnement; que ceux qui sont les
mieux organisés sont ceux qui ont les passions
les plus vives; que l'amour de soi-même est
égal chez tous les hommes, & qu'il leur est
aussi nécessaire que les cinq sens; que cet
amour propre nous est donné de Dieu pour la
conservation de notre Etre, & qu'il nous a
donné la Religion pour régler cet amour propre; que nos idées sont justes, ou inconséquentes, obscures ou lumineuses, selon que
nos organes sont plus ou moins solides, plus
ou moins déliés, & selon que nous sommes
plus ou moins passionnés; que nous dépendons en tout de l'air qui nous environne, des
alimens que nous prenons, & que dans tout
cela il n'y a rien de contradictoire.

L'homme n'est pas une énigme, comme
vous vous le figurez, pour avoir le plaisir de

la deviner. L'homme paroît être à sa place dans la Nature, supérieur aux animaux auxquels il est semblable par les organes, inférieur à d'autres Etres ausquels il ressemble probablement par la pensée. Il est comme tout ce que nous voyons mêlé de mal & de bien, de plaisir & de peine. Il est pourvû de passions pour agir, & de raison pour gouverner ses actions. Si l'Homme étoit parfait, il seroit Dieu, & ces prétendues contrariétés que vous appellez contradictions, sont les ingrédiens nécessaires qui entrent dans le composé de l'Homme, qui est comme le reste de la Nature ce qu'il doit être. Voilà ce que la raison peut dire; ce n'est donc point la raison qui apprend aux hommes la chûte de la Nature humaine, c'est la Foi seule à laquelle il faut avoir recours.

I V.

Suivons nos mouvemens, observons - nous nous-mêmes, & voyons si nous n'y trouverons pas les caractéres vivans de ces deux natures.

Tant de contradictions se trouveroient-elles dans un sujet simple?

Cette duplicité de l'Homme est si visible, qu'il y en a qui ont pensé que nous avions deux ames, un sujet simple leur paroissant incapable de telles & si soudaines variétés, d'une présomption démesurée à un horrible abbatement de cœur.

IV. Nos diverses volontés ne sont point des contradictions dans la Nature, & l'Homme n'est point un sujet simple. Il est composé d'un nombre innombrable d'organes. Si un seul de ses organes est un peu altéré, il est nécessaire qu'il change toutes les impressions du cerveau, & que l'animal ait de nouvelles pensées & de nouvelles volontés. Il est très-vrai que nous sommes tantôt abatus de tristeffe, tantôt enflés de préfomption, & cela doit être quand nous nous trouvons dans des fituations oppofées. Un Animal que fon Maître careffe & nourrit, & un autre qu'on égorge lentement & avec adreffe pour en faire une diffection, éprouvent des fentimens bien contraires; auffi faifons-nous, & les différences qui font en nous font fi peu contradictoires, qu'il feroit contradictoire qu'elles n'exiftaffent pas. Les fous qui ont dit que nous avions deux ames, pouvoient par la même raifon nous en donner trente ou quarante; car un homme dans une grande paffion a fouvent trente ou quarante idées différentes de la même chofe, & doit néceffairement les avoir felon que cet objet lui paroît fous différentes faces.

Cette prétendue duplicité de l'Homme eft une idée auffi abfurde que métaphyfique; j'aimerois autant dire que le Chien qui mord & qui careffe eft double; que la Poule qui a tant de foin de fes petits, & qui enfuite les abandonne jufqu'à les méconnoître, eft double; que la Glace qui repréfente des objets différens eft double; que l'Arbre qui eft tantôt chargé, tantôt dépouillé de feuilles, eft double. J'avoue que l'Homme eft inconcevable en un fens, mais tout le refte de la Nature l'eft auffi, & il n'y a pas plus de contradictions apparentes dans l'Homme que dans tout le refte.

V.

Ne point parier que Dieu eft, c'eft parier qu'il n'eft pas. Lequel prendrez-vous donc? Penfons le gain & la perte en prenant le parti de croire que Dieu eft. Si vous gagnez, vous gagnez tout, fi vous perdez, vous ne perdez rien; pariez donc qu'il eft fans héfiter. Oui, il faut gager; mais je gage peut-être trop. Voyons, puif-

qu'il y a pareil hazard de gain & de perte, quand vous n'auriez que deux vies à gagner pour une, vous pourriez encore gager.

V. Il est évidemment faux de dire : Ne point parier que Dieu est, c'est parier qu'il n'est pas. Car celui qui doute & demande à s'éclaircir, ne parie assûrément ni pour ni contre.

D'ailleurs cet article paroît un peu indécent & puérile : cette idée de jeu, de perte & de gain, ne convient point à la gravité du sujet.

De plus, l'intérêt que j'ai à croire une chose, n'est pas une preuve de l'existence de cette chose. Je vous donnerai, me dites-vous, l'Empire du Monde, si je crois que vous ayez raison. Je souhaite alors de tout mon cœur que vous ayez raison, mais jusqu'à ce que vous me l'ayez prouvé, je ne puis vous croire. Commencez, pourroit on dire à Mr Pascal, par convaincre ma raison : j'ai intérêt sans doute, qu'il y ait un Dieu ; mais si dans votre Systême Dieu n'est venu que pour si peu de personnes, si le petit nombre des Elûs est si effrayant, si je ne puis rien du tout par moi-même, dites-moi, je vous prie, quel intérêt j'ai à vous croire ? N'ai-je pas un intérêt visible à être persuadé du contraire ? De quel front osez-vous me montrer un bonheur infini, auquel d'un million d'hommes, un seul à peine a droit d'aspirer ? Si vous voulez me convaincre, prenez-vous-y d'une autre façon, & n'allez pas tantôt me parler de jeu de hazard, de pari, de croi & de pile, & tantôt m'effrayer par les épines que vous semez sur le chemin que je veux & que je dois suivre. Votre raisonnement ne serviroit qu'à faire des Athées, si la voix de toute la nature ne nous crioit qu'il y a un Dieu, avec autant de force que ces subtilités ont de foiblesses.

VI.

En voyant l'aveuglement & la misère de l'homme & ces contrariétés étonnantes qui se découvrent dans sa nature, & regardant tout l'univers muet, & l'homme sans lumière, abandonné à lui-même & comme égaré dans ce recoin de l'univers, sans savoir qui l'y a mis, ce qu'il y est venu faire, ce qu'il deviendra en mourant, j'entre en effroi comme un homme qu'on auroit porté endormi dans une Isle déserte & effroyable, & qui s'éveilleroit sans connoître où il est, & sans avoir aucun moyen d'en sortir; & sur cela j'admire comment on n'entre pas en désespoir d'un si misérable état.

VI. En lisant cette réflexion, je reçois une Lettre d'un de mes amis qui demeure dans un Pays fort éloigné (*). Voici ses paroles :

,, Je suis ici comme vous m'y avez laissé,
,, ni plus gai, ni plus triste, ni plus riche, ni
,, plus pauvre, jouissant d'une santé parfaite,
,, ayant tout ce qui rend la vie agréable; sans
,, amour, sans avarice, sans ambition & sans
,, envie, & tant que cela durera, je m'apel-
,, lerai hardiment un homme très-heureux.

Il y a beaucoup d'hommes aussi heureux que lui : Il en est des hommes, comme des animaux; tel Chien couche & mange avec sa Maîtresse, tel autre tourne la broche, & est tout aussi content, tel autre devient enragé, & on le tue. Pour moi, quand je regarde Paris ou Londres, je ne vois aucune raison pour entrer dans ce désespoir dont parle Mr Pascal; je vois une Ville qui ne ressemble en rien à une isle déserte, mais peuplée, opulente, polie.

(*) *Il a depuis été Ambassadeur, & est devenu un homme très-considérable. Sa Lettre est de 1728. Elle existe en original.*

cée, & où les hommes font heureux autant que la nature humaine le comporte. Quel eſt l'homme ſage qui ſera plein de deſeſpoir, parce qu'il neſait pas la nature de ſa penſée, parce qu'il ne connoît que quelques attri-buts de la Matiére, parce que Dieu ne lui a pas révélé ſes ſecrets ? Il faudroit autant ſe deſeſpérer de n'avoir pas quatre pieds & deux aîles.

Pourquoi nous faire horreur de notre être ? notre exiſtence n'eſt point ſi malheureuſe qu'on veut nous le faire accroire. Regarder l'Univers comme un Cachot, & tous les hom-mes comme des criminels qu'on va exécuter, eſt l'idée d'un Fanatique ; croire que le Mon-de eſt un lieu de délices où l'on ne dóit avoir que du plaiſir, c'eſt la rêverie d'un Sibarite. Penſer que la Terre, les Hommes & les Ani-maux ſont ce qu'ils doivent être dans l'or-dre de la Providence, eſt, je crois, d'un homme ſage.

VII.

Les Juifs penſent que Dieu ne laiſſera pas éternellement les autres Peuples dans ces té-nébres ; qu'il viendra un Libérateur pour tous, qu'ils ſont au monde pour l'annoncer, qu'ils ſont formés exprès pour être les Hé-rauts de ce grand Avénement, & pour ap-peller tous les Peuples à s'unir à eux dans l'at-tente de ce Libérateur.

VII. Les Juifs ont toujours attendu un Libérateur ; mais leur Libérateur eſt pour eux & non pour nous ; ils attendent un Meſſie qui rendra les Juifs maîtres des Chrétiens, & nous eſpérons que le Meſſie réunira un jour les Juifs aux Chrétiens ; ils penſent préciſé-ment ſur cela le contraire de tout ce que nous penſons.

VIII.

La Loi par laquelle ce Peuple est gouverné,
est tout ensemble la plus ancienne Loi du Mon-
de, la plus parfaite & la seule qui ait toujours
été gardée sans interruption dans un Etat. C'est
ce que Philon Juif montre en divers lieux, &
Josephe admirablement contre l'Appien, où il
fait voir qu'elle est si ancienne, que le nom mê-
me de Loi n'a été connu des plus anciens, que
plus de mille ans après ; en sorte qu'Homére
qui a parlé de tant de Peuples, ne s'en est ja-
mais servi ; & il est aisé de juger de la per-
fection de cette Loi par sa simple lecture, où
l'on voit qu'on y a pourvû à toutes choses
avec tant de sagesse, tant d'équité, tant de
jugement, que les plus anciens Législateurs
Grecs & Romains en ayant quelque lumière,
en ont emprunté leurs principales Loix ; ce qui
paroît par celle qu'ils appellent des douze Ta-
bles, & par les autres preuves que Josephe en
donne.

VIII. Il est très-faux que la Loi des Juifs
soit la plus ancienne, puisqu'avant Moïse leur
Législateur, ils demeuroient en Egypte le
pays de la Terre le plus renommé pour ses sages Loix, par lesquelles les Rois étoient jugés
après la mort.

Il est très-faux que le nom de Loi n'ait été
connu qu'après Homére : il parle des Loix de
Minos dans l'Odissée. Le mot de Loi est dans
Hésiode : & quand le nom de Loi ne se trou-
veroit ni dans Hésiode, ni dans Homére, cela ne prouveroit rien. Il y avoit des Rois &
des Juges ; donc il y avoit des Loix.

Il est encore très-faux que les Grecs & les
Romains ayent pris des Loix des Juifs. Ce ne
peut être dans les commencemens de leurs
Républiques, car alors ils ne pouvoient connoître les Juifs : ce ne peut être dans le tems

de leur grandeur, car alors ils avoient pour
ces Barbares un mépris connu de toute la Terre. Voyez comme Cicéron les traite en parlant de la prise de Jérusalem par Pompée.

IX.

Ce Peuple est encore admirable dans sa sincé-
rité. Ils gardent avec amour & fidélité le Livre
où Moïse déclare qu'ils ont toujours été ingrats
envers Dieu, & qu'il sait qu'ils le feront en-
core plus après sa mort; mais qu'il apelle le
Ciel & la Terre à témoin contre eux, qu'il le
leur a assez dit; qu'enfin Dieu s'irritant contre
eux, les dispersera par tous les Peuples de la
Terre: que comme ils l'ont irrité en adorant
des Dieux qui n'étoient point leurs Dieux, il
les irritera en apellant un Peuple qui n'étoit
pas son Peuple. Cependant ce Livre qui les des-
honore en tant de façons, ils le conservent aux
dépens de leur vie; c'est une sincérité qui n'a
point d'exemple dans le monde, ni sa racine
dans la nature.

I X. Cette sincérité a par tout des exemples
& n'a sa racine que dans la Nature. L'orgueil
de chaque Juif est intéressé à croire que ce
n'est point sa détestable politique, son ignorance des Arts, sa grossiéreté qui l'a perdu;
mais que c'est la colére de Dieu qui le punit;
il pense avec satisfaction qu'il a fallu des miracles pour l'abattre, & que sa Nation est
toujours la bien-aimée du Dieu qui la châtie.

Qu'un Prédicateur monte en chaire, & dise aux Français: *Vous êtes des misérables qui*
n'avez ni cœur ni conduite; vous avez été bat-
tus à Hochstet & à Ramilly, parce que vous
n'avez pas sû vous défendre, il se fera lapi-
der; mais s'il dit: ,, Vous êtes des Catholi-
,, ques chéris de Dieu, vos péchés infâmes
,, avoient irrité l'Eternel qui vous livra aux
,, hérétiques à Hochstet & à Ramilly; mais

„ quand vous êtes revenus au Seigneur, alors
„ il a béni votre courage à Dénain ; ces pa-
„ roles le feront aimer de l'Auditoire.

X.

S'il y a un Dieu, il ne faut aimer que lui &
non les créatures.

X. Il faut aimer & très-tendrement les créatures ; il faut aimer sa Patrie, sa femme, son
pere, ses enfans, & il faut si bien les aimer
que Dieu nous les fait aimer malgré nous. Les
principes contraires sont propres à faire des
raisonneurs inhumains ; & cela est si vrai que
Pascal abusant de ce principe traitoit sa sœur
avec dureté & rebutoit ses services, de peur
de paroître aimer une créature ; c'est ce qui
est écrit dans sa Vie. S'il falloit en user ainsi
quelle seroit la Société humaine ?

X I.

Nous naissons injustes, car chacun tend à
soi, cela est contre tout ordre. Il faut tendre
au général, & la pente vers soi est le commen-
cement de tout désordre en guerre, en police,
en œconomie, &c.

X I. Cela est selon tout ordre ; il est aussi
impossible qu'une société puisse se former &
subsister, sans amour propre, qu'il seroit impossible de faire des enfans sans concupiscence, de songer à se nourir sans apétit. C'est
l'amour de nous-mêmes qui assiste l'amour
des autres, c'est par nos besoins mutuels que
nous sommes utiles au genre humain, c'est
le fondement de tout commerce, c'est l'éternel lien des hommes, sans lui il n'y auroit
pas eu un Art inventé, ni une société de dix
personnes formée ; c'est cet amour propre que
chaque animal a reçu de la nature, qui nous
avertit de respecter celui des autres. La Loi
dirige cet amour propre & la Religion le per-
fectionne. Il est bien vrai que Dieu auroit pû

faire des créatures uniquement attentives au bien d'autrui ; dans ce cas les Marchands auroient été aux Indes par charité, & le Maçon eût scié de la pierre pour faire plaisir à son prochain. Mais Dieu a établi les choses autrement, n'accusons point l'instinct qu'il nous donne, & faisons-en l'usage qu'il commande.

XII.

Le sens caché des Prophéties, ne pouvoit induire en erreur, & il n'y avoit qu'un Peuple aussi charnel que celui-là qui s'y pût méprendre.

Car quand les biens sont promis en abondance, qui les empêchoit d'entendre les véritables biens, sinon leur cupidité qui déterminoit ce sens aux biens de la terre?

XII. En bonne foi le Peuple le plus spirituel de la terre, l'auroit-il entendu autrement? Ils étoient esclaves des Romains; ils attendoient un Libérateur qui les rendroit victorieux, & qui feroit respecter Jérusalem dans tout le monde; comment avec les lumiéres de leur raison, pouvoient-ils voir ce Vainqueur, ce Monarque dans Jésus pauvre & mis en croix? Comment pouvoient-ils entendre par nom de leur Capitale une Jérusalem céleste, eux à qui le Décalogue n'avoit pas seulement parlé de l'immortalité de l'ame? Comment un Peuple si attaché à la Loi pouvoit-il sans une lumiére supérieure, reconnoître dans les Prophéties qui n'étoient pas leur Loi, un Dieu caché sous la figure d'un Juif circoncis, qui par sa Religion nouvelle a détruit & rendu abominables la Circoncision & le Sabbat, fondemens sacrés de la Loi Judaïque? Adorons Dieu sans vouloir percer ses Mystéres.

XIII.

Le tems du premier avénément de Jésus-

Chriſt. eſt prédit, le tems du ſecond ne l'eſt
point, parce que le premier devoit être caché;
au lieu que le ſecond doit être éclatant, & tel-
lement manifeſte que ſes ennemis même le re-
connoîtront.

XIII. Le tems du ſecond avénément de
Jeſus-Chriſt a été prédit encore plus clairement que le premier ; Mr Paſcal avoit aparemment oublié que Jeſus-Chriſt dans le Chapitre vingt & un de S. Luc dit expreſſément:

„ Lorſque vous verrez une Armée environ-
„ ner Jeruſalem, ſachez que la déſolation eſt
„ proche. Jeruſalem ſera foulée aux pieds,
„ & il y aura des Signes dans le Soleil & dans
„ la Lune & dans les Étoiles ; les flots de la
„ Mer feront un très-grand bruit. Les vertus
„ des Cieux ſeront ébranlées, & alors ils ver-
„ ront le fils de l'homme qui viendra ſur une
„ nuée avec une grande puiſſance & une gran-
„ de majeſté. Cette génération ne paſſera pas
„ que ces choſes ne ſoient accomplies..

Cependant la génération paſſa & ces choſes
ne s'accomplirent point à la lettre. En quelque
tems que S. Luc ait écrit, il eſt certain que Ti-
tus prit Jeruſalem & qu'on ne vit ni de Signes
dans les Étoiles, ni le Fils de l'Homme dans
les nuées. Mais enfin ſi ce ſecond avénement
n'eſt point encore arrivé, ſi cette prédiction
ne s'eſt point accomplie dans le tems qui paroît marqué, c'eſt à nous de nous taire, de
ne point interroger la Providence, & de croire tout ce que l'Egliſe enſeigne.

XIV.

Le Meſſie, ſelon les Juifs charnels, doit être
un grand Prince temporel. Selon les Chrétiens
charnels, il eſt venu nous diſpenſer d'aimer
Dieu, & nous donner des Sacremens qui opé-
rent tout ſans nous : ni l'un ni l'autre n'eſt la
Religion Chrétienne ni Juive.

XIV. Cet Article est bien plûtôt un trait de
satire qu'une refléxion chrétienne. On voit
que c'est aux Jesuites qu'on en veut ici ; mais
en vérité aucun Jesuite a-t'il jamais dit que
Jesus-Christ est *venu nous dispenser d'aimer Dieu* ? La dispute sur l'amour de Dieu est
une pure dispute de mots, comme la plûpart
des autres querelles scientifiques, qui ont
causé des haines si vives & des malheurs si
affreux. Il paroît encore un autre défaut dans
cet Article. C'est qu'on y suppose que l'atten-
te d'un Messie étoit un point de Religion chez
les Juifs, c'étoit seulement une idée consolan-
te répandue parmi cette Nation. Les Juifs es-
péroient un Libérateur ; mais il ne leur étoit
pas ordonné d'y croire, comme article de foi.
Toute leur Religion étoit renfermée dans le
Livre de la Loi. Les Prophétes n'ont jamais
été regardés par les Juifs comme Législateurs.

XV.

*Pour examiner les Prophéties il faut les en-
tendre. Car si l'on croit qu'elles n'ont qu'un
sens, il est sûr que le Messie ne sera point venu;
mais si elles ont deux sens, il est sûr qu'il sera
venu en Jesus-Christ.*

XV. La Religion Chrétienne est si véritable
qu'elle n'a pas besoin de preuves douteuses.
Or si quelque chose pouvoit ébranler les fondemens de cette sainte & raisonnable Religion, c'est ce sentiment de Mr Pascal. Il veut
que tout ait deux sens dans l'Ecriture ; mais
un homme qui auroit le malheur d'être incré-
dule, pourroit lui dire : Celui qui donne deux
sens à ses paroles, veut tromper les hommes,
& cette duplicité est toujours punie par les
Loix ; comment donc pouvez vous, sans rougir, admettre dans Dieu ce qu'on punit & ce
qu'on déteste dans les hommes ? Que dis je !
avec quel mépris & avec quelle indignation ne

traitez-vous pas les Oracles des Payens, parce qu'ils avoient deux sens ? Qu'une Prophétie soit accomplie à la lettre, oserez-vous soutenir que cette Prophétie est fausse, parce qu'elle ne sera vraye qu'à la lettre, parce qu'elle ne répondra pas à un sens mystique qu'on lui donnera ? Non sans doute, cela seroit absurde. Comment donc une Prophétie qui n'aura pas été réellement accomplie, deviendra-t-elle vraie dans un sens mystique ? Quoi ! de vraie vous ne pouvez pas la rendre fausse ; & de fausse vous ne pourriez pas la rendre vraie ? voilà une étrange difficulté. Il faut s'en tenir à la Foi seule dans ces matières ; c'est le seul moyen de finir toute dispute.

X V I.

La distance infinie des Corps aux Esprits, figure la distance infiniment plus infinie des Esprits à la Charité ; car elle est surnaturelle.

X V I. Il est à croire que Mr Pascal n'auroit pas employé ce galimathias dans son Ouvrage, s'il avoit eu le tems de le faire.

X V I I.

Les foiblesses les plus apparentes sont des forces à ceux qui prennent bien les choses. Par exemple, les deux Généalogies de Saint Mathieu & de Saint Luc, il est visible que cela n'a pas été fait de concert.

X V I I. Les Editeurs des Pensées de Pascal auroient-ils dû imprimer cette pensée, dont l'exposition seule est peut-être capable de faire tort à la Religion ? A quoi bon dire que ces Généalogies, ces points fondamentaux de la Religion Chrétienne, se contrarient, sans dire en quoi elles peuvent s'accorder ? Il falloit présenter l'antidote avec le poison. Que penseroit-on d'un Avocat qui diroit : Ma Partie se contredit ; mais cette foiblesse est une force pour ceux qui savent bien prendre les choses.   XVIII.

XVIII.

Qu'on ne nous reproche donc plus le manque de clarté, puisque nous en faisons profession mais que l'on reconnoisse la vérité de la Religion, dans le peu de lumiere que nous en avons, & dans l'indifférence que no usavons de la connoître.

XVIII. Voilà d'étranges marques de vérité qu'apporte Pascal. Quelles autres marques a donc le mensonge? Quoi! il suffiroit pour être cru de dire, *je suis obscure, je suis inintelligible;* il seroit bien plus sensé de ne présenter aux yeux que les lumieres de la Foi, au lieu de ces ténébres d'érudition.

XIX.

S'il n'y avoit qu'une Religion, Dieu seroit trop manifeste.

XIX. Quoi! vous dites que s'il n'y avoit qu'une Religion, Dieu seroit trop manifeste? Eh oubliez-vous que vous dites à chaque page, qu'un jour il n'y aura qu'une Religion; selon vous, Dieu sera donc alors trop manifeste?

XX.

Je dis que la Religion Juive ne consistoit en aucune de ces choses, mais seulement en l'amour de Dieu; & que Dieu réprouvoit toutes les autres choses.

XX. Quoi! Dieu réprouvoit tout ce qu'il ordonnoit lui-même avec tant de soin aux Juifs, & dans un détail si prodigieux? N'est-il pas plus vrai de dire que la Loi de Moïse consistoit & dans l'amour, & dans le culte? Ramener tout à l'amour de Dieu, sent bien moins l'amour de Dieu, que la haine que tout Janséniste a pour son prochain Moliniste.

XXI.

La chose la plus importante à la vie, c'est le choix d'un Métier; le hazard en dispose, la coutume fait les Maçons, les Soldats, les Couvreurs,

XXI. Qui peut donc déterminer les Soldats, les Maçons & tous les Ouvriers méchaniques, finon ce qu'on apelle hazard & la coutume ? Il n'y a que les Arts de génie aufquels on fe détermine de foi-même ; mais pour les Métiers que tout le monde peut faire, il eft très-naturel & très-raifonnable que la coutume en difpofe.

XXII.

Que chacun examine fa penfée, il la trouvera toujours occupée au paffé & à l'avenir. Nous ne penfons prefque point au préfent, & fi nous y penfons, ce n'eft que pour en prendre la la lumiére pour difpofer l'avenir. Le préfent n'eft jamais notre but ; le paffé & le préfent font nos moyens, le feul avenir eft notre objet.

XXII. Il eft faux que nous ne penfions point au préfent, nous y penfons en étudiant la Nature, & en faifant toutes les fonctions de la vie nous penfons auffi beaucoup au futur Remercions l'Auteur de la Nature de ce qu'il nous donne cet inftinct qui nous emporte fans ceffe vers l'avenir : le tréfor le plus précieux de l'homme eft cette *efpérance* qui nous adoucit nos chagrins, & qui nous peint des plaifirs futurs dans la poffeffion des plaifirs préfens. Si les hommes étoient affez malheureux pour ne s'occuper jamais que du préfent, on ne femeroit point, on ne bâtiroit point, on ne planteroit point, on ne pourvoyeroit à rien, on manqueroit de tout au milieu de cette fauffe jouiffance. Un efprit comme Mr Pafcal, pouvoit-il donner un lieu commun auffi faux que celui-là ? La Nature a établi que chaque homme jouiroit du préfent en fe nourriffant, en faifant des enfans, en écoutant des fons agréables, en occupant fa faculté de penfer & de fentir ; & qu'en fortant de ces états, fouvent au milieu de ces états même, il penseroit au lendemain, sans quoi il périroit de misére aujourd'hui. Il n'y a que les enfans & les imbéciles qui ne pensent qu'au présent ; faudra t'il leur ressembler ?

XXIII.

Mais quand j'y regarde de plus près, j'ai trouvé que cet éloignement que les hommes ont du repos, & demeurer avec eux-mêmes, vient d'une cause bien effective, c'est-à-dire, du malheur naturel de notre condition foible & mortelle, & si misérable que rien ne peut nous consoler, lorsque rien ne nous empêche d'y penser, & que nous ne voyons que nous.

XXIII. Ce mot *ne voir que nous*, ne forme aucun sens. Qu'est-ce qu'un homme qui n'agiroit point, & qui est supposé se contempler ? Non-seulement je dis que cet homme seroit un imbécile, inutile à la Société ; mais je dis que cet homme ne peut exister. Car que cet homme contempleroit-il ? son corps, ses pieds, ses mains, ses cinq Sens ? Ou il seroit un idiot, ou bien il feroit usage de tout cela ; resteroit-il à contempler sa faculté de penser ? Mais il ne peut contempler cette faculté qu'en l'exerçant, ou il ne pensera à rien, ou bien il pensera aux idées qui lui sont déja venues, ou il en composera de nouvelles ; or il ne peut avoir d'idées que du dehors. Le voilà donc nécessairement occupé, ou de ses sens, ou de ses idées, le voilà donc hors de soi, ou imbécile.

Encore une fois il est impossible à la Nature humaine de rester dans cet engourdissement imaginaire ; il est absurde de le penser, il est insensé d'y prétendre. L'homme est né pour l'action, comme le feu tend en haut & la pierre en bas. N'être point occupé, & n'exister pas, est la même chose pour l'homme ; toute la différence consiste dans

les occupations douces ou tumultueuses, dan-
gereuses , ou inutiles.

XXIV.

*Les hommes ont un instinct secret qui les
porte à chercher le divertissement & l'occupation au dehors , qui vient du ressentiment de
leur misere continuelle ; & ils ont un autre
instinct qui reste de la grandeur de leur premiere nature , qui leur fait connoître que le
bonheur n'est en effet que dans le repos.*

XXIV. Cet instinct secret étant le premier principe & le fondement nécessaire de
la Société, il vient plutôt de la bonté de
Dieu , & il est plutôt l'instrument de notre
bonheur , qu'il n'est le ressentiment de notre
misére. Je ne sai pas ce que nos premieres peres faisoient dans le Paradis terrestre ; mais
si chacun d'eux n'avoit pensé qu'à soi, l'existence du Genre humain étoit bien hazardée.
N'est-il pas absurde de penser qu'ils avoient
des sens parfaits, c'est-à-dire, des instrumens
d'actions parfaits , uniquement pour la con-
templation ? Et n'est-il pas plaisant que des têtes pésantes , puissent imaginer que la paresse
est un titre de grandeur, & l'action un ra-
baissement de notre nature ?

XXV.

*C'est pourquoi lorsque Cinéas disoit à Pirrus
qui se proposoit de jouir du repos avec ses amis,
après avoir conquis une grande partie du Monde , qu'il feroit mieux d'avancer lui-même son
bonheur, en jouissant dès lors de ce repos, sans
l'aller chercher par tant de fatigues : il lui don-
noit un conseil qui recevoit de grandes difficul-
tés , & qui n'étoit guéres plus raisonnable que
le dessein de ce jeune Ambitieux : l'un & l'autre supposoit que l'homme se pût contenter de
soi-même & de ses biens présens , sans remplir le vuide de son cœur d'espérances imagi-*

naires, ce qui est faux ; Pirrus ne pouvoit être heureux, ni devant, ni après avoir conquis le Monde.

XXV. L'exemple de Cinéas est bon dans les Satires de Despreaux, mais non dans un Livre Philosophique. Un Roi sage peut être heureux chez lui, & de ce qu'on nous donne Pirrus pour un fou, cela ne conclud rien pour le reste des hommes.

XXVI.

On doit donc reconnoître que l'homme est si malheureux, qu'il s'ennuyeroit même sans aucune cause étrangere d'ennui, par le propre état de sa condition.

XXVI. Au contraire, l'homme est si heureux en ce point, & nous avons tant d'obligation à l'Auteur de la Nature, qu'il a attaché l'ennui à l'inaction, afin de nous forcer par-là à être utiles au prochain & à nous-mêmes.

XXVII.

D'où vient que cet homme qui a perdu depuis peu son fils unique, & qui accablé de procès & de querelles, étoit ce matin si troublé, n'y pense plus maintenant ? Ne vous en étonnez pas ; il est tout occupé à voir par où passera un cerf que ses chiens poursuivent avec ardeur depuis six heures. Il n'en faut pas davantage pour l'homme, quelque plein de tristesse qu'il soit, si l'on peut gagner sur lui de le faire entrer en quelque divertissement, le voilà heureux pendant ce tems là.

XXVII. Cet homme fait à merveille, la dissipation est un reméde plus sûr contre la douleur, que le Quinquina contre la fiévre ; ne blâmons point en cela la Nature, qui est toujours prête à nous secourir. Louis XIV. alloit à la chasse le jour qu'il avoit perdu quelqu'un de ses enfans, & il faisoit fort sagement.

M 3

XXVIII.

Qu'on s'imagine un nombre d'hommes dans les chaînes, & tous condamnés à la mort, dont les uns étant chaque jour égorgés à la vûe des autres, ceux qui restent voyent leur propre condition dans celle de leurs semblables, & se regardent les uns les autres avec douleur, & sans espérance attendent leur tour. C'est l'image de la condition des hommes.

XXVIII. Cette comparaison assurément n'est pas juste; des malheureux enchaînés qu'on égorge l'un après l'autre sont malheureux, non-seulement parce qu'ils souffrent, mais encore parce qu'ils éprouvent ce que les autres hommes ne souffrent pas. Le sort naturel d'un homme n'est ni d'être enchaîné, ni d'être égorgé; mais tous les hommes sont faits comme les animaux, les Plantes pour croître, pour vivre un certain tems, pour produire leur semblable, & pour mourir. On peut dans une Satire montrer l'Homme tant qu'on voudra du mauvais côté; mais pour peu qu'on se serve de sa raison, on avouera que de tous les animaux l'homme est le plus parfait, le plus heureux, & celui qui vit le plus long-tems. Au lieu donc de nous étonner & de nous plaindre du malheur & de la brièveté de la vie, nous devons nous étonner, & nous féliciter de notre bonheur & de la durée. A ne raisonner qu'en Philosophe, j'ose dire qu'il y a bien de l'orgueil & de la témérité à prétendre, que par notre nature nous devo être mieux que nous ne sommes.

XXIX.

Car enfin si l'Homme n'avoit pas été corrompu, il jouiroit de la vérité, & de la félicité avec assurance, &c. tant il est manifeste que nous avons été dans un degré de perfection dont nous sommes tombés.

XXIX. Il eft fûr par la Foi & par notre Révélation, fi au-deffus des lumiéres des hommes, que nous fommes tombés ; mais rien n'eft moins manifefte par la Raifon. Car je voudrois bien favoir fi Dieu ne pouvoit pas fans déroger à fa juftice créer l'homme tel qu'il eft aujourd'hui ; & ne l'a-t'il pas même créé pour devenir ce qu'il eft ? L'état préfent de l'Homme n'eft-il pas un bienfait du Créateur ? Qui vous a dit que Dieu vous en devoit davantage ? Qui vous a dit que votre être exigeoit plus de connoiffances & plus de bonheur ? Qui vous a dit qu'il en comporte davantage ? Vous vous étonnez que Dieu a fait l'Homme fi borné, fi ignorant, fi peu heureux ; que ne vous étonnez-vous qu'il ne l'ait pas fait plus borné, plus ignorant, plus malheureux ? Vous vous plaignez d'une vie fi courte & fi infortunée, remerciez Dieu de ce qu'elle n'eft pas plus courte & plus malheureufe. Quoi donc ! felon vous, pour raifonner conféquemment il faudroit que tous les hommes accufaffent la Providence, hors les Métaphyficiens qui raifonnent fur le Péché originel !

XXX.

Le Péché originel eft une folie devant les hommes ; mais on le donne pour tel.

XXX. Par quelle contradiction trop palpable dites-vous donc que ce Péché originel eft manifefte ? Pourquoi dites vous que tout nous en avertit ? Comment peut-il en même tems être une folie, & être démontré par la Raifon ?

XXXI.

Les Sages parmi les Payens qui ont dit qu'il n'y a qu'un Dieu, ont été perfécutés, les Juifs haïs, les Chrétiens encore plus.

XXXI. Ils ont été quelquefois perfécutés,

M 4

de même que le feroit aujourd'hui un homme qui viendroit enfeigner l'adoration d'un
Dieu indépendante du Culte reçu. Socrate n'a
pas été condamné pour avoir dit, *il n'y a*
qu'un Dieu ; mais pour s'être élevé contre le
Culte extérieur du Pays, & pour   re fait
des ennemis puiffans fort mal à propos. A
l'égard des Juifs, ils étoient haïs, non parce
qu'ils ne croyoient qu'un Dieu, mais parce
qu'ils haïffoient ridiculement les autres Nations ; parce que c'étoient des Barbares, qui
maffacroient fans pitié leurs ennemis vaincus ; parce que ce vil Peuple fuperftitieux,
ignorant, privé des Arts, privé du Commerce, méprifoit les Peuples les plus policés.
Quant aux Chrétiens, ils étoient haïs des
Payens, parce qu'ils tendoient à abattre la
Religion & l'Empire, dont ils vinrent enfin à
bout ; comme les Proteftans fe font rendus les
maîtres dans les mêmes Pays où ils furent
long-tems haïs, perfécutés, & maffacrés.

XXXII.

Combien les Lunettes nous ont-elles ouvert
d'Aftres qui n'étoient point pour nos Philofo-
phes d'auparavant ! On attaquoit hardiment
l'Ecriture, fur ce qu'on y trouve, en tant d'en-
droits, du grand nombre des Etoiles : il n'y en
a que 1022, difoit-on, nous le favons.

XXXII. Il eft certain que la fainte Ecriture en matiére de Phyfique, s'eft toujours
proportionnée aux idées reçues ; ainfi elle
fupofe que la Terre eft immobile, que le Soleil marche, &c. Ce n'eft point du tout par un
rafinement d'Aftronomie qu'elle dit, que les
Etoiles font innombrables ; mais pour s'accorder aux idées vulgaires. En effet, quoique
nos yeux ne decouvrent qu'environ 1022 Etoiles, & encore avec bien de la peine, cependant quand on regarde le Ciel fixement, la

vûe éblouïe croit alors en voir une infinité ; l'Ecriture parle donc selon ce préjugé vulgaire, car elle ne nous a pas été donnée pour faire de nous des Physiciens , & il y a grande apparence que Dieu ne révéla ni à Abacuc, ni à Baruc, ni à Michée , qu'un jour un Anglais nommé Famstead, mettroit dans son Catalògue près de 3000. Etoiles aperçues avec le Télescope.

Voyez , je vous prie , quelle conséquence on tireroit du sentiment de Pascal. Si les Auteurs de la Bible ont parlé du grand nombre des Etoiles en connoissance de cause , ils étoient donc inspirés sur la Physique. Et comment de si grands Physiciens ont ils pû dire que la Lune s'est arrêtée à midi sur Aïalon , & le Soleil sur Gabaon , dans la Palestine : qu'il faut que le Bled pourisse pour germer & produire , & cent autres choses semblables ?

Concluons donc que ce n'est pas la Physique , mais la Morale qu'il faut chercher dans la Bible, qu'elle doit faire des Chrétiens , & non des Philosophes.

XXXIII.

Est-ce courage à un homme mourant d'aller dans la foiblesse & dans l'agonie affronter un Dieu tout-puissant & éternel ?

XXXIII. Cela n'est jamais arrivé, & ce ne peut être que dans un violent transport au cerveau, qu'un homme dise : Je croi un Dieu & je le brave.

XXXIV.

Je crois volontiers les Histoires dont les témoins se font égorger.

XXXIV. La difficulté n'est pas seulement de savoir si on croira des témoins qui meurent pour soutenir leur déposition , comme ont fait tant de Fanatiques ; mais encore si ces témoins sont effectivement morts pour cela, si

M 5

on a confervé leurs dépofitions , s'ils ont ha-
bité les Pays où on dit qu'ils font morts. Pourquoi Jofephe né dans le tems de la mort du
Chrift , Jofephe ennemi d'Hérode , Jofephe
peu attaché au Judaïfme, n'a-t'il pas dit un
mot de tout cela ? Voilà ce que Mr Pafcal eût
débrouillé avec fuccès , comme ont fait depuis tant d'Ecrivains éloquens.

XXXV.

Les Sciences ont deux extrémités qui fe tou-
chent, la premiére eft la pure ignorance natu-
relle où fe donnent tous les hommes en naif-
fant, l'autre extrémité eft celle où arrivent les
grandes ames, qui ayant parcouru tout ce que
les hommes peuvent favoir, trouvent qu'ils ne
favent rien, & fe rencontrent dans cette même
ignorance d'où ils étoient partis.

XXXV. Cette penfée eft un pur fophif-
me, & la fauffeté confifte dans ce mot d'*igno-*
rance qu'on prend en deux fens différens.
Celui qui ne fait ni lire ni écrire eft un ignorant ; mais un Mathématicien pour ignorer les
principes cachés de la Nature n'eft pas au
point d'ignorance dont il étoit parti, quand
il commença à apprendre à lire. Mr Newton
ne favoit pas pourquoi l'homme remue fon
bras, quand il le veut ; mais il n'en étoit pas
moins favant fur le refte : celui qui ne fait
point l'Hébreu & qui fait le Latin eft favant
par comparaifon avec celui qui ne fait que le
Français.

XXXVI.

Ce n'eft pas être heureux que de pouvoir être
réjoui par le divertiffement ; car il vient d'ail-
leurs, & de dehors, ainfi il eft dépendant &
par conféquent fujet à être troublé par mille
accidens qui font les afflictions inévitables.

XXXVI. Celui-là eft actuellement heureux qui a du plaifir, & ce plaifir ne peut ve-

nir que de dehors; nous ne pouvons avoir de
senfations ni d'idées que par les objets extérieurs; comme nous ne pouvons nourir notre corps qu'en y faisant entrer des subsistan-
ces étrangeres qui se changent en la nôtre.

XXXVII.

*L'extrême esprit est accusé de folie, comme
l'extrême défaut; rien ne passe pour bon que la
médiocrité.*

XXXVII. Ce n'est point l'extrême esprit,
c'est l'extrême vivacité & volubilité de l'esprit qu'on accuse de folie; l'extrême esprit est
l'extrême justesse, l'extrême finesse, l'extrême
étendue opposée diamétralement à la folie.

L'extrême *défaut d'esprit* est une manque
de conception, un vuide d'idées; ce n'est
point la folie, c'est la stupidité. La folie est un
dérangement dans les organes qui fait voir
plusieurs objets trop vîte, ou qui arrête l'imagination sur un seul avec trop d'application
& de violence; ce n'est point non plus la médiocrité qui passe pour bonne, c'est l'éloignement des deux vices opposés, c'est ce qu'on
apelle juste milieu & non médiocrité. On ne
fait cette remarque & quelques autres dans ce
goût que pour donner des idées précises. C'est
plutôt pour éclaircir que pour contredire.

XXXVIII.

*Si notre condition étoit véritablement heu-
reuse, il ne faudroit pas nous divertir d'y
penser.*

XXXVIII. Notre condition est précisément
de penser aux objets extérieurs avec lesquels
nous avons un raport nécessaire. Il est faux
qu'on puisse divertir un homme de penser à
la condition humaine, car à quelque chose
qu'il aplique son esprit, il l'aplique à quelque chose de lié nécessairement à la condition humaine; & encore une fois penser à

M 6

foi avec abstraction des choses naturelles, c'est ne penser à rien, je dis à rien du tout, qu'on y prenne bien garde.

Loin d'empêcher un homme de penser à sa condition, on ne l'entretient jamais que des agrémens de sa condition ; on parle à un Savant de réputation & de science, à un Prince de ce qui a rapport à sa grandeur, à tout homme on parle de plaisir.

XXXIX.

Les grands & les petits ont mêmes accidens, mêmes fâcheries & mêmes passions. Mais les uns font au haut de la roue & les autres près du centre, & ainsi moins agités par les mêmes mouvemens.

XXXIX. Il est faux que les petits soient moins agités que les grands, au contraire leurs desespoirs sont plus vifs, parce qu'ils ont moins de ressource. De cent personnes qui se tuent à Londres & ailleurs, il y en a quatre-vingt-dix-neuf du bas peuple, & à peine une d'une condition relevée. La comparaison de la roue est ingénieuse & fausse.

XL.

On n'aprend pas aux hommes à être honnêtes gens, & on leur aprend tout le reste ; & cependant ils ne se piquent de savoir que la seule chose qu'ils n'aprennent point.

XL. On aprend aux hommes à être honnêtes gens, & sans cela peu parviendroient à l'être. Laissez votre fils dans son enfance prendre tout ce qu'il trouvera sous sa main, à quinze ans il volera sur le grand chemin : louez-le d'avoir dit un mensonge, il deviendra faux témoin : flatez sa concupiscence, il sera sûrément débauché ; on apprend tout aux hommes, la vertu, la Religion.

XLI.

Le sot projet qu'a eu Montagne de se pein-

dre, & cela non pas en paſſant & contre ſes
Maximes, comme il arrive à tout le monde de
faillir ; mais par ſes propres maximes, & par
un deſſein premier & principal ! Car de dire
des ſottiſes par hazard & par foibleſſe, c'eſt un
mal ordinaire ; mais d'en dire à deſſein, c'eſt
ce qui n'eſt pas ſuportable, & d'en dire de
telles que celle-là.

XLI. Le charmant projet que Montagne
a eu de ſe peindre naïvement, comme il a
fait ? Car il a peint la Nature humaine ; & le
pauvre projet de Nicole, de Mallebranche,
de Paſcal de décrier Montagne !

XLII.

Lorſque j'ai conſidéré d'où vient qu'on ajoute tant de foi à tant d'Impoſteurs, qui diſent
qu'ils ont des remédes, juſqu'a mettre ſouvent
ſa vie entre leurs mains, il m'a paru que la
véritable cauſe eſt, qu'il y a de vrais remédes : car il ne ſeroit pas poſſible qu'il y en
eût tant de faux, & qu'on y donnat tant de
créance, s'il n'y en avoit de véritables. Si jamais il n'y en avoit eu, & que tous les maux
euſſent été incurables, il eſt impoſſible que
les hommes ſe fuſſent imaginé qu'ils en pourroient donner, & encore plus, que tant d'autres euſſent donné créance à ceux qui ſe fuſſent
vantés d'en avoir ; de même que ſi un homme
ſe vantoit d'empêcher de mourir, perſonne
ne le croiroit, parce qu'il n'y a aucun exemple de cela. Mais comme il y a eu quantité de
remédes qui ſe ſont trouvés véritables par la
connoiſſance même des plus grands hommes,
la créance des hommes s'eſt pliée par-là ; parce que la choſe ne pouvant etre niée en général, puiſqu'il y a des effets particuliers qui
ſont véritables, le Peuple qui ne peut pas diſ-
cerner leſquels d'entre ces effets particuliers
ſont les véritables, les croit tous. De même

ce qui fait qu'on croit tant de faux effets de la Lune, c'est qu'il y en a dé vrais, comme le flux de la Mer.

Ainsi il me paroît aussi évidemment qu'il n'y a tant de faux miracles, de fausses révélations, de sortiléges, que parce qu'il y en a de vrais.

XLII. Il me semble que la Nature humaine n'a pas besoin du vrai pour tomber dans le faux. On a imputé mille fausses influences à la Lune, avant qu'on imaginât le moindre raport véritable avec le flux de la Mer. Le premier homme qui a été malade, a cru sans peine le premier Charlatan; personne n'a vû de Loup-garoux, ni de Sorciers, & beaucoup y ont cru; personne n'a vû de transmutation de Métaux, & plusieurs ont été ruïnés par la créance de la Pierre Philosophale. Les Romains, les Grecs, les Payens, ne croyoient-ils donc aux faux Miracles, dont ils étoient inondés, que parce qu'ils en avoient vû de véritables?

XLIII.

Le Port régle ceux qui sont dans un Vaisseau; mais où trouverons-nous ce point dans la Morale?

XLIII. Dans cette seule maxime reçue de toutes les Nations: ,, Ne faites pas à au,, trui, ce que vous ne voudriez pas qu'on ,, vous fît.

XLIV.

Ferox gens nullam esse vitam sine armis putat. Ils aiment mieux la mort que la paix: les autres aiment mieux la mort que la guerre. Toute opinion peut être préférée à la vie dont l'amour paroît si fort & si naturel.

XLIV. C'est des Catalans que Tacite a dit cela; mais il n'y en a point dont on ait dit & dont on puisse dire *elle aime mieux la mort que la guerre.*

XLV.

A mesure qu'on a plus d'esprit, on trouve qu'il y a plus d'hommes originaux. Les gens du commun ne trouvent pas de différence entre les hommes.

XLV. Il a très-peu d'hommes vraiment originaux : presque tous se gouvernent, pensent & sentent par l'influence de la coutume & de l'éducation. Rien n'est si rare qu'un esprit qui marche dans une route nouvelle ; mais parmi cette foule d'hommes qui vont de compagnie, chacun a de petites différences dans la démarche, que les vûes fines aperçoivent.

XLVI.

Il y a donc deux sortes d'esprits ; l'un de pénétrer vivement & profondément les conséquences des principes, & c'est-là l'esprit de justesse ; l'autre, de comprendre un grand nombre de principes sans les confondre, & c'est là l'esprit de Géométrie.

XLVI. L'Usage veut, je crois aujourd'hui, qu'on appelle *esprit Géométrique*, l'esprit méthodique & conséquent.

XLVII.

La mort est plus aisée à supporter sans y penser, que la pensée de la mort sans péril.

XLVII. On ne peut pas dire qu'un homme supporte la mort aisément ou mal-aisément quand il n'y pense point du tout. Qui ne sent rien, ne suporte rien.

XLVIII.

Tout notre raisonnement se réduit à céder au sentiment.

XLVIII. Notre raisonnement se réduit à céder au sentiment, en fait de goût, non en fait de science.

XLIX.

Ceux qui jugent d'un Ouvrage par régle sont à l'égard des autres, comme ceux qui ont une Montre, à l'égard de ceux qui n'en ont point. L'un dit, il y a deux heures que nous sommes ici : l'autre dit, il n'y a que trois quarts d'heure : je regarde ma Montre, je dis à l'un, Vous vous ennuyez ; & à l'autre, Le tems ne vous dure guéres.

XLIX. En Ouvrage de goût, en Mufique, en Poëfie, en Peinture, c'est le goût qui tient lieu de montre ; & celui qui n'en juge que par régle, en juge mal.

L.

César étoit trop vieux, ce me femble, pour s'aller amufer à conquérir le Monde : cet amufement étoit bon à Aléxandre : c'étoit un jeune homme qu'il étoit difficile d'arrêter ; mais César devoit être plus mûr.

L. L'on s'imagine d'ordinaire qu'Aléxandre & César font fortis de chez eux dans le deffein de conquérir la Terre ; ce n'est point cela. Aléxandre fuccéda à Philippe dans le Généralat de la Gréce, & fut chargé de la juste entreprife de vanger les Grecs des injures du Roi de Perfe ; il battit l'ennemi commun, & continua fes conquêtes jufqu'à l'Inde, parce que le Royaume de Darius s'étendoit jufqu'à l'Inde ; de même que le Duc de Malborough feroit venu jufqu'à Lyon fans le Maréchal de Villars.

A l'égard de César, il étoit un des premiers de la République ; il fe brouilla avec Pompée comme les Janféniftes avec les Moliniftes, & alors ce fut à qui s'extermineroit ; une feule bataille, où il n'y eut pas dix mille hommes de tués, décida de tout.

Au reste, la penfée de Mr Pafcal est peut-être fauffe en un fens. Il falloit la maturité de César pour fe démêler de tant d'intrigues, & il est étonnant qu'Aléxandre, à fon âge, ait renoncé au plaifir pour faire une guerre fi pénible.

L I.

C'est une plaisante chose à considérer de ce qu'il y a des gens dans le monde qui ayant renoncé à toutes les Loix de Dieu & de la Nature, s'en sont fait eux-mêmes ausquelles ils obéissent exactement, comme, par exemple, les Voleurs, &c.

L I. Cela est encore plus utile que plaisant à considérer ; car cela prouve que nulle Société d'hommes ne peut subsister un seul jour sans Loix. Il en est de toute Société comme du Jeu, il n'y en a point sans régle.

L I I.

L'Homme n'est ni Ange, ni Bête : & le malheur veut que qui veut faire l'Ange, fait la Bête.

L I I. Qui veut détruire les passions au lieu de les régler, veut faire l'*Ange*.

L I I I.

Un Cheval ne cherche point à se faire admirer de son compagnon : on voit bien entr'eux quelque sorte d'émulation à la course, mais c'est sans conséquence ; car étant à l'étable le plus pesant & le plus mal taillé ne céde pas pour cela son avoine à l'autre. Il n'en est pas de même parmi les hommes, leur vertu ne se satisfait pas d'elle-même, & ils ne sont point contens s'ils n'en tirent avantage contre les autres.

L I I I. L'Homme le plus mal taillé ne céde pas non plus son pain à l'autre, mais le plus fort l'enleve au plus foible ; & chez les animaux & chez les hommes, les gros mangent les petits.

L I V.

Si l'homme commençoit par s'étudier lui-même, il verroit combien il est incapable de passer outre. Comment se pourroit-il faire qu'une partie connût le tout ? Il aspirera peut-

être à connoître au moins les parties avec lesquelles il y a de la proportion; mais les parties
du Monde ont toutes un tel rapport & un tel
enchaînement l'une avec l'autre, que je crois
impossible de connoître l'une sans l'autre &
sans le tout.

LIV. Il ne faudroit point détourner l'homme de chercher ce qui lui est utile par cette
considération qu'il ne peut tout connoître.

Non possis oculos quantum contendere Lynceus,
Non tamen idcirco contemnas lippus inungi.

Nous connoissons beaucoup de vérités,
nous avons trouvé beaucoup d'inventions
utiles : consolons-nous de ne pas savoir les
raports qui peuvent être entre une Araignée
& l'Anneau de Saturne; & continuons à examiner ce qui est à notre portée.

L V.

Si la foudre tomboit sur les lieux bas, les
Poëtes & ceux qui ne savent raisonner que sur
les choses de cette nature, manqueroient de
preuves.

LV. Une comparaison n'est preuve ni en
Poësie, ni en Prose : elle sert en Poësie d'em-
bellissement, & en Prose elle sert à éclaircir & à rendre les choses plus sensibles; les
Poëtes qui ont comparé les malheurs des
Grands à la foudre qui frapé les Montagnes,
feroient des comparaisons contraires, si le
contraire arrivoit.

L V I.

C'est cette composition d'esprit & de corps qui
a fait que presque tous les Philosophes ont con-
fondu les idées des choses, & attribué aux
corps ce qui n'appartient qu'aux esprits; & aux
esprits ce qui ne peut convenir qu'aux corps.

LVI. Si nous favions ce que c'eft qu'efprit, nous pourrions nous plaindre de ce que les Philofophes lui ont attribué ce qui ne lui appartient pas. Mais nous ne connoiffons ni l'efprit, ni le corps; nous n'avons aucune idée de l'un, & nous n'avons que des idées très-imparfaites de l'autre; donc nous ne pouvons favoir quelles font leurs limites.

LVII.

Comme on dit beauté poétique, on devroit dire, beauté géométrique & beauté médicinale; cependant on ne le dit point, & la raifon en eft, qu'on fait bien quel eft l'objet de la Géométrie, & quel eft l'objet de la Médecine; mais on ne fait pas en quoi confifte l'agrément qui eft l'objet de la Poëfie. On ne fait ce que c'eft que ce modéle naturel qu'il faut imiter, & à faute de cette connoiffance, on a inventé de certains termes bizarres, Siécle d'Or, Merveille de nos jours, fatal Laurier, bel Aftre, &c. *& on appelle ce jargon Beauté poétique. Mais qui s'imaginera une femme vétue fur ce modéle, verra une jolie Demoifelle toute couverte de miroirs & d. chaînes de laiton.*

LVII. On ne doit point dire beauté géométrique, ni beauté médicinale; parce qu'un Théorême & une Purgation n'affectent point les fens agréablement, & qu'on ne donne le nom de beauté qu'aux chofes qui charment les fens, comme la Mufique, la Peinture, l'Eloquence, la Poëfie, l'Architecture réguliere, &c.

La raifon qu'aporte Mr Pafcal eft toute auffi fauffe: on fait très-bien en quoi confifte l'objet de la Poëfie: il confifte à peindre avec force, netteté, délicateffe & harmonie; la Poëfie eft l'éloquence harmonieufe Il falloit que Mr Pafcal eût bien peu de goût pour dire que *fatal Laurier, bel Aftre,* & autres fottifes, font des beautés poétiques; & il falloit que les

Editeurs de ces Penſées fuſſent des perſonnes bien peu verſées dans les Belles Lettres, pour imprimer une réfléxion ſi indigne de ſon illuſtre Auteur.

LVIII.

On ne paſſe point dans le monde pour ſe connoître en vers, ſi l'on n'a mis l'enſeigne de Poéte, ni pour être habile en Mathématiques, ſi l'on n'a mis celle de Mathématicien, mais les vrais honnêtes gens ne veulent point d'enſeigne.

LVIII. A ce compte il ſeroit donc mal d'avoir une profeſſion, un talent marqué, & d'y exceller ? Virgile, Homére, Corneille, Neuton, le Marquis de l'Hôpital, mettoient une enſeigne. Heureux celui qui réuſſit dans un Art, & qui ſe connaît aux autres.

LIX.

Le Peuple a les opinions très-ſaines, par exemple d'avoir choiſi le divertiſſement & la chaſſe plûtôt que la Poéſie, &c.

LIX. Il ſemble que l'on ait propoſé au peuple de jouer à la boule ou de faire des vers. Non, mais ceux qui ont des organes groſſiers, cherchent des plaiſirs où l'ame n'entre pour rien ; & ceux qui ont un ſentiment plus délicat, veulent des plaiſirs plus fins ; il faut que tout le monde vive.

LX.

Quand l'Univers écraſeroit l'homme, il ſeroit encore plus noble que ce qui le tue, parce qu'il ſait qu'il meurt, & l'avantage que l'Univers a ſur lui, l'Univers n'en ſait rien.

LX. Que veut dire ce mot noble ? Il eſt bien vrai que ma penſée eſt autre choſe, par exemple, que le globe du Soſeil, mais eſt-il bien prouvé qu'un animal, parce qu'il a quelques penſées, eſt plus *noble* que le Soleil qui anime tout ce que nous connoiſſons de la nature? Eſt-ce à l'homme à en décider ? Il eſt juge & partie. On dit qu'un ouvrage eſt ſupérieur à

un autre, quand il a couté plus de peine à
l'ouvrier, & qu'il est d'un usage plus utile ;
mais en a-t'il moins couté au Créateur de faire
le Soleil que de pétrir un petit animal haut
d'environ cinq pieds, qui raisonne bien ou
mal ? Qui est le plus utile au monde ou de cet
animal ou de l'Astre qui éclaire tant de globes?
Et en quoi quelques idées reçues dans un cerveau font-elles préférables à l'Univers matériel ?

L X I.

Qu'on choisisse telle condition qu'on voudra,
& qu'on y assemble tous les biens & les satis-
factions qui semblent pouvoir contenter un
homme, si celui qu'on aura mis en cet état est
sans occupation & sans divertissement, &
qu'on le laisse faire réfléxion sur ce qu'il est,
cette félicité languissante ne le soutiendra pas.

LXI. Comment peut-on assembler tous les
biens & toutes les satisfactions autour d'un
homme, & le laisser en même-tems sans occupation & sans divertissement ? N'est-ce pas
là une contradiction bien sensible ?

L X I I.

Qu'on laisse un Roy tout seul, sans aucune
satisfaction des sens, sans aucun soin dans
l'esprit, sans compagnie, penser à soi tout à
loisir, & l'on verra qu'un Roi qui se voit, est
un homme plein de misères, & qui les ressent
comme les autres.

LXII. Toujours le même sophisme. Un Roi
qui se recueille pour penser, est alors très-
occupé ; mais s'il n'arrêtoit sa pensée que sur
soi, en disant à soi-même je régne, & rien
de plus, ce seroit un idiot.

L X I I I.

Toute Religion qui ne reconnoît pas Jesus-
Christ, est notoirement fausse, & les miracles
ne lui peuvent de rien servir.

LXIII. Qu'est-ce qu'un miracle ? Quelque
idée qu'on s'en puisse former, c'est une chose

que Dieu feul peut faire. Or, on fuppofe ici
que Dieu peut faire des miracles pour le fou-
tien d'une fauffe Religion ; ceci mérite d'être
bien approfondi : chacune de ces queftions
peut fournir un volume.

LXIV.

*Il eft dit, croyez à l'Eglife, mais il n'eft pas
dit croyez aux miracles à caufe que le dernier
eft naturel & non pas le premier ; l'un avoit
befoin de précepte, & non pas l'autre.*

LXIV. Voici je penfe une contradiction ;
d'un côté les miracles en certaines occafions
ne doivent fervir de rien ; & de l'autre on doit
croire fi néceffairement aux miracles, c'eft
une preuve fi convaincante, qu'il n'a pas
même fallu recommander cette preuve. C'eft
affurément dire le pour & le contre.

L X V.

*Je ne vois pas qu'il y ait plus de difficulté
de croire à la réfurrection des corps & à l'enfantement de la Vierge qu'à la création. Eft-il
plus difficile de reproduire un homme que de
le produire ?*

LXV. On peut trouver par le feul raifonnement des preuves de la création, car en
voyant que la matiere n'exifte pas par elle-
même, & n'a pas le mouvement par elle-
même, &c. On parvient à connoître qu'elle
doit être néceffairement créée, mais on ne parvient point par le raifonnement à voir qu'un
corps toujours changeant doit être reffufcité
un jour, tel qu'il étoit dans le tems même
qu'il changeoit. Le raifonnement ne conduit
point non plus à voir qu'un homme doit naître
fans germe ; la création eft donc un objet de
la raifon, mais les deux autres miracles font
un objet de la foi.

Ce 10 Mai 1738.

J'Ai lû depuis peu des Penfées de Pafcal,
qui n'avoient point encore paru ; le Pere

des Mollets les a eues écrites de la main de
cet illustre Auteur, & on les fait imprimer:
elles me paroissent confirmer ce que j'ai dit;
que ce grand génie avoit jetté au hazard toutes ces idées, pour en réformer une partie,
& employer l'autre, &c.

Parmi ces dernieres pensées que les Editeurs
des Œuvres de Pascal avoient rejettées du
Recueil, il me paroît qu'il y en a beaucoup
qui méritent d'être conservées : En voici quelques-unes que ce grand homme eût dû me
semble corriger.

I.

Toutes les fois qu'une proposition est inconce-
vable, il ne la faut pas nier à cette marque,
mais examiner le contraire ; & si on le trouve
manifestement faux, on peut affirmer le con-
traire tout incompréhensible qu'il est.

I. Il me semble qu'il est évident que les deux
contraires peuvent être faux. Un bœuf vole
au Sud avec des aîles, un bœuf vole au Nord
sans aîles; vingt mille Anges ont tué hier vingt
mille hommes, vingt mille hommes ont tué
hier vingt mille Anges; ces propositions contraires sont évidemment fausses.

I I.

Quelle vanité que la Peinture qui attire l'ad-
miration par la ressemblance des choses dont
on n'admire pas les originaux.

II. Ce n'est pas dans la bonté du caractére
d'un homme que consiste assurément le mérite
de son portrait, c'est dans la ressemblance.
On admire César en un sens, & sa statue ou
son image sur toile, en un autre sens.

I I I.

Si les Médecins n'avoient des soutanes & des
mules, si les Docteurs n'avoient des bonnets
quarrés & des robbes très amples, ils n'au-
roient jamais eu la considération qu'ils ont dans
le monde.

III. Au contraire les Médecins n'ont cessé d'être ridicules, n'ont acquis une vraie considération que depuis qu'ils ont quitté ces livrées de la pédanterie : les Docteurs ne sont reçus dans le monde parmi les honnêtes gens que quand ils sont sans bonnet quarré & sans argumens.

Il y a même des pays où la Magistrature se fait respecter sans pompe. Il y a des Rois Chrétiens très-bien obéis, qui négligent la cérémonie du Sacre & du Couronnement. A mesure que les hommes acquérent plus de lumiere, l'appareil devient plus inutile, ce n'est guéres que pour le bas peuple qu'il est encore quelquefois nécessaire, *ad populum phaleras.*

I V.

Selon ces lumieres naturelles, s'il y a un Dieu, il est infiniment incompréhensible, puisque n'ayant ni parties ni bornes, il n'a aucun rapport à nous, nous sommes donc incapables de connoître, ni ce qu'il est, ni s'il est.

IV. Il est étrange que Mr Pascal ait cru qu'on pouvoit deviner le péché original par la raison ; & qu'il dise qu'on ne peut connoître par la raison si Dieu est. C'est apparemment la lecture de cette Pensée qui engagea le Pere Hardouin a mettre Pascal dans sa Liste ridicule des Athées. Pascal eût manifestement rejetté cette idée, puisqu'il la combat en d'autres endroits : En effet, nous sommes obligés d'admettre des choses que nous ne concevons pas ; *j'existe, donc quelque chose existe de toute éternité,* est une proposition évidente, cependant comprenons-nous l'éternité ?

V.

Croyez-vous qu'il soit impossible que Dieu soit infini sans parties ? oui : je veux donc vous faire voir une chose infinie & indivisible, c'est un point se mouvant par tout d'une vitesse infinie, car il est en tous lieux, & tout entier dans chaque endroit.

V. Il y là quatre faussetés palpables, 1°. qu'un point Mathématique existe seul. 2°. Qu'il se meuve à droite & à gauche en même-tems. 3°. Qu'il se meuve d'une vîtesse infinie, car il n'y a vîtesse si grande qui ne puisse être augmentée. 4°. Qu'il soit tout entier par tout.

V I.

Homére a fait un Roman qu'il donne pour tel. Personne ne doutoit que Troye & Agamemnon n'avoient non plus été que la pomme d'or.

VI. Jamais aucun Ecrivain n'a révoqué en doute la guerre de Troye. La fiction de la pomme d'or ne détruit pas la vérité du fonds du sujet. L'Ampoule apportée par une Colombe, & l'Oriflamme par un Ange, n'empêchent pas que Clovis n'ait en effet regné en France.

V I I.

Je n'entreprendrai pas de prouver ici par des raisons naturelles, ou l'existence de Dieu, ou la Trinité, ou l'immortalité de l'ame, parce que je ne me sentirois pas assez fort pour trouver dans la nature de quoi convaincre des Athées endurcis.

VII. Encore une fois est-il possible que ce soit Pascal qui ne se sente pas assez fort pour prouver l'existence de Dieu?

V I I I.

Les opinions relâchées plaisent tant aux hommes naturellement, qu'il est étrange qu'elles leur déplaisent.

VIII. L'expérience ne prouve-t'elle pas au contraire qu'on n'a de crédit sur l'esprit des peuples qu'en leur proposant le difficile, l'impossible même à faire & à croire. Les Stoïciens furent respectés, parce qu'ils écrasoient la nature humaine. Ne proposez que des choses raisonnables, tout le monde répond, nous en savions autant. Ce n'est pas la peine d'être inspiré pour être commun; mais commandez

des chofes dures, impraticables; peignez la
Divinité toujours armée de foudres, faites
couler le fang devant fes Autels; vous ferez
écouté de la multitude, & chacun dira de
vous, il faut qu'il ait bien raifon, puifqu'il
débite fi hardiment des chofes fi étranges.

Je ne vous envoye point mes autres Remarques fur les penfées de Mr Pafcal qui en-
traîneroient des difcuffions trop longues.
C'eft affez d'avoir cru appercevoir quelques
erreurs d'inattention dans ce grand Génie;
c'eft une confolation pour un efprit auffi
borné que le mien d'être bien perfuadé que
les plus grands Hommes fe trompent comme
le Vulgaire.

FRAGMENT D'UNE LETTRE

Sur un Ufage très-utile, établi en Hollande.

IL feroit à fouhaiter que ceux qui font à la
tête des Nations imitaffent les Artifans.
Dès qu'on fait à Londres qu'on fait une étoffe
nouvelle en France, on la contrefait; pourquoi un Homme d'Etat ne s'empreffera-t'il
pas d'établir dans fon Pays une Loi utile qui
viendra d'ailleurs? Nous fommes parvenus à
faire la même porcelaine qu'à la Chine. Par-
venons à faire le bien qu'on fait chez nos Voifins, & que nos Voifins profitent de ce que
nous avons d'excellent.

Il y a tel Particulier qui fait croître dans
fon jardin des fruits que la Nature n'avoit
deftinés à meurir que fous la Ligne. Nous
avons à nos portes mille Loix, mille Coutu-
mes fages; voilà les fruits qu'il faut faire naître chez foi; voilà les arbres qu'il faut y tranf-
planter; ceux-là viennent en tous climats,

& se plaisent dans tous les terrains. La meilleure loi, le plus excellent Usage, le plus utile
que j'aie jamais vû, c'est en Hollande. Quand
deux hommes veulent plaider l'un contre
l'autre, ils sont obligés d'aller d'abord au
Tribunal des Juges Conciliateurs, apellés
Faiseurs de paix Si les Parties arrivent avec
un Avocat & un Procureur, on fait d'abord
retirer ces derniers, comme on ôte le bois
d'un feu qu'on veut éteindre. Les Faiseurs de
Paix disent aux Parties : Vous êtes de grands
fous de vouloir manger votre argent à vous
rendre mutuellement malheureux ; nous allons vous accommoder sans qu'il vous en
coûte rien. Si la rage de la chicane est trop
forte dans ces Plaideurs, on les remet à un
autre jour, afin que le tems adoucisse les
symptômes de leur maladie ; ensuite les Juges
les envoyent chercher une seconde, une troisième fois ; si leur folie est incurable, on leur
permet de plaider, comme on abandonne à
l'amputation des Chirurgiens des membres
gangrénés ; alors la Justice fait sa main.

Il n'est pas nécessaire de faire ici de longues déclamations, ni de calculer ce qui en
reviendroit au genre humain, si cette Loi
étoit adoptée. D'ailleurs je ne veux point aller sur les brisées de Mr l'Abbé de Saint P...
dont un Ministre plein d'esprit appelloit les
projets, *les Rêves d'un homme de bien.* Je sais
que souvent un Particulier, qui s'avise de pro-
poser quelque chose pour le bonheur public,
se fait berner. On dit : De quoi se mêle-t'il ?
Voilà un plaisant homme de vouloir que nous
soyons plus heureux que nous sommes ? Ne
sait-il pas qu'un abus est toujours le patri-
moine d'une bonne partie de la Nation ?
Pourquoi nous ôter un mal où tant de gens
trouvent leur bien ? A cela je n'ai rien à répondre.

LETTRE

De M. Melon, ci-devant Sécrétaire du Régent, à Madame de Verüe, sur le Mondain.

J'Ai lû, Madame, l'ingénieuse Apologie du Luxe. Je regarde cet Ouvrage comme une excellente leçon de politique, cachée sous un badinage agréable. Je me flatte d'avoir démontré dans mon Essai politique sur le Commerce, combien ce goût des beaux Arts & cet emploi des richesses, cette ame d'un grand Etat, qu'on nomme Luxe, sont néces-saires pour la circulation de l'espéce & pour le maintien de l'industrie; je vous regarde, Madame, comme un des grands exemples de cette vérité. Combien de Familles de Paris subsistent uniquement par la protection que vous donnez aux Arts. Que l'on cesse d'ai-mer les Tableaux, les Estampes, les curio-sités en tout genre, voilà vingt mille hom-mes au moins ruinés tout d'un coup dans Pa-ris, & qui sont forcés d'aller chercher de l'emploi chez l'Etranger. Il est bon que dans un Canton Suisse, on fasse des Loix somp-tuaires, par la raison qu'il ne faut pas qu'un Pauvre vive comme un Riche. Quand les Hol-landois ont commencé leur Commerce, ils avoient besoin d'une extrême frugalité; mais à présent que c'est la Nation de l'Europe qui a le plus d'argent, elle a besoin du Luxe, &c.

Fin du Tome quatriéme.

TABLE

Des Titres contenus dans ce quatriéme Volume,

TABLE.

Fin de la Table.

Errata du Quatriéme Volume.

Page 25. *vers* 2. nos deux vieux, *ôtez* deux.

P. 32. *vers* 11. en nom, *lifez* en mon nom.

P. 41. *vers* 4. nôces, *lif.* nôce

P. 47. *vers* 18. jallois, *lif.* j'allay.

P. 52. *vers* 4. encore, *lif.* encor.

P. 52. *vers dernier*, bonté, Dame, *lif.* bonté d'ame.

P. 58. *vers* 6. que veux tu, *lifez* que me veux tu ?

La même, *vers* 9. c'eſt toi, *lif.* c'eſt toi Jaſmin.

P. 63. *vers* 7. les yeux, *lif.* les jeux.

P. 67. *vers* 5. Sages, *lif.* Sage.

P. 75. *on a oubliez le ſecond vers,*
Dans quel état, quel jour ! Ah malheureux !

P. 82. *vers* 9. d'être jaloux, *lif.* d'oſer être jaloux.

P. 94. *vers* 9. eut été, *lif.* auroit été.

P. 112. *vers* 12. Tiſiphone, *lif.* Tiſiphoné.

La même, *vers* 15. Proſerpine, *lif.* Proſerpina.

P. 124. *lig.* 31. qu'il n'y a, *lif.* qu'il n'a.

P. 135. *lig.* 16. m'écriais-je, *lif.* m'écriai-je.

P. 150. *lig.* 32. entendre, *lif.* attendre.

La même, *ligne derniere*, & elles vivent, *ôtez* &.

P. 156. *ligne antépenultiéme*, briſe ſes chaînes, *lif.* baiſe ſes chaînes.

P. 162. *lig.* 32. joüiſſance, *lif.* licence.

P. 179. *lig.* 14. né non pour, *lif.* né pour.

La même, *ligne pénultiéme*, Loche, *lifez* Loke.

P. 182. *lig.* 15. preſque décidée, *ôtez* preſque.

P. 185. *lig.* 12. en Philosophie, *lif.* la Philosophie.

P. 191. *lig.* 16. tour au plus, *lif.* & tout au plus.

P. 194. *lig.* 12. l'abstruction, *lif.* abstruction.

P. 195. *lig.* 3. d'une matiere subtile, *lifez* d'une matiere qui doit être très-subtile.

P. 198. *lig.* 21. & 22. cet orbite, *lif.* cette orbite.

P. 200. *lig.* 25. éclipse, *lif.* ellipse.

P. 203. *lig.* 9. font, *lif.* fait.

P. 204. *lig.* 16. seve, *lif.* sève.

P. 205. *lig.* 19. sept, *lig.* huit.

P. 209. *lig.* 24. cone droit, *lif.* cône, doit.

P. 218. *corrigez le numero de la page qu'on a* mis 118. & *lig.* 10. 209. ans, *lif.* 902. ans.

P. 219. *lig.* 23. en Shakespear, *lifez* dans Shakespear.

P. 224. *lig.* 16. de naturelle, *lif.* de naturel.

P. 227. *lig.* 19. un drole de bonne fortunes, *lif.* un homme à bonne fortunes.

P. 234. *lig.* 9. ne peuvent, *lif.* ne peut.

P. 235. *lig.* 14. imprimées, *lif.* exprimées.

P. 237. *corrigez le numero qu'on a mis* 137. *Dernier vers*, pon Palais, *lif.* son Palais.

P. 241. *vers* 1. & 16. vieil, *lig.* vieux.

P. 248. *lig.* 4. plus d'honneur, *lif.* le plus d'honneur.

P. 250. *lig.* 25. au-dessus de l'infini, *lif.* au-dessous de l'infini.

P. 264. *lig.* 12. & de fausse vous ne pourriez pas la rendre vraie, *lif.* & de fausse vous pourriez la rendre vraie.

P. 282. *lig.* 9. oculos, *lif.* oculis.